btb

Buch

Der Mann, der sich im »IC Alpenland« um Kopf und Kragen redet und eingeholt wird von einer alten Schuld. Die reizende Schwiegermutter, die anhebt, ihren Sohn zu verteidigen, und fast wider Willen ein grässliches Geheimnis offenbart. Der von der Vergangenheit eingeholte Inhaber der Pension »Halders Ruh«, einst Dienststellenleiter im Jugendamt und Liebhaber von Modelleisenbahnen. Sie alle tragen Geheimnisse in sich, die sie lieber verdrängen und über die sie schließlich stolpern.

Ulrich Ritzels Erzählungen sind wie kleine Krimis, die noch lange nachwirken, nachdem man sie zu Ende gelesen hat. Es sind sieben Geschichten, die um das Abgründige im Menschen kreisen, um die verheerenden Auswirkungen von moralisch problematischen Entscheidungen im Leben, die Beziehungen vergiften und Lebensentwürfe verfärben. Ritzel, Fans und Feuilleton als Schöpfer des Kommissar Berndorf bekannt, kombiniert in diesen Erzählungen das dramaturgische Geschick seiner Krimis mit der Kunst, in kleinen Momentaufnahmen den Blick auf ein ganzes Leben zu werfen.

Autor

Ulrich Ritzel, Jahrgang 1940, geboren in Pforzheim, verbrachte Kindheit und Jugend auf der Schwäbischen Alb und lebt heute abwechselnd in Ulm und am Bodensee. Er studierte Jura in Tübingen, Berlin und Heidelberg. Danach schrieb er für verschiedene Zeitungen und wurde 1981 mit dem renommierten Wächter-Preis ausgezeichnet. Nach 35 Jahren Journalismus, in deren Verlauf er auch viele Gerichtsreportagen verfasste, hatte er genug. In wenigen Wochen entstand sein Erstling »Der Schatten des Schwans«, der bei seinem Erscheinen zum Überraschungserfolg wurde und seinen Autor zu einem gefeierten Hoffnungsträger des deutschsprachigen Kriminalromans machte. 2001 bekam er für »Schwemmholz« den Deutschen Krimipreis verliehen.

Ulrich Ritzel bei btb

Der Schatten des Schwans. Roman (72800)
Schwemmholz. Roman (72801)
Die schwarzen Ränder der Glut. Roman (73010)

Ulrich Ritzel

Halders Ruh
Sieben Erzählungen

btb

Verlagsgruppe Random House FSC-DEU-0100
Das FSC-zertifizierte Papier *Munken Print* für Taschenbücher aus
dem btb Verlag liefert Arctic Paper Munkedals AB, Schweden.

1. Auflage
Originalausgabe Juni 2005 bei btb,
einem Unternehmen der Verlagsgruppe Random House GmbH
Copyright © 2005 btb Verlag
Umschlaggestaltung: Design Team München
Umschlagmotiv: plainpicture
Satz: IBV Satz- und Datentechnik GmbH, Berlin
Druck und Einband: Clausen & Bosse, Leck
RK · Herstellung: Augustin Wiesbeck
Printed in Germany
ISBN 3 442 73332 4

www.btb-verlag.de

Inhalt

In den Bergen ist Schnee gefallen 7

Tanjas Äffchen 27

Hochzeit in Jauchenburg 41

Tokajer für Kuhlebrock 87

Halders Ruh 137

Ein Herz für Moldawien 177

Der Wolf, die Ziege und das Mädchen 211

In den Bergen ist Schnee gefallen

Alle reden vom Wetter. Wir nicht. Erinnern Sie sich? Das war, in den siebziger Jahren, ein Werbespruch der Deutschen Bahn. Seit die schlecht gewarteten Loks schon stehen bleiben, wenn ihnen der Novemberwind ins Getriebe fährt, sind es die Fahrgäste, die davon zu reden haben. Ich zum Beispiel nehme nur äußerst ungern einen Auftrag an, bei dem ich die Bahn benutzen muss. Sie ist nicht berechenbar, und in meinem Gewerbe kann man das nicht brauchen. Obwohl ...

Der ICE »Alpenland« war bereits in Hamburg mit Verspätung abgefahren, und über die Norddeutsche Tiefebene hatte sich Dunkelheit gesenkt, als wir Hannover verließen. In Hamburg war noch Regen gefallen, jetzt musste ich nur mit dem Gesicht nahe genug ans Fenster gehen und die Augen abschirmen, um zu sehen, wie der Schnee wirbelnd am Zug vorbeitrieb. Ich war in den Speisewagen gegangen und hatte – im Bordrestaurant war eine österreichische Woche angekündigt – einen Tafelspitz bestellt. Als ich mich zurücklehnte und die *Neue Zürcher* aufschlug, die ich mir im Hamburger Bahnhof gekauft hatte, betrat ein mittelgroßer weißhaariger Herr den Speisewagen und blickte suchend über die voll besetzten Tische. Schließlich kam er auf mich zu und fragte, ob der Platz mir gegenüber noch frei sei.

Ich habe Professor Gerald Pracke sofort erkannt. Was kein Wunder ist. Wenn er Ihnen aus der politisch-zeitgeschichtlichen Literatur kein Begriff sein sollte, so haben Sie ihn sicherlich schon einmal in einer der anspruchsvolleren Talk-Shows des Fernsehens gesehen oder zumindest im *Heiteren Beruferaten,* wo er gelegentlich gemeinsam mit anderen Prominenten aus dem Showbusiness oder dem Medienbereich aufgetreten ist. Mit einer einladenden Handbewegung zeigte ich auf den freien Platz.

»Danke!«, sagte Pracke, »lassen Sie sich aber bitte in Ihrer Lektüre nicht von mir stören.«

Er setzte sich und nahm die Karte. Wie die meisten geschulten Stimmen war auch die seine auf den ersten Eindruck angenehm, aus dem einfachen Grund, weil sie dem Ohr keine Arbeit machte. Prackes weißes Haar sah aus, als sei es erst am Morgen gewaschen und sorgfältig geföhnt worden. Das Gesicht allerdings wirkte im Kunstlicht des Speisewagens ein wenig teigig und die Nase fleischiger, als ich sie von den Fotografien her in Erinnerung hatte.

Pracke bestellte einen Beaujolais, ich bemerkte, dass er sich dazu zwang, das Glas nach dem ersten Probeschluck eine Weile stehen zu lassen. Als der Tafelspitz serviert wurde, erbat sich Pracke die »Zürcher«, selbstverständlich überließ ich sie ihm. Er sah das Blatt eilig durch, als suche er einen bestimmten Artikel. Aber dass über die diesjährige Nordatlantikkonferenz der Barry-Goldwater-Foundation noch nichts geschrieben stehen konnte, hätte er sich eigentlich denken können. Auch nichts über das Referat, das Pracke am Vortag dort über den »Paradigmenwechsel im Internationalen Strafrecht« gehalten hatte.

Der Tafelspitz war ein wenig faserig und der Kren mit allzu großer Sorgfalt in Plastikfolie eingeschweißt. Aber heißt es nicht in der Bibel: Iss und trink und sei zufrieden? Als ich mir einen Espresso bestellte, reichte mir Pracke das Blatt zurück.

»Zuverlässig wie eine Schweizer Uhr. Da stimmt einfach alles, die Politik, der Wetterbericht und der Gebrauch von Perfekt und Imperfekt. *In den Bergen ist Schnee gefallen.* So ist es dann auch und steht da wie in Marmor gemeißelt«, sagte er und blickte mich taxierend an. »Wissen Sie«, fuhr er fort, »schuld ist wieder einmal mein Laptop. Ich wollte noch arbeiten, aber hinter Blankenese war der Akku schon wieder leer. Vielleicht liegt es daran, dass ich Hamburg nicht mag. Womöglich überträgt sich das auf das Gerät.«

»Lassen Sie den Akku auswechseln«, sagte ich. »Und trimmen Sie den neuen. Laden Sie ihn erst auf, wenn er ganz leer ist, und geben Sie ihm dann die gesamte Ladezeit.«

Pracke zeigte sich interessiert. »Das erinnert mich aber sehr an meine Studenten«, meinte er, »die müssten auch erst getrimmt werden, bis sie nicht mehr schnaufen können.« Er lachte unfroh. »Sie sind Fachmann für Computer oder den Umgang mit ihnen?«

»Durchaus nicht«, antwortete ich. »In meinem Gewerbe müssen Sie noch immer Hand anlegen.«

Er warf mir einen misstrauischen Blick zu. »Heiteres Beruferaten, wie? Aber bitte. Finde ich Sie denn in den Gelben Seiten?«

Eine Lautsprecherdurchsage teilte mit, dass wir in wenigen Minuten Göttingen erreichen würden. Ich brauchte nicht zu antworten. Leider hätten nicht alle fahrplanmäßigen Anschlusszüge warten können. »Wir bitten um Ihr Verständnis.« Die Unterbrechung kam mir gelegen. Es war nicht meine Absicht, mit Professor Pracke Heiteres Beruferaten zu spielen.

Bei der Abfahrt aus Göttingen hatte sich wenigstens keine weitere Verspätung aufgebaut. Weil unser Gespräch eingeschlafen schien, sprach ich Pracke auf die Hamburger Tagung an.

»Ich nehme an, Sie haben nach einem Artikel über die Goldwater-Foundation gesucht«, sagte ich, »aber die *Neue Zürcher* schätzt keine Schnellschüsse. Soweit ich weiß, haben Sie über die Grenzen des Strafrechts gesprochen ...«

Über Prackes Gesicht ergoss sich eine leichte Röte, er wollte wissen, ob ich Teilnehmer gewesen sei.

Ich verneinte. »Allerdings habe ich im *Abendblatt* eine Vorankündigung gelesen, in der auch auf Ihren Vortrag hingewiesen wurde. Ich hätte ihn mir gerne angehört. Leider war ich verhindert.«

Pracke nickte gemessen. Offenbar fand er, dass es keine Hinderungsgründe geben dürfte, die das Versäumen seiner Vorträge rechtfertigten.

»Wobei mein Thema allerdings eher davon gehandelt hat, welche Grenzen einer internationalen Exekution von nationalstaatlichen Normen gesetzt sind ...«

Er bestellte ein zweites Viertelliterfläschchen Beaujolais und begann mir zu erklären, warum die Bush-Administration durchaus recht daran tue, einen Internationalen Strafgerichtshof nicht anzuerkennen. Während er sprach, bemerkte ich, dass der Zug langsamer wurde, die Beleuchtung begann zu flackern und erlosch, und der ICE »Alpenland« blieb stehen, mitten im Schneetreiben und in einem Tal, das von ersten Höhenzügen umgeben schien.

Es dauerte eine Weile, bis eine Notbeleuchtung bläulich aufschimmerte, und etwas mehr als eine Weile, bis der Zugführer über Lautsprecher mitteilte, der Zug habe leider ein vorübergehendes technisches Problem. »Wir bitten um Ihr Verständnis.«

Professor Gerald Pracke holte sein Handy heraus, aber er bekam keine Verbindung. Unser Zug war in einem Funkloch stecken geblieben. An der Heißluftdüse unten an der Bordwand konnte ich fühlen, dass inzwischen auch die Heizung ausgefallen war. Ich sagte Pracke, dass wir unsere Mäntel holen sollten. Er zögerte.

»Es wäre ohnehin besser«, fügte ich hinzu, »wir sähen nach unserem Gepäck. Wenn der Zug stehen bleibt, könnten die Koffer Beine bekommen.« Außerdem hätte ich ein ordentliches Zwetschgenwasser dabei, sozusagen meinen Notvorrat, wie gerufen für Stunden ohne Licht und Heizung. Das schien ihn zu überzeugen, und so gingen wir zu unseren Abteilen, die – wie der Zufall oder die Platzreservierung es gefügt hatte – nebeneinander lagen. Da wir nun schon einmal Schicksalsgefährten waren, holte ich die Flasche mit dem wasserhellen Obstschnaps aus meinem Gepäck und setzte mich zu ihm. Er war plötzlich schweigsam geworden.

»Wir haben heute den fünften November, nicht wahr?«, fragte er mich schließlich, und ich nickte. Wieder schwieg er, und wir sahen zu, wie draußen der Schnee gegen das Fenster trieb und die Flocken abrutschten und unten an der Kante liegen blieben. Nach einer Weile schien es mir an der Zeit für den Schnaps, ich öffnete die Flasche und goss die beiden Zinnbecher voll, die ich mitgebracht hatte.

Wir tranken uns zu.

»Vorzüglich«, sagte er, als er den Becher gekippt hatte. »Ich habe mir übrigens erlaubt, auf das Gedächtnis eines Toten zu trinken. An einem fünften November habe ich einen Freund und Kollegen verloren, einen viel versprechenden Kollegen, jemanden, der ganz gewiss seinen Weg gegangen wäre. Aber das Schicksal hat es anders gewollt, wir heutigen Deutschen mögen dieses Wort ja nicht, es stört bei der Selbstverwirklichung, aber nichts hält das Schicksal auf, und manchmal kann es bitter und ungerecht sein ...«

Ich fragte ihn, ob er mir die Geschichte seines Freundes erzählen wolle.

»Er ist im Schnee erfroren«, antwortete er und hielt bereitwillig seinen Becher hin, damit ich nachfüllen konnte. »Aber ich will es Ihnen gerne erzählen. Auch etwas, das die Deutschen verlernt haben: die Erzählung zu wagen. Aber hören Sie ...« Er nahm einen Schluck, atmete tief durch und stellte dann den Becher auf das Fensterbord. »Das Wintersemester hatte eben begonnen, und zur Vorbereitung auf unser privates *studium generale* waren wir in eine Berghütte im Bregenzer Wald gefahren. Wer waren wir? Ein politisch ungebundener

Kreis von Studenten und Assistenten, einige arbeiteten schon an ihrer Promotion, das Jahr 1968 lag noch in weiter Ferne, und dennoch ahnten wir, dass wir neue Wege gehen müssten, um die Welt zu verstehen und unsere Verantwortung darin zu finden ...«

Wieder trank er einen Schluck und hielt den Becher fest, als könne er sich daran wärmen. Sein Blick war zum Fenster gewandt, dessen unterer Rand nun schon ganz vom Schnee zugeweht war.

»Die Berghütte gehörte Lindtheimer, dem Tübinger Staatsrechtler, er hatte Claudius als Assistenten angenommen, Claudius war unser intellektueller Kopf, sprühend vor Einfällen, seine Idee war es gewesen, uns im kommenden Semester mit Boris Vian und John D. Salinger und John Osborne als den Protagonisten einer zweiten Verlorenen Generation auseinanderzusetzen und – vor allem – Gegenentwürfe zu suchen. Natürlich hatten nicht alle kommen können, sondern nur der sozusagen engere Stab, also Claudius selbst, dazu Christoph, heute ein hochrangiger Banker, Eberhard war dabei, der später in die Politik ging, dann ich selbst, und schließlich auch die Frauen, Edda, damals Claudius' wache und aufmerksame Gefährtin ...« Er unterbrach sich und holte das Handy heraus. »Sie entschuldigen, aber ich muss es noch einmal versuchen.«

Aber ein Funkloch ist ein Funkloch. Da kann es noch so viel schneien.

Schließlich gab er auf und wandte sich wieder mir zu. »Wo war ich stehen geblieben? Ach ja, unsere Gruppe in der Berghütte. Edda gehörte dazu, auch Elisabeth, ich war damals ihr ständiger Begleiter, aber verstehen Sie mich nicht falsch: Wir hatten uns zu einem Arbeitswochenende getroffen, stundenlang diskutierten wir und planten Referate, entwickelten Thesenpapiere gegen die Neue Weinerlichkeit, der wir das Vertrauen in das Gelingen des demokratischen Diskurses entgegensetzen wollten ... Vielleicht dürfte ich Sie noch einmal um Ihren vorzüglichen Zwetschgenschnaps bitten ...«

Ich schenkte nach.

»Wir waren am Freitag angereist, in einem alten VW-Bus, den Christian besorgt hatte. Es war ein schöner zartblauer Spätherbst, unvergesslich, schon als Kind hatte ich diese Tage in den Alpen geliebt ... Lindtheimers Hütte war spartanisch eingerichtet, aber mit allem, was zur Grundversorgung nötig war. Sogar ein Radio gehörte dazu, allerdings ein schon damals äußerst altertümliches Gerät, dessen Antenne auf Radio Beromünster eingestellt war, wie der Schweizer Sender damals hieß, Nachrichten über kantonale Veranlassungen und Hausfrauen-Plauderstunden in helvetischer Mundart, schrecklich, irgendwer hat es fertig gebracht, dass wir wenigstens den Süddeutschen Rundfunk hören konnten, vielleicht war das falsch gewesen ... aber wer konnte das damals wissen?«

»Dieses Radio«, fragte ich, »war das ein alter Volksempfänger?«

Er sah mich ratlos an, oder eher: ein wenig irritiert. »Das weiß ich jetzt wirklich nicht mehr ... betrifft das Ihre Branche?«

Ich schüttelte den Kopf. »Es gibt Leute, die so etwas sammeln. War es vielleicht ein Mende? Mit einer hohen, fast rechteckigen Senderanzeige? Gutes Design, aber eben dreißiger Jahre.«

»Fast rechteckige Anzeigenskala?« Er hob eine Hand und ließ sie wieder fallen. »Könnte so gewesen sein. So genau weiß ich das wirklich nicht mehr, eigentlich weiß ich nur, dass man die Antenne oben auf dem Dachboden verstellen musste, wenn man einen anderen Sender haben wollte ...«

Er nahm einen weiteren Schluck und betrachtete mich mit gerunzelter Stirn, als überlege er, ob er überhaupt weitererzählen solle.

Er liebt es nicht, unterbrochen zu werden, dachte ich.

»Ach ja«, sagte er schließlich. »Der Samstag, der nächste Tag, zog mit einem prachtvollen Morgenrot herauf, wie ich selten eines gesehen habe. Am Vormittag kamen wir mit der

Arbeit zügig voran, über Mittag kochten unsere beiden Kommilitoninnen einen Eintopf, es war so mild, dass wir auf der kleinen Terrasse essen konnten, mit Blick auf die nahen Alpengipfel ... Es herrschte eine merkwürdige Stimmung, ich fühlte mich glücklich und wehmütig zugleich, wir waren im Aufbruch, wir würden neue Wege finden, sicher doch, aber ich wusste auch, dass dieser sonnenwarme Herbst nicht andauern würde. Konnten wir die Wege, die uns Claudius aufzeigte, auch dann gehen, wenn der Winter kam? So ging es mir durch den Kopf, oder jedenfalls erinnere ich mich heute so daran ... Am Nachmittag arbeiteten wir weiter, bis schließlich Claudius fand, dass es genug sei. Er war nicht nur unser intellektueller Anführer, sondern überdies sehr sportlich, ein durchtrainierter Langstreckenläufer, und obwohl im Westen diese hohen Streifenwolken aufgezogen waren, wollte er noch eine Runde laufen. Mir genügte ein Spaziergang, ein oder zwei Kilometer, allein, nur so zum Auslüften des Kopfes, aber er, er hatte sich eine Strecke von zehn oder zwölf Kilometern mit ein paar fürchterlichen Anstiegen dazwischen ausgesucht ...«

In diesem Augenblick meldete sich wieder der Lautsprecher, der Zugführer teilte mit, dass eine Diesellok in Anfahrt sei und den Zug in den nächsten Bahnhof schleppen werde. Pracke und ich wechselten einen Blick, ein kaum merkliches Rucken lief von Wagen zu Wagen, wir standen auf und traten auf den Gang hinaus und sahen zu, wie der ICE »Alpenland« an dem Vorhang von dichtem Schneefall vorbeigeschoben wurde, der das Tal verhüllte.

Nach einigen Minuten rollte der Zug aus, wir sahen auf einen von trüben Peitschenlampen erleuchteten Bahnsteig, dahinter waren weitere Gleise zu erkennen. Ein Bahnhofslautsprecher nannte einen dieser »-menau-Bahnhof«-Ortsnamen, die man sich nicht merken kann. Die Weiterfahrt sei derzeit leider nicht möglich, sagte die Stimme, der besonderen Umstände wegen bleibe aber die Bahnhofsrestauration geöffnet. Die Fahrgäste könnten diese ohne Besorgnis aufsuchen, die Weiterfahrt des Zuges werde rechtzeitig angekündigt.

Pracke und ich verständigten uns, dass eine Portion Kaffee oder ein Abendessen vielleicht doch eine willkommene Abwechslung zum Zwetschgenwasser seien, von dem wir ohnehin nicht wussten, wie lange wir es noch brauchen würden. Wir traten auf den Bahnsteig, auf dem der Schnee liegen geblieben und teilweise festgetreten war. Pracke ging mir voran, er trug einen pelzbesetzten Mantel und einen breitkrempigen Hut. Über der Bahnsteigkante vor mir sah ich ein Warnschild, das Piktogramm darauf zeigte ein unvorsichtiges Strichmännchen, das strampelnd vor eine Lok fällt.

Durch eine Unterführung folgten wir den anderen Reisenden aus unserem Zug zu einem mehrstöckigen Backsteingebäude, dessen Umrisse ich im Schneetreiben nicht erkennen konnte. Die Restauration befand sich in einem hohen, von Kugellampen ausgeleuchteten Saal. Wir fanden einen Tisch für uns, nach einiger Zeit erschien eine Kellnerin, der man ansah, dass ihre Schicht eigentlich schon zu Ende war. Ich bestellte eine Portion Kaffee, Pracke zögerte zunächst.

»Ich habe im Zug gegessen, Sie nicht«, sagte ich. »Unterschätzen Sie den Obstschnaps nicht und unterschätzen Sie nicht die Zeit, die der Zug noch bis München brauchen wird.«

»Sie sind sehr besorgt um mich«, meinte er plötzlich. »Woher wissen Sie eigentlich, dass ich nach München will?«

»Sie sind eine Persönlichkeit des öffentlichen Lebens«, antwortete ich. »Dass Sie am Starnberger See wohnen, steht in jedem *Who is Who*.«

Er warf mir einen misstrauischen Blick zu, entschied sich dann aber für einen Kalbsrollbraten mit Nudeln und Beilagensalat und ein frisch gezapftes Pils. Das ist in Ordnung so, dachte ich.

Als die Kellnerin gegangen war, holte er noch einmal sein Handy heraus. »Sie entschuldigen bitte«, sagte er zu mir. »Ich benutze dieses Gerät in der Öffentlichkeit sonst äußerst ungern ...«

Diesmal bekam er ohne Probleme einen Netzanschluss, aber offenbar meldete sich unter der Nummer, die er gewählt hatte, nur der Anrufbeantworter:

»Edda, leider kann ich dich nicht erreichen, aber unser Zug ist mit einem Defekt hier irgendwo in Niedersachsen liegen geblieben. Ich habe keine Ahnung, wann ich in München sein werde. Ich umarme dich.«

Einer der französischen Moralisten hat einmal gesagt, in der Liebe gebe es keine Verstellung. Wo sie ist, lasse sie sich nicht verbergen, und wo sie nicht ist, lasse sie sich nicht vortäuschen. Aber diese Geschichte handelt nicht von der Liebe.

Auf das Essen musste Pracke nicht allzu lange warten, und mit dem Kalbsrollbraten kam er besser zurecht, als ich nach dem Wein und den Schnäpsen erwartet hätte. Mit dem frisch gezapften Pils hatte er ohnedies kein Problem. Danach bestellte er sich noch einen Apfelkuchen zum Kaffee. Auch das, so fand ich, war ganz in Ordnung.

Noch während sein Kaffee gebracht wurde, kam über den Lautsprecher die Mitteilung, dass für unseren Intercity eine Ersatzlok bereitgestellt werde, der voraussichtliche Zeitpunkt der Weiterfahrt leider aber noch nicht genannt werden könne. Pracke zuckte die Schultern und aß seinen Apfelkuchen. Er hatte etwas kurzfingrige Hände, aber die Kuchengabel handhabte er mit hurtiger, zupackender Geschicklichkeit.

»Ich habe Ihnen meine Geschichte noch nicht zu Ende erzählt«, meinte er schließlich und nahm mit der Kuchengabel sorgsam die letzten Krümel auf. »Ich sagte Ihnen bereits, dass es später Samstagnachmittag geworden war, und dass Wolken aufgezogen waren. Aber was rede ich! Es war eine ganze Wolkenfront, die mit einer für uns unvorstellbaren Geschwindigkeit von Westen her den Horizont ausfüllte und sich über uns auftürmte. Es wurde so schnell so dunkel, ja geradezu nachtfinster, dass ich schleunigst von meinem kleinen Spaziergang zurückkehrte, ich weiß noch, mit welcher Erleichterung ich die Tür der Hütte hinter mir zuschlug. Später erfuhren wir, dass wir von dem bevorstehenden Wettersturz hätten wissen müssen, Radio Beromünster hatte gewarnt, und im Alpengebiet gelten die Vorhersagen der Schweizer Meteorologen als besonders zuverlässig, bei uns hier gilt das Schweizer Wetter, hat mir später jemand gesagt. Aber Beromünster hatten wir ja abgeschaltet...«

Er nippte an seinem Kaffee und verzog das Gesicht und bestellte, weil die Kellnerin gerade vorbeikam, zwei Slivovitz.

»Der Sturm brach über uns herein«, fuhr er fort, »dass uns Hören und Sehen verging, wie gelähmt standen wir an den kleinen Fenstern und starrten in das Unwetter hinaus, die Hütte lag hoch, und was auf uns herunterstürzte, war nicht Regen, sondern Schnee... Plötzlich höre ich, wie eine klare, schneidende Stimme sagte: *Da draußen ist Claudius, ist euch das eigentlich klar?* In der Stube stand Edda in Bergschuhen und in ihrem noch halb sommerlichen Kleid und hatte einen Anorak darüber gezogen, als wolle sie damit hinaus, hinaus in diese Hölle. *Er ist euer Freund!*, fuhr sie fort. *Wir müssen ihn suchen, es muss Laternen geben in diesem Haus, vielleicht genügen auch Taschenlampen, er ist sicher nicht mehr weit von hier entfernt...*«

Die Kellnerin brachte den Schnaps, er schien schon darauf gewartet zu haben und kippte sein Glas. Ich ließ meines stehen.

»Ich weiß heute nicht mehr, ob sie das wirklich so gesagt hat«, fuhr er fort. »Tatsache ist, dass wir uns in unsere Anoraks vermummten und versuchten, mit Taschenlampen bewaffnet hinaus in das Schneetreiben zu gehen. Wir sind kaum aus der Türe gekommen, und als wir draußen waren, sahen wir nichts und hörten nichts und hatten keinen Atem für nichts, denn da war der Sturm und gab niemand sonst das

Recht, dort zu sein. Nach ein paar Schritten sahen wir nicht einmal mehr unsere Hütte, das heißt: Wir – das waren Edda und ich, die anderen hatten sich sofort wieder ins Haus gerettet, und ich blieb auch nur so lange draußen, bis ich Edda an ihrem lächerlichen Anorak packen und sie zurückzerren konnte ... Später hat sie mir gesagt, dass sie geschrien und um sich geschlagen habe, aber davon weiß ich nichts, ich weiß nur, wie die anderen uns in die Hütte zogen und mit Mühe die Türe zubrachten gegen die Wut und das Brüllen des Sturmes.«

Er schwieg.

Ich wartete.

»In der Nacht«, sagte Pracke in die Stille, »sind wir dann noch einmal hinaus. Ich weiß nicht mehr, wann das war. Aber der Sturm hatte sich gelegt. Nur – da war kein Weg mehr, nirgends. Wir wateten durch Schnee, ohne jede Orientierung. Schließlich hatte Eberhard die rettende Idee. Er erklärte Edda, dass sich Claudius beim Losbrechen des Sturmes bereits auf dem Rückweg befunden haben müsse, dieser Rückweg aber über eine Hochalm geführt habe – Claudius habe ihm die Wegstrecke auf der Karte erklärt –, und auf dieser Hochalm gebe es ganz selbstverständlich auch Hütten und Stadel, so dass er dort ganz gewiss Zuflucht habe finden können, und dort würden wir ihn bei Tageslicht auch finden, wenn er nicht schon beim Morgengrauen vor der Türe stehe. Eberhard hat diese besondere Begabung, jeder vorhersehbaren Katastrophe die glücklichste Fügung anzudichten, es ist das, was ihn zum Politiker so begabt macht, und schließlich hat Edda ihm geglaubt, und wir konnten wieder zurück. Aber geschlafen hat keiner von uns in der Nacht ...«

Bisher hatte er gesprochen, ohne mich anzusehen. Nun hob er den Blick.

»Wie Sie sich denken können, war nichts so, wie Eberhard es schöngeredet hatte. Claudius stand nicht am Morgen vor der Hütte, und es waren auch nicht wir, die ihn fanden, sondern die Bergwacht tat es, Suchhunde stöberten Tage später seine Leiche in einer Schneewehe am Rande eines Weges auf, den Claudius auf keinen Fall hätte nehmen dürfen...«

Er schwieg. Ich wartete.

»Haben Sie eine Erklärung, warum er diesen Weg genommen hat?«, fragte ich schließlich.

Pracke warf mir wieder einen dieser merkwürdigen, irritierten Blicke zu. »Ja«, sagte er, »es gibt eine Erklärung, aber sie ist nicht schön. Der Pfad, an dem seine Leiche gefunden wurde, zweigt von dem Hauptweg ab. An der Abzweigung stand ein Wegweiser zur Hütte des alten Lindtheimer. Aber der Wegweiser war verdreht.«

»Wie hat das geschehen können?«

»Die Gendarmerie nahm an, dass es ein Streich von Halbwüchsigen gewesen ist«, antwortete Pracke. »Von irgendwelchen Hauptschülern aus einem Landschulheim im Tal.«

»Der Wegweiser zeigte also dorthin, wo der Tote gefunden wurde?«

»Eben nicht«, antwortete Pracke. »Der Wegweiser zeigte zurück. Er zeigte dorthin, von wo Claudius gekommen war und wo die Hütte erkennbar nicht sein konnte, es sei denn, Claudius würde die ganze bis dahin absolvierte Strecke wieder zurücklaufen. Wenn er das nicht wollte, und angesichts des heraufziehenden Sturmes konnte er das nicht wollen, musste er sich auf seine Intuition verlassen, um zu entscheiden, welcher der zwei verbleibenden Wege der richtige war. Aber er hat den falschen Weg gewählt. Claudius, der uns allen den Weg zeigen wollte, hat sich selbst den falschen ausgesucht.«

»Tragisch«, sagte ich und sah zur Kellnerin, die am Nachbartisch kassierte. »Oder wie man das auch sonst nennen soll.«

Pracke zog die Augenbrauen hoch. »Wie würden Sie es denn nennen wollen?«

»Mir steht das zu oft in den Zeitungen, dass jemand auf tragische Weise zu Tode gekommen sei«, erklärte ich. »Ist ein Unfalltod ein tragischer? Ist ein Mord ein solcher? Bin ich übrigens richtig informiert, dass dann Sie die vakant gewordene Assistentenstelle bei Lindtheimer angetreten haben?«

Pracke lehnte sich zurück und betrachtete mich, die Arme über der Brust gekreuzt. »Dieses Gespräch nimmt eine sarkastische Wendung, mein Lieber. Ich schätze das nicht. Wie kommt es überhaupt, dass wir ein Gespräch führen? Ich kenne Sie nicht. Sie gehören nicht zu meinem Umfeld. Finden Sie nicht, dass hier ein Erklärungsbedarf besteht?«

»Ich gehöre nicht zu Ihrem Umfeld, das ist wahr«, antwortete ich. »Und was unser Gespräch angeht ... Hatten nicht Sie sich an meinen Tisch gesetzt?«

Die Kellnerin kam und erklärte, sie müsse jetzt abrechnen. Ich sagte, dass ich für uns beide bezahlen wolle. Protestierend hob der Professor seine Hand. Ich wehrte ab. »Ihr Stil ist das doch auch nicht«, sagte ich zu ihm, »diese deutsche Erbsenzählerei, dass für jeden eine eigene Rechnung ausgestellt werden muss ...«

Er ließ die Hand sinken, betrachtete mich aber mit hochgezogenen Augenbrauen und mit einem Blick, der mir unerwartet spöttisch und amüsiert erschien. Ich ließ mir einen Rechnungsbeleg ausstellen, zögerte dann aber, ihn in meine Brieftasche zu legen. Es ist so, dass ich meine Spesen leider steuerlich nicht geltend machen kann.

»Gehört es nicht zum Drehbuch«, fragte Pracke, »dass Sie mir jetzt den Rechnungsbeleg anbieten sollten?«

»Wie meinen?«, antwortete ich, schob ihm aber den Beleg über den Tisch. »Bitte.«

»Danke«, sagte Pracke, holte seine Brieftasche heraus und steckte den Beleg ein. »Ich bin in einer großbürgerlichen Familie aufgewachsen. Dort lernt man es früh, mit Geld umzugehen, und das heißt, es zusammenzuhalten. Edda – meine Frau, wie Sie wissen – hat Sie ohne Zweifel über diese meine Eigenheit in Kenntnis gesetzt.«

Ich betrachtete ihn aufmerksam. Seine Augen hielten mich fixiert.

»Eigentlich bin ich ein wenig ärgerlich mit Ihnen«, fuhr er fort. »Ich hätte früher aufhorchen müssen, nicht erst jetzt, als Sie sich vorgedrängt haben, die Rechnung zu bezahlen. Habe ich Ihr Gesicht nicht schon im *Vier Jahreszeiten* gesehen? Ich denke doch. Und als Sie mir dann wie ein verkleideter Bernhardinerhund Ihren Obstschnaps angeboten haben, hätten wirklich alle Alarmglocken anschlagen müssen. Dass ich einen guten Obstschnaps jedem Chivas Regal und jedem Armagnac vorziehe, steht natürlich nicht im *Abendblatt*, sondern es hat Ihnen das meine Frau gesagt ... Wie ist sie eigentlich auf Sie verfallen?«

»Jemand kennt jemanden, der jemanden kennt«, antwortete ich.

»Auf Deutsch heißt das: Sie haben nicht einmal eine Zulassung«, konstatierte Pracke. »Deswegen wollten Sie meine Frage nicht beantworten, ob man Sie in den Gelben Seiten findet. Sie sind ein Schnüffler, mein Lieber, aber ein lausiger. Einer von der Sorte, die ihre Kundschaft verkauft und erpresst. Vermutlich auch deshalb hat man Ihnen die Lizenz entzogen.«

»Es gibt keine Lizenzen in meinem Gewerbe. Nicht wirklich«, antwortete ich.

»Schweigen Sie!«, fuhr mich Pracke an. »Ich muss jetzt meine Interessen bedenken, aber auch die meiner Frau, dieser Törin ... Natürlich haben Sie mir in Hamburg nachgeschnüffelt, das ist Ihr Job, ich bin froh und glücklich, dass ich einen anderen habe, da müssen wir kein Thema daraus machen.«

Wieder sah er mir in die Augen. »Und selbstverständlich wissen Sie von der jungen Dame, mit der ich die Hotelsuite geteilt habe.«

Allerdings wusste ich davon. Die junge Dame hieß Marie-Sophie Levasseur, war dreißig Jahre alt, außenpolitische Redakteurin eines konservativen französischen Wirtschaftsblattes, blond, grauäugig.

»Ich nehme an, Sie hatten den Auftrag, dies zu überwachen und zu dokumentieren. Wie das in Ihrer Branche gemacht wird. Nur halten Sie sich offenkundig nicht an die Regeln. Sie haben versucht, mit mir Kontakt aufzunehmen. Warum? Es gibt nur einen einzigen Grund. Sie wollen, dass ich Ihre Informationen zurückkaufe...«

Er lehnte sich zurück und lächelte. Das heißt, es war nur die Andeutung eines Lächelns. Spöttisch und herablassend. »Nur – sehen Sie, alles, was Sie herausgefunden haben mögen, werde ich von mir aus meiner Frau offenlegen. Es wird das Erste sein, was ich zu Hause zu tun habe. Das Erste und das Letzte. Alles geht vorüber, auch eine gute, eine vorbildliche Ehe. Das Leben geht vorüber. Aber manchmal geschieht es, das Wunder, das Unerhörte, noch einmal streift einen der Flügelschlag des Schicksals... Vermutlich ist Ihnen das alles Hekuba. Aber sehen Sie – Sie haben keine Information, die Sie verkaufen könnten.« Er legte beide Hände auf den Tisch, die Handflächen nach oben gekehrt. »Trotzdem werde ich Ihnen ein Angebot machen. Sie warten bis übermorgen, ehe Sie meiner Frau berichten. Ich will nämlich, dass Edda die Geschichte mit Marie-Sophie von mir als erstem erfährt. Das wenigstens bin ich ihr schuldig. Wenn Sie sich daran halten, werden Sie auch Ihr Honorar bekommen. Andernfalls lasse ich Sie auffliegen. Wegen Erpressung oder Parteiverrats, oder was das Strafgesetzbuch sonst an Folterwerkzeugen für Leute wie Sie zu bieten hat.«

Ich stand auf und zog meinen Mantel an, den ich über eine Stuhllehne gelegt hatte. »Sie haben schon wieder vergessen, wer sich zu wem an den Tisch gesetzt hat.« Er wollte mich unterbrechen, und ich hob die Stimme. »Allerdings hätte ich Ihnen etwas mitzuteilen gehabt. Ein oder zwei Nachrichten. Aber niemand muss wissen, was er nicht erfahren will.« Mit wieder gedämpfter Stimme fügte ich hinzu: »Ich brauche jetzt ein wenig frische Luft. Sie finden mich auf dem Bahnsteig...«

Ich nahm meine Reisetasche, wandte mich zur Tür und verließ das Restaurant mit seinen wartenden, verdrossenen, übermüdeten Bahnkunden. War jemandem unser Disput aufgefallen? Ich sah mich um. Kein Blick, der meinem auswich. In der Bahnhofshalle gähnte neonbeleuchtete Leere. Ich ging nach draußen, auf der Straße lag Matsch, durch meine Lederschuhe hindurch spürte ich Nässe und Kälte. An einem Taxistand sah ich einen einzelnen Wagen. Ich ging hinüber und wechselte ein paar Worte mit dem Fahrer. Der Wagen war frei. Der Fahrer nahm meine Reisetasche und schaltete den Taxameter ein.

Dann kehrte ich zum Bahnhof zurück und ging durch die Unterführung zu dem Bahnsteig, auf dem der ICE »Alpenland« noch immer auf eine neue Lok wartete. Oben blieb ich stehen. Der Schneefall hatte wieder eingesetzt. Ich schlug meinen Mantelkragen hoch. Aus dem Schatten eines Kioskes trat ein Mann auf mich zu und legte seine Hand auf meinen Arm. Der Mann war so nah, dass ich seinen Atem roch und den Geruch von Schnaps darin. Ich bewegte mich nicht, obwohl mir sonst niemand die Hand auf den Arm legen darf.

»Sie sind mir noch immer eine Erklärung schuldig«, hörte ich Prackes Stimme, fast flüsternd. »Was also meinten Sie vorhin mit Ihrer Bemerkung über meine Assistentenstelle bei Lindtheimer?«

»Das kann man überall nachlesen«, antwortete ich. »Im Munzinger-Archiv ebenso wie im *Who is who*. Sie sind doch stolz darauf. Lindtheimer war schließlich eine erste Adresse.«

»Ich rede von etwas anderem. Sie haben einen Zusammenhang hergestellt, den ich nicht hinnehmen kann.« Pracke hielt mich noch immer am Arm gepackt. »Sie tun so, als hätten Sie ein gutes Blatt. Aber bisher habe ich nichts als läppische Zweien gesehen.«

Ich löste seine Hand von meinem Arm. »Sie wollen sich jetzt von Ihrer Frau trennen und glauben, dass Ihnen das keine Probleme bereiten wird«, antwortete ich. »Offenbar sind Sie ein glücklicher Mensch. Einer, dem alles den Weg ebnet. Vor allem das Unglück der anderen. Sie haben die Stelle Ihres Freundes Claudius geerbt, und seine Verlobte dazu. Da hat auch Ihre erste Freundin Elisabeth keine Probleme gemacht. Bescheiden ist sie zur Seite getreten, wie es sich gehört bei einem bedeutenden Mann. Und Sie glauben, das geht immer so?«

Wir standen uns nun gegenüber, neben uns der Intercity, sein Gesicht war von seinem Hut überschattet, trotzdem fiel mir auf, wie aufgedunsen es war und kalkig.

»Menschenskind«, sagte er halblaut, »was nehmen Sie sich heraus? Wissen Sie eigentlich, dass ich bei der Münchner Kriminalpolizei einen guten Freund habe, er ist ein hochrangiger Beamter, er wird dafür sorgen, dass Sie richtig Ärger bekommen...«

»Sie haben in den letzten Jahren keinen Kontakt mehr zu Elisabeth gehalten«, fuhr ich fort. »Ein Fehler. Man sollte niemals einen Menschen vergessen, der einem einmal einen Gefallen getan hat.«

»Einen Gefallen?« Er starrte mich an. »Unsinn...«

Scheppernd brach über uns ein Lautsprecher los und schüttete zu, was Pracke hatte sagen wollen.

»Bitte Vorsicht an Bahnsteig 4! In wenigen Minuten hält die Ersatz-Lok für den verspäteten Intercity nach München Einfahrt...«

Nun war ich es, der seinen Arm nahm und ihn von dem Intercity weg auf die andere Seite des Bahnsteigs führte. Außerhalb der Lichtkegel, die von den Bahnhofslampen durch das Schneetreiben fielen, blieben wir stehen. Ich blickte nach rechts. Ganz in der Ferne glaubte ich, das Scheinwerferlicht einer Lokomotive zu sehen.

»Elisabeth war es, die die Antenne auf den Süddeutschen Rundfunk gerichtet hat«, sagte ich. »Sie selbst haben es mir doch erzählt. Das Gerät war auf Radio Beromünster eingestellt gewesen, weil es da oben nur eine wichtige Sendung gibt, und das ist der Wetterbericht. Der Wetterbericht von Radio Beromünster. Und Elisabeth hat so lange mit der Antenne experimentiert, bis sie statt Beromünster den Stuttgarter Sender hereinbekam. Sie hat es gemacht, weil Sie sie darum gebeten hatten.«

»Absurd«, sagte Pracke. »Absolut gaga und plemplem. Wenn ich den verdammten Stuttgarter Sender hätte hören wollen, hätte ich doch auch selber umschalten können ...«

»Nein«, sagte ich. »Sie wussten, was passieren würde. Von Kindheit an waren Sie immer wieder in den Bergen, Sie haben es mir selbst gesagt. Also müssen Sie gewusst haben, was das prachtvolle Morgenrot bedeutete. Und die Streifenwolken. Dass ein Wettersturz bevorstand. Und dass Radio Beromünster davor warnen würde. Aber weil die Gruppe fast die gesamte Zeit zusammen war, konnten Sie sich nicht selbst an der Antenne zu schaffen machen. Der Spaziergang allein war schon gefährlich genug.«

Das Scheinwerferlicht kam näher.

»Welcher Spaziergang?«

»Der Spaziergang, als Sie den Kopf auslüften wollten. Und bei dem Sie den Wegweiser verdreht haben. Bei dem Sie dafür gesorgt haben, dass Claudius sich zwischen dem falschen und dem richtigen Weg entscheiden musste.«

Ich lächelte kurz. »Vor ein paar Tagen habe ich einen Besuch gemacht, in einem Altenheim in Bludenz. Ein Besuch bei einem alten Polizisten. Er hat sich noch gut an den Toten im Schnee erinnert. Und wissen Sie, was er mir gesagt hat?«

Pracke blickte der Lok entgegen. Sie würde den Bahnhof durchfahren, bis sie von der anderen Seite her an den ICE ankoppeln konnte.

»Er glaubt nicht, dass es die Schüler aus dem Landschulheim waren, die den Wegweiser verdreht haben. In dem Heim waren damals Kinder aus dem X. Wiener Bezirk untergebracht, aus Favoriten, und von denen sei ganz gewiss keines hochgestiegen, nur um einen Wegweiser zu verdrehen. Eintausend Meter den Berg hinauf – das sei denen doch viel zu fad gewesen. Sagt der Polizist.«

Pracke reagierte nicht.

»Gut, das muss Sie nicht interessieren«, fuhr ich fort. »Aber Sie hätten sich wirklich mehr um Elisabeth kümmern sollen. Ich verstehe, dass Sie sich sicher gefühlt haben. Wenn Elisabeth etwas gesagt hätte, hätte sie nur sich selbst belastet. So glaubten Sie, und so war es auch. Lange Zeit. Aber dann ist sie krank geworden. Vor zwei Wochen ist sie an Leukämie gestorben. Gut für Sie. Aber bevor sie gestorben ist, hat sie Ihrer Frau geschrieben. Und das ist nun nicht mehr so gut für Sie.«

»Was sagen Sie da?« Abrupt drehte sich Pracke um. Plötzlich schrie er. »Wer sind Sie? Und was wollen Sie von mir?«

Die Lok war ganz nah. Nun schrie auch ich, um das Fahrgeräusch zu übertönen. »Haben Sie das noch immer nicht begriffen?«

Ich machte einen raschen Schritt auf ihn zu. Er riss erschrocken die Arme hoch. Mit der flachen Hand stieß ich ihn gegen die Brust, so dass er ins Stolpern geriet. Seine Füße suchten nach Halt, doch auf dem Matsch kamen seine Schuhe ins Rutschen, es riss ihm die Füße weg, und er stürzte nach hinten. Dann sah ich nichts mehr von ihm, nur noch die silberfarbene Lokomotive, die an mir vorbeirollte.

Im Matsch an der Bahnsteigkante lag sein Hut, den er beim Sturz verloren hatte.

Ich hob den Hut auf und legte ihn auf eine Wartebank, mit der Krempe nach oben, wie es sich gehört. Dann ging ich zur Unterführung. Kreischend griff die Notbremsung der Lokomotive. Während ich die Treppe hinabstieg, musste ich daran denken, wie Pracke mich gefragt hatte, ob man mich in den Gelben Seiten des Telefonbuches finde.

Ich weiß nicht, ob das eine wirklich gute Idee wäre.

Tanjas Äffchen

Eine Amaryllis, sehr hübsch, sehr farbenfroh, was Sie da haben, diese ewigen Chrysanthemen und Lilien sind so etwas von langweilig, einfach unerträglich. Sie riechen geradezu nach Begräbnisreden, ich hasse Begräbnisreden, aber wissen Sie, was der Dichter sagt?

Nimm fort die Amarylle,
du siehst ja: gründlich: – Sie setzt
ganz rot, ganz tief, ganz Fülle
ihr Eins und Allerletzt ...

Aber das soll Sie nicht irritieren, Benn ist aus der Mode, habe ich gehört, und das Rot hat sicher seinen Grund, ich will nicht indiskret sein. Haben Sie sie beim Bruckschlegl gekauft? Wissen Sie, der Gärtner gleich gegenüber vom Halteplatz der Straßenbahn, aber ich sehe schon, Sie sind mit dem Wagen hier und haben auf dem kleinen Platz vor dem Seiteneingang geparkt, deswegen sind Sie auch nicht an der Friedhofskapelle vorbeigekommen, denn bei der Kapelle müsste ein Verzeichnis aufliegen oder ein Lageplan ... Diesen Gärtner oder Aufseher oder was er ist, den fragen Sie besser nicht, das ist ein ganz ungehobelter Mensch, der fährt Sie bloß an und behauptet womöglich, dass Ihre Amaryllis zu rot ist oder zu farbig, das glauben Sie nicht, was Sie hier für Antworten bekommen ...

Sehen Sie nur hier, das ist doch ein allerliebstes kleines Äffchen, es will die Trommel schlagen, aber die Trommel geht nicht mehr, irgendetwas ist eingedrückt, ein Herr vom TÜV hat es mir gebracht, nachdem er es untersucht hatte. Er hat mir erklärt, dass es bei dem Unfall passiert ist ... Als das kleine Herz nicht mehr geschlagen hat, hat auch das Äffchen nicht mehr getrommelt, im gleichen Augenblick nicht mehr, und da soll ich das Äffchen hier nicht ans Grab stellen dürfen, das möchte doch hier sein, verstehen Sie? Aber erklären Sie das mal einem solchen Holzkopf!

Die Kapelle finden Sie übrigens ganz leicht, sehen Sie da vorne den Obelisk? Der ist für irgendwelche Freiheitskämpfer von 1848, das weiß auch kaum jemand, dass es so etwas in unserer Stadt gegeben hat, und nach dem Obelisk nehmen Sie den dritten, nein, den zweiten Weg nach links, das heißt, nein ...

Ach, wissen Sie was? Lassen Sie mich gerade noch hier aufräumen, dann gehe ich mit Ihnen zur Kapelle, Wege habe ich noch nie gut erklären können, ich bin hier auch gleich fertig, ich muss nur noch den Schnitt in die Plastiktüte tun, es ist ja ein bescheidenes Grab, in unserer Familie haben wir immer auf eine gewisse Zurückhaltung Wert gelegt, das hat meine Schwiegertochter vielleicht nicht immer ganz verstanden, aber wie sagt man? De mortuis nil nisi bene. Habe ich in der Schule gelernt. Ich bin noch in eine Schule gegangen, in der man solche Sachen lernen musste, und dann hat man das im Kopf und wird es nicht mehr los und müsste doch eigentlich ganz andere Dinge wissen und sich merken ... Aber wissen Sie, diese Aufmerksamkeitsstörungen und all das, dass junge Leute plötzlich Amok laufen und ihre Mitschüler und die Lehrer totschießen, und dann stellen die anderen Kinder ihre Teddybären hin, zwischen die Kreuze und die Kerzen, das stört dann niemand ...

Aber was ich sagen wollte: Das alles hat es früher nicht gegeben, ich hab das oft meiner Schwiegertochter gesagt, dass das mit den Elternhäusern zu tun hat, mit der Kinderstube, wissen Sie? Aber den Ausdruck kennt man heute ja fast gar nicht mehr, ich meine, dass man sagt, der und der hat eine gute Kinderstube ...

Meine Schwiegertochter hat das nie so recht hören wollen, sie kommt ja aus einer sehr netten Familie, ganz reizende Leute, das hat ja etwas für sich, wenn man jemand kennt, der sich auf handwerkliche Dinge versteht, mein Mann war ja Akademiker, ein Geisteswissenschaftler, aber unter uns gesagt: Ein Geisteswissenschaftler ist jemand, der keinen Nagel in die Wand schlagen kann. Also, da war die Familie meiner Schwiegertochter anders beschaffen, auch wenn sie immer sehr gewählt, sehr leise gesprochen hat, sehr um Distinktion bemüht ...

Ja, was wollte ich Ihnen gerade sagen? Sie sind verheiratet? Nein? Manchmal denke ich, für einen Mann, der vorankommen will, ist es doch besser, wenn er sich nicht zu früh bindet, er hat dann einen ganz anderen Handlungsspielraum, also mein Sohn zum Beispiel: Er hätte ein Forschungsstipendium in den USA sicher gehabt, an einer der Elite-Universitäten, von denen immer die Rede ist, eine erste Adresse wäre das gewesen, das dürfen Sie mir glauben, so gut wie sicher hatte er das, aber dann kam die Kleine, und er wollte Mutter und Kind nicht allein lassen. Das hat mich schon sehr bedrückt, manche Nächte habe ich nicht schlafen können, bin dagelegen und habe das in meinem Kopf herumgewälzt und in mein Kissen geweint, warum hat die junge Frau nicht besser aufpassen können, alle anderen Frauen in dem Alter bekommen es doch auch hin, warum muss ausgerechnet meiner an so eine hintappen, entschuldigen Sie, aber so hat es in meinem Kopf ausgesehen, ich hab mich selber darüber geärgert, man weint doch nicht in sein Kissen, das gibt es doch nur in einem Lore-Roman, aber ich hab mir auch gedacht, dass sich die junge Frau gedacht hat, klar, wenn er erst in den USA ist, dann ist er weg, dann bin ich aus den Augen, aus dem Sinn, da muss ganz schnell was passieren ...

Und wie dann die Kleine da war, also die Tanja, das war soweit ja ein gesundes Kind, es war alles dran, kein Finger und keine Zehe zu viel, entschuldigen Sie, wenn ich das so sage, ich weiß auch nicht, warum man heutzutage ein solches Geschrei darum macht, dass ein Kind fünf Finger hat und keine vier oder sechs, vermutlich hat es mit der Umweltvergiftung zu tun, dass das jetzt schon etwas Besonderes ist ...

Wo hab ich jetzt meine Schaufel? Ach, ich hab sie schon eingepackt, also können wir gehen, das Grab ist doch wieder sehr schön geworden, finden Sie nicht? Und auch das kleine Äffchen hat einen Platz gefunden, hier unter dem Kirschlorbeer ist es ein wenig vor dem Regen geschützt und stört auch niemand, mit dem Regen muss man aufpassen, es rostet schon an der Stelle, wo es unter dem Pedal eingeklemmt war ...

So, wenn Sie mich begleiten wollen, ich muss nur noch den Schnitt zum Kompost bringen, danach gehen wir zur Kapelle. Sie sind nicht verheiratet, sagten Sie? Sie bügeln Ihre Hemden selber, nicht wahr? Ich will Ihnen ja nicht zu nahe treten, aber das sieht man auch. Jeder Mann braucht jemand, der die kleinen Dinge in Ordnung hält, wissen Sie, gerade auf die Details sollte man achten, ein Hotelportier zum Beispiel weiß sofort, mit wem er es zu tun hat, und wissen Sie, wie? Er wirft einen Blick auf die Schuhe, das sagt ihm alles. Sie haben ja ...

Also, bei meinem Sohn achte ich ja immer sehr auf diese Dinge, er muss ja erst wieder Fuß fassen, das alles hat ihm ja auch beruflich zugesetzt, das steckt einer nicht so schnell weg, vor allem, wenn er so sensibel ist und sich Vorwürfe macht, dabei hat er sich gar nichts vorzuwerfen, er war bei Freunden gewesen, das muss doch auch ein junger Familienvater mal dürfen, dass er sich mit seinen alten Freunden zusammensetzt ... Aber das Leben muss ja weitergehen, das sage ich auch immer der Mutter meiner Schwiegertochter, die arme Frau kann ja gar nicht damit umgehen, ich dachte immer, die einfacheren Leute seien vielleicht eher fromm und hätten in ihrem Glauben einen Halt, aber das scheint ein Irrtum zu sein.

Da sind wir schon, wenn Sie mir gerade helfen wollten, die Plastiktüte auszuschütteln, besten Dank auch, und vergessen Sie Ihre Amaryllis nicht, Sie haben sie beim Bruckschlegl bekommen, sagten Sie? Ich habe mir das ja gleich gedacht, wissen Sie, Sie können das wahrscheinlich gar nicht sehen, weil das zu den kleinen Dingen des Lebens gehört, für die Männer nicht geschaffen sind – aber lange wird die Amaryllis leider nicht mehr halten, schade, die Blüte ist sehr kräftig, ich hoffe, sie ist nicht für das Grab einer jungen Frau bestimmt oder eines jungen Menschen überhaupt ... ?

Also, der Bruckschlegl, der hat es einfach nicht nötig, frische Ware vorrätig zu haben, die Leute sind heutzutage ja so gedankenlos, die fahren auf den Friedhof und denken sich nichts dabei, und dann sehen sie, dass man da Blumen hinlegt, und da fällt es ihnen erst wieder ein, dass sie auch welche brauchen, und der Bruckschlegl steht hinter seinem Tresen und reibt sich die Hände ...

Aber ich darf nicht zu ungerecht sein, ich neige manchmal dazu, es ist ja auch gar nicht so einfach, frische Ware zu bekommen, also Blumen, die auch Blumen sind und nicht bloß so arme Chemiegeschöpfe ... Wissen Sie, wie das die Holländer machen? Die holen in Tanks die Abwässer von Bayer Leverkusen und ziehen ihre Tulpen darauf und karren sie dann mit ihren schrecklichen Lastzügen nach Deutschland, und die armen Asylbewerber, die das hier abends in den Kneipen verkaufen müssen, die holen sich alle ihren Krebs dabei, und dann werden sie in unseren Kliniken behandelt und bestrahlt und mit Chemotherapie voll gepumpt, es ist ja eine Christenpflicht, dass man die Leute nicht einfach so sterben lässt, übrigens ist das auch so ein Ausdruck, den man heute nicht mehr kennt: dass etwas eine Christenpflicht sei, aber wundert es Sie da noch, dass wir den ganzen Ärger mit der Gesundheitsreform haben? Nur, dass die Holländer daran schuld sind mit ihren Tulpen, davon lesen Sie nie etwas in den Zeitungen ...

Aber wenn Sie das nächste Mal Blumen brauchen, vielleicht

nicht für ein Grab, sondern für eine lebendige junge Dame, dann gehen Sie doch zu dem kleinen Laden rechts hinter der Matthäi-Kirche, wenn Sie vom Christophsplatz kommen, Sie sind doch von hier? Ein ganz kleiner Laden, übrigens mit einer ganz reizenden Verkäuferin, ich sage Ihnen! Sie werden hin und weg sein, manchmal hätte ich direkt Lust gehabt, ihr zu sagen, sie solle sich selbst in Cellophan packen und eine Schlaufe daran tun, dann bringe ich sie meinem Sohn mit, so ein junger Mann braucht doch auch seinen Spaß... Übrigens habe ich diesen entzückenden Blumenladen lange nicht entdeckt, obwohl ich immer ein Auge darauf habe, wo es etwas gibt, das einen besonderen Pfiff hat, dieses Je-ne-sais-pas-quoi, Sie können auch Charme dazu sagen. Ich meine nicht die teuren Schickimicki-Läden, wo man nicht weiß, verkaufen sie jetzt Stahlrohre oder Neonleuchten oder italienische Schuhe, das ist alles nichts für mich, ich suche das ganz altmodisch gut geführte Geschäft, wo man noch ein Empfinden hat für das Besondere, das Hübsche, das auffällt und doch nicht ausgefallen ist. Deswegen war ich ja auch so stolz, als ich diesen kleinen Spielzeugladen gefunden habe, übrigens auch nicht weit von der Matthäi-Kirche. Sie müssen nur durch die Passage bei diesem schrecklichen Kaufhaus gehen, das jetzt hoffentlich bald pleite ist, und dann kommt rechts ein hübscher kleiner Platz mit einer Linde, da ist es auch schon, ein ganz alter Laden, der noch eine richtige Bimmelglocke hat, reizend, und im Angebot wunderhübsche alte Kinderbücher, zum Beispiel die Häschenschule, einfach zauberhaft, dann die richtigen Käthe-Kruse-Puppen, nicht diese schrecklichen Barbie-Geschöpfe, wo man sich nicht zu wundern braucht, dass die Mädchen später alle die Bulimie kriegen, und diese Holzbaukästen, wie ich sie noch als Kind gekannt habe, mit bemalten Rundbögen... Ich hatte einen schon als Geschenk einpacken lassen, dann ist mir im letzten Augenblick eingefallen, dass meine Schwiegertochter behauptet hat, Tanja hätte eine Allergie gegen Holzspielzeug, immer haben diese Kinder heutzutage eine Allergie gegen irgendetwas, diesmal sollte es eine Allergie sein gegen die Imprägnierung, als ob so ein altes Holzspielzeug imprägniert gewesen wäre! Aber das ist ja das Fatale bei den Allergien, wenn man sich einbildet, das Kind ist gegen Holzspielzeug oder gegen Quittengelee allergisch, dann bekommt das Kind auch seine Pusteln, sonst ist die Mutter ja nicht zufrieden, vielleicht ist es überhaupt so, dass die Kinder in Wirklichkeit eine Allergie gegen ihre Mütter haben, dabei habe ich zwei so prachtvolle Quitten in meinem Garten, und mein Quittengelee – also, wenn wir uns noch einmal treffen, bringe ich Ihnen ein Glas mit, Sie werden kein anderes mehr haben wollen ...

Und dann ist mir natürlich eingefallen, dass sich der Holzbaukasten vielleicht auch deshalb nicht für die Kleine eignet, weil ein solcher Baukasten doch voraussetzt, dass das Kind sich ins Bauen vertiefen kann, dass es die Geduld hat, ein Klötzchen auf das andere zu setzen, bis es ein Turm wird oder ein Haus ... Aber meine kleine Enkelin hat es leider nie gelernt, bei einer Sache zu bleiben, jedenfalls war das mein Eindruck, wenn sie bei mir zu Besuch war, und natürlich habe ich sie doch immer sehr genau beobachtet. Das will man ja wissen, auf wen kommt so ein kleiner Mensch heraus, welche Gene setzen sich durch? Also, ich hab da sehr genau hingesehen, aber da war immer eine Unruhe, die es so bei Kindern eigentlich nicht geben sollte, vielleicht hat meine Schwiegertochter auch deshalb immer abgeblockt, damit man nicht sieht, dass das Kind dieses Aufmerksamkeitsdefizit hat, Sie wissen schon, es gibt ein Medikament dagegen, wie heißt es noch gleich?

Und das alles ist mir durch den Kopf gegangen, wie ich in dem Laden stand und der Verkäufer nicht wusste, ob er den Holzbaukasten einpacken soll oder nicht, und wie ich da so stehe, sehe ich das kleine Äffchen, gelb und rot und lila, mit seiner Trommel, es erinnerte mich an ein Äffchen, das ich als Kind in der Auslage von einem Spielzeuggeschäft gesehen habe, es war ja damals überhaupt nicht daran zu denken, dass man so etwas bekommen hätte ...

Und dann habe ich mir gedacht, dass es der kleinen Tanja ganz gut täte, wenn sie einige musische Anregungen bekäme, meiner Schwiegertochter war das ja gar nicht gegeben, das muss ja auch nicht sein, übrigens war sie aus Norddeutschland, *Frisia non cantat*, hat es früher geheißen, Friesland singt nicht, und ich durfte auch bei der kleinen Tanja nicht zu anspruchsvoll sein, also kam Blockflöte nicht in Frage. Aber wie wäre es mit einer Trommel gewesen? Trommeln, so dachte ich, das fordert diese ganze diffuse kindliche Energie, die Kleine kann ihre ganzen aufgestauten Aggressionen ausarbeiten, und dass ein Kind, das ständig vor irgendwelchen allergischen Reaktionen beschützt werden muss, dass ein solches Kind also Aggressionen entwickelt, das liegt doch auf der Hand, das kann doch gar nicht anders sein ...

Das kleine Äffchen, wenn es aufgezogen war, schlug die Trommel, Brrrrrrrrrrr! machte das, und ich dachte, ich kann Tanja motivieren, wenn das Äffchen so trommeln kann, kannst du es auch, wenn du willst, gehen wir eine Trommel kaufen ... Eine nette Idee, finden Sie nicht auch? Aber Sie hätten meine Schwiegertochter hören sollen! Das heißt, Sie hätten sich große Mühe geben müssen, sie zu hören, denn sie sprach immer sehr leise, ich nehme an, sie dachte, dass ein kultiviertes Sprechen so sein müsse. Ehrlich gesagt fand ich es – aber das habe ich ihr nie gesagt – ein bisschen degoutant, so als müsse sie mir vorspielen, sie sei aus besserem Hause, das tut man doch nicht, schon gar nicht, wenn der Vater ...

Aber das führt zu weit. Mein Sohn hat sie ja immer zu verteidigen versucht, Mama, hat er gesagt, sie ist nun einmal ein stiller Mensch und sehr geräuschempfindlich, sie hat ein sehr feines Gehör ... Wissen Sie, mein Sohn ist ein guter Junge, aber manchmal redet er schrecklich unbeholfen daher. Sehr geräuschempfindlich, wenn ich das schon höre! Wenn eine junge Frau partout ein Kind kriegen will, was hat sie dann geräuschempfindlich zu sein? Früher soll es ja solche Frauen gegeben haben, die nahmen regelmäßig ihre Migräne, vielleicht war das auch nur in den Fortsetzungsromanen so, wenn die Autoren gerade nicht mehr wussten, wie es weitergehen sollte ... aber heute? Verstehen Sie, ich habe mir dann auch schon überlegt, wie mein Sohn auf seine Kosten kommt, mit einer Frau, die ständig ihre ... also ja ...

Aber was ich sagen wollte – mein Sohn hatte damals noch die Stelle in Feichtenmünster, die er nach Tanjas Geburt angetreten hatte, glücklich war er dort ja nicht, ich denke ja, er wäre wirklich für eine akademische Laufbahn bestimmt gewesen ... Manchmal an den Wochenenden besuchte er mich mit seiner Familie, und ich habe mir immer sehr große Mühe gegeben, damals zum Beispiel hatte ich eigens eine Linzer Torte gebacken, nach einem ganz besonderen Rezept, ich hab es von einer Salzburger Konditorin ...

Als mein Mann noch lebte, sind wir immer zu den Festspielen gefahren, müssen Sie wissen, aber damals hatte auch noch Karajan den Taktstock in der Hand! Aber die Linzer Torte ist eine ganz besondere, mit der Couverture aus getrocknetem Quittengelee, nur meiner Schwiegertochter hatte ich es wieder einmal nicht recht machen können. Tanja sei gegen Quitten allergisch, sagte sie, immer war das Kind gegen irgendetwas allergisch, natürlich war sie auch gegen Quitten allergisch, und wissen Sie, was das Allerschönste war? Meine Schwiegertochter behauptete, es sei wegen der Härchen auf der Quittenschale, stellen Sie sich das einmal vor! Als ob ich die Schale nicht sorgfältigst vorher entfernt hätte, niemand ist so sorgfältig im Entfernen der Quittenschalen wie ich, kein Fitzelchen übersehe ich, was hat sich die dumme Kuh denn da gedacht ... Entschuldigen Sie, ich sollte so nicht reden, aber der Besuch war eine einzige Katastrophe – als die Kleine mein Geschenk ausgepackt hatte und das Äffchen uns anstrahlte, rot und gelb und lilafarben, glauben Sie, von den beiden wäre da nur ein Wort des Dankes gekommen? Pustekuchen! Und als ich das Äffchen aufzog und es losließ und es Brrrrrr! mit seinem Trommelwirbel begann, da hielt sich meine Schwiegertochter die Ohren zu, und wie auf Kommando, als ob es ihre Mutter ihr eindressiert hätte, fing die Kleine an zu plärren, und ich musste das Äffchen eilig wieder abstellen ...

Kein Wunder, dass mein Sohn dann schleunigst das Weite gesucht hat, es gibt da in der Altstadt ein reizendes kleines Lokal, in dem er früher oft verkehrt hat, mit einem sehr kultivierten Freundeskreis, nun ja, junge Männer müssen ab und zu über die Stränge schlagen können, das wissen Sie besser als ich, manche freilich sind so klug und passen auf, dass sie nicht ins Fangeisen gehen, zu diesen Klugen hat mein Sohn leider nicht gehört ... Meine Schwiegertochter hat sich auch gleich an ihn klammern müssen, er solle sie nicht allein lassen, wie sich das angehört hat, als ob ich die böse Fee aus dem Märchen wäre und sie vergiften wollte, und es ist auch nicht wahr, dass mein Sohn zu viel trinkt, also manchmal könnten es ein oder zwei Gläser weniger sein, das gebe ich zu, aber er kann jederzeit aufhören, er hat sich unter Kontrolle, abhängig ist er nicht ...

Er ist dann trotzdem gegangen, zu meiner Erleichterung, muss ich sagen, denn es war wirklich an der Zeit, dass ich mit meiner Schwiegertochter ganz sachlich und unter vier Augen ein paar Dinge beredete, in ihrem ganz eigenen Interesse, und vor allem auch im Interesse der Kleinen, denn je länger man solchen kindlichen Fehlhaltungen zusieht, desto schwieriger wird es, sie zu beheben, dass kann Ihnen jeder Kinderpsychologe sagen, und dass bei dem Kind etwas nicht in Ordnung war, das hat doch ein Blinder mit Krückstock gesehen, diese Ängstlichkeit, dieses Ausweichen, wenn sie mir ins Gesicht sehen sollte, diese ständigen angeblichen Allergien – da stimmt doch auch mit der Mutter-Kind-Beziehung etwas nicht, da konnte mir meine Schwiegertochter erzählen, was sie wollte ... Natürlich ist ein solches Gespräch nicht einfach, das weiß ich, für keine Mutter ist es einfach, wenn man ihr erklärt, dass mit ihrem Kind etwas nicht stimmt, da kann man ihr das noch so freundlich und verständnisvoll auseinandersetzen, man muss da sehr taktvoll vorgehen, nichts war in meinem Elternhaus mehr verpönt als Taktlosigkeit. Aber ich war dann doch überrascht, mit welcher Uneinsichtigkeit meine Schwiegertochter abgeblockt hat, sie behauptete, sie verstehe nicht, was ich überhaupt meine, und wenn die Kleine ängstlich wirke, dann sei sie es allenfalls mir gegenüber – stellen Sie sich das einmal vor! Mit meinen alten Beinen laufe ich die ganze Stadt ab, um etwas besonders Hübsches für die Kleine zu besorgen, stelle mich hin und backe eine Linzer Torte, obwohl ich auf meine Zuckerwerte achten muss – und was ist der Dank? Nichts als Vorwürfe, ich soll das Kind eingeschüchtert haben, das ist doch lachhaft ...

Ich war tief verletzt, das dürfen Sie mir glauben, aber ich habe es mir nicht anmerken lassen, so wie es noch einige andere Dinge gibt, die ich immer sorgfältig und taktvoll für mich behalten habe.

Also, diese Auffälligkeit zum Beispiel, dass sie plötzlich schwanger geworden ist, als mein Sohn das Stipendium erhalten sollte, und dann gibt es auch noch die ein oder andere Unklarheit, wenn ich nämlich von der Geburt der Kleinen zurückrechne, kommt etwas ganz Merkwürdiges heraus, dass nämlich mein Sohn zu dem Zeitpunkt, zu dem die Kleine gezeugt worden sein soll, eigentlich auf einem Ski-Urlaub im Montafon gewesen ist ...

Dass mich das schon die ganze Zeit beschäftigt hat, werden Sie verstehen, aber ich habe meine Schwiegertochter auch an jenem Abend nicht darauf angesprochen, Gott behüte! Ich habe nur gefragt, ganz behutsam habe ich gefragt, ob ich vielleicht von einer falschen Voraussetzung ausgehe, indem ich die kleine Tanja immer mit meinem Sohn vergleiche, der als Kind doch immer sehr aufmerksam und wach und zugewandt gewesen sei, und ich möchte der kleinen Tanja kein Unrecht tun, wenn ihre genetischen Voraussetzungen etwa andere sein sollten, denn dann, verstehen Sie, wäre es ihr gegenüber nicht fair, sie zu vergleichen ...

Sagen Sie selbst, kann man das taktvoller zur Sprache bringen? Und wenn meine Schwiegertochter nur ein klein wenig einsichtiger gewesen wäre, hätte sie ja ganz sachlich darauf eingehen können. Von Frau zu Frau sollte das ja möglich sein, in meiner Generation hat man gelernt, für vieles Verständnis zu haben – aber sie, sie packte die Kleine und ihr Gepäck und rannte aus dem Haus und zum Auto meines Sohnes, verstehen Sie, sie hat nicht einmal gewartet, bis er zurückgekommen ist, sondern hat das Kind in den Wagen gestopft und ist losgefahren, dabei ist sie eine sehr unsichere Fahrerin gewesen, er stehe Todesängste aus, hat mein Sohn einmal geklagt, wenn sie am Steuer sitze, und sie wollte auch nicht mehr mit mir reden, obwohl ich ihr zum Wagen gefolgt bin und ihr gesagt habe, sie solle doch auf meinen Sohn warten, nichts! Ich sehe noch, wie sie mit dem Zündschlüssel herumstochert, und ich lege ihr das Äffchen auf den Beifahrersitz, es war ja mein Geschenk für Tanja, und dann hat sie den Zündschlüssel herumgedreht und ist weggefahren, grußlos ...

In der Nacht – mein Sohn war schon zurück und hatte sich in seinem Zimmer schlafen gelegt, es ist das Zimmer, das er schon als Kind hatte, ich habe da nie etwas geändert, es ist und bleibt sein Zimmer –, in der Nacht also rief dann die Polizei an, zum Glück war ich noch wach, obwohl ich meine Baldriantabletten genommen hatte, nach diesem Gespräch hatte ich sie nötig, das dürfen Sie mir glauben, also, die Polizei rief an und wollte meinen Sohn sprechen, aber den bekam ich nicht wach, und so haben sie es mir gesagt, das war eine der schrecklichsten Nächte meines Lebens, meiner ärgsten Feindin wünsche ich so etwas nicht ...

Verstehen Sie, ich habe mir dann auch Vorwürfe gemacht, natürlich macht man sich in einer solchen Situation Vorwürfe, dabei hatte ich sie nur gefragt, wie das mit diesem Ski-Urlaub von meinem Sohn war, also, das muss man als Mutter doch noch fragen können ... Dass sie dann so – so fassungslos, so aufgebracht reagiert hat, das gibt mir doch zu denken, da muss es doch einen Grund geben, wenn man darüber nicht ruhig reden kann, so von Frau zu Frau. Meinen Sie, ich sollte vielleicht doch noch einen DNA-Test veranlassen? Kann man das nachträglich, wenn das Kind schon tot ist? Vielleicht wäre es für meinen Sohn eine Beruhigung, in der einen oder anderen Weise ...

Da drüben übrigens sehen Sie die Friedhofskapelle, Sie können sie nicht mehr verfehlen, ich muss jetzt hier zum Haupttor. Vielleicht sehen wir uns ja mal wieder, ich bin öfter hier, das Grab mit dem kleinen Äffchen will ja auch gepflegt sein, der Herr vom TÜV hat mir übrigens erklärt, dass sich der Hebel, mit dem das Trommelwerk abgestellt war, wahrscheinlich während der Fahrt gelöst hat, und wenn meine Schwiegertochter gar nichts gemacht hätte, dann wäre ihr auch nichts passiert, aber nein, sie muss versucht haben, das Äffchen abzustellen, dabei ist es ihr auf den Boden gefallen und unter das Bremspedal gerutscht, und der Wagen ist ins Schleudern gekommen und über die Böschung und in den Wald, zu schnell gefahren ist sie auch, aber die beiden waren sofort tot, hat der Herr vom TÜV gesagt, das ist doch auch ein Trost ...

Aber jetzt muss ich wirklich gehen, da sehe ich schon meinen Sohn am Portal, er wohnt jetzt wieder bei mir, also auf Wiedersehen, es war reizend, mit Ihnen zu plaudern, und denken Sie an den kleinen Blumenladen ...

Hochzeit in Jauchenburg

Jauchenburg erreichen Sie über die Südautobahn, die Sie aber am Weißensteiner Kreuz verlassen müssen. Über die Haynbucher Steige kommen Sie dann auf die Landstraße, und schon bald sehen Sie die charakteristische Silhouette mit den spitzgiebligen braunroten Dächern und den Tortürmen, beherrscht vom spätgotischen Münster und seinen mit Grünspan überzogenen Turmhauben. Jauchenburg, einst Freie Reichsstadt, hat schon lange seine Bedeutung verloren, dennoch sind in den letzten Jahrzehnten rund um den mittelalterlichen Stadtkern neue Wohngebiete entstanden.

Ich stellte meinen Wagen in der Tiefgarage unterm Tandelmarkt ab und ging dann mit meinem Gepäck – das Klapprad ließ ich im Kofferraum – zu der Pension in der Greiffengasse, in der man mich bereits kannte.

»Ach, wieder auf Montage!«, begrüßte mich die Kleinmädchenstimme der Wirtin. Neugierig musterte sie mich aus ihren hellblauen Puppenaugen. »So bald schon wieder?«

»Die Arbeit geht leider nicht aus«, antwortete ich und füllte den Meldezettel aus.

»Ja freilich«, meinte die Wirtin, »manche Arbeit geht nie aus, sondern will zu Hause gemacht sein, vor allem, wenn sie einen Rock trägt.«

Ich lächelte das Lächeln des Kavaliers, der genießt und schweigt.

Sie deutete mit einem dicken rosafarbenen Finger auf mich. »Da sieht man's doch, dass Sie ein ganz ein Schlimmer sind.«

Ich nahm mein Gepäck und ging in das Zimmer im ersten Stock, verfolgt von glucksendem Kichern. Das Zimmer – harte Matratze, Billigfernseher, ein Tischchen, ein Stuhl – ging auf eine kleine Holzveranda hinaus, die sich um den engen Hinterhof zog. Der Hinterhof hatte einen Ausgang zur Nachbargasse. Ich packte meinen Schlafanzug und meine Unterwäsche aus und räumte sie ein. Gerade die kleinen Dinge müssen an ihrem Platz sein.

Als ich wieder an der Rezeption vorbeikam, hörte ich die Wirtin in der kleinen Teeküche hantieren. Ich rief ihr zu, dass ich den Schlüssel mitnehme, falls ich am Abend sehr spät zurückkäme.

»Ja, ja«, hörte ich sie, »wenn die Arbeit nicht ausgeht, muss es der Herr tun.« Ich schloss die Tür hinter mir, ehe das Kichern mich einholen konnte.

Redaktion und Anzeigenannahme des *Jauchenburger Generalanzeigers* liegen am Tandelmarkt. Es war Mitte Mai und bereits so sommerlich, dass mir der leichte Popeline-Mantel, den ich über dem Arm trug, fast peinlich war. Die Verlagsangestellte war eine nicht mehr junge Frau, und sie musterte mich unsicher, als ich mein Anliegen vortrug.

»Das Bild ist kein Problem«, sagte sie zögernd und betrachtete den Abzug, den ich ihr zeigte. »Unsere Reprografie kann es sicher verwenden. Wir sollten es nur nicht zu groß machen, sonst sieht man, dass es unscharf ist ... «

»Und was ist das Problem?«, fragte ich.

»Der Text ... « Wieder las sie den Zettel.

»*Für Heiko. Zur Erinnerung an den 27. September.* Kein Name?«

Ich schüttelte den Kopf.

»Komisch«, sagte die Frau. »Irgendwie ist mir, als ob ich sie kenne.« Sie deutete auf das Farbbild. »Sie ist nicht von hier?«

»Nein.«

»Wissen Sie«, sagte sie und beugte sich vertraulich vor, »wir haben morgen eine Hochzeitsanzeige im Blatt. Ein Heiko Sowieso. Und das sähe doch etwas merkwürdig aus, verstehen Sie?«

»Nein«, sagte ich, »ich verstehe nicht.«

»Wir sind eine kleine Stadt«, meinte die Frau, »die Familienanzeigen nehmen eine knappe Seite ein, und wenn dann ein Heiko heiratet und ein unbekanntes Mädchen einen Heiko an etwas erinnert, woran der vielleicht nicht erinnert sein will – was glauben Sie, was dann die Braut denkt und die ganze Stadt?«

»Dieser Heiko«, sagte ich aufs Geratewohl, »ist der junge Herr Schröttinger, nicht wahr?«

Eine leichte Röte überzog ihr Gesicht. »Ich sehe, Sie wissen Bescheid ... Ja, es geht um die Anzeige Heiko Schröttinger und Carola Rothfels, Sie werden es ja morgen in der Zeitung lesen.«

»Ja, so«, meinte ich. »Die Schröttingers!« Schröttinger & Kühnemann bauen Schaltungen und Leitungen für Großanlagen und sind der zweitgrößte Arbeitgeber in Jauchenburg. Ich überlegte. »Dann lassen wir die Widmung: *Für Heiko.* Also nur das Foto, und daneben: *Zur Erinnerung,* und das Datum.«

Die Frau sah mich an. »Es ist sicher besser so«, meinte sie schließlich. »Die junge Dame auf dem Foto wird es verstehen. Sie ist Ihre Tochter, nicht wahr?«

»Nein«, sagte ich. »Es ist nicht meine Tochter. Und was sie versteht oder nicht, wissen wir nicht.«

Das führende Haushaltsgeschäft in Jauchenburg lag am Marktplatz. Ich fragte nach dem Hochzeitstisch Schröttinger/Rothfels, eine Verkäuferin führte mich in einen gesonderten Verkaufsraum mit einem Tisch, auf dem Berge von Porzellan und Kristall gestapelt waren, modernes Küchengerät und enorme Mengen Nippes. Alles sah vor allem teuer aus.

»Die Braut hat einen vorzüglichen Geschmack«, sagte die Verkäuferin. »Aber das haben Sie sicher auch schon bemerkt. Leider ist das meiste schon geordert...«

Ich ließ mir erklären, dass die Geschenke nur ausgesucht und bezahlt, dann aber von dem Haushaltsgeschäft ausgeliefert würden. Inzwischen hatte ich eine kleine, bisher noch nicht vergebene Bonbonniere aus Nymphenburger Porzellan gefunden, mit Putten und einem Flöte spielenden Hirtenjungen. Ich fragte die Verkäuferin, ob ich dieses Stück ausnahmsweise selbst übergeben könne. Leider sei ich beruflich verhindert, zur Hochzeit zu kommen, würde mein Geschenk aber gerne vorher überreichen ...

Sie zögerte. »Aber Sie sind dann doch sicher zum Polterabend eingeladen, heute Abend in die Bürgmühle?«, fragte sie. »Das wäre aber sehr schade, wenn es dort unter das andere Geschirr fiele...« Insgeheim schien sie froh, das überteuerte Stück noch loszuschlagen.

»Vielleicht können Sie es mir hübsch einpacken?«, antwortete ich. »Dann fällt es sicher nicht unter die Scherben.«

Wenig später verließ ich den Laden und kehrte in meine Pension in der Greiffengasse zurück. Die Wirtin wunderte sich, aber ich ließ mich auf kein weiteres Gespräch ein über die Art von Arbeit, die einer in einer solchen Stadt zu tun hat. In meinem Zimmer wickelte ich die Bonbonniere sorgsam aus dem Geschenkpapier. Aus meiner Tasche holte ich das Spielzeugmodell des kleinen roten Renault, das ich schon vor Tagen gekauft hatte, stellte es auf den Boden und trat ihm mit dem Absatz meines Schuhs das Verdeck ein. Das zusammengequetschte Stück Blech steckte ich in die Bonbonniere, und dazu einen weiteren Abzug des Farbfotos, das ich schon für die Anzeige verwendet hatte. Dann packte ich alles wieder in das Geschenkpapier.

Zehn Minuten später fand ich am Münster einen Taxifahrer. Ich sagte ihm, dass er das Päckchen am Abend in der Bürgmühle abgeben solle, bei Carola Rothfels persönlich. »So gegen 22 Uhr.« Die Gäste sollten noch nicht zu betrunken sein und die Braut noch nicht entführt.

Inzwischen war es später Nachmittag geworden. Nach einem Rundgang durch die Stadt, vorbei an Rathaus und Münster, holte ich meinen Wagen, einen unauffälligen graublauen Opel, aus der Tiefgarage. Bis zum Beginn des Polterabends war noch Zeit, die Landschaft anzusehen. Als ich einen Platz für das Klapprad gefunden hatte, fuhr ich in das Wohngebiet Weinhalde, das in den späten sechziger Jahren an einem Südhang über der Altstadt errichtet worden war. Die Auffahrt zur Villa von Dr. Jonas Uebelhauffe war gut einsehbar, vor dem Haus standen das kleine französischen Coupé und der italienische Roadster des Sohnes, cand. med. Sylvius Uebelhauffe.

Ich verließ die Weinhalde und fuhr in das Gewerbegebiet am Alten Gaskessel. Zwischen dem Werkhof eines Heizölhändlers und der leer stehenden Trikotagenfabrik fand ich *Shorties Tuning Center*. Auf dem Gelände vor dem einstöckigen Werkstattgebäude standen Wracks von Autos herum, wie sie für Crash-Car-Rennen hergerichtet werden, an die Werkstatt selbst schloss sich – Hochparterre angebaut – eine Wohnung an. Vor einem der Fenster hing eine Ferrari-Fahne. Ich ging an den Wracks vorbei. Unmittelbar vor dem Haus stand ein Austin Healey 3000, Baujahr frühe Sechziger, das Fahrzeug war auf Hochglanz poliert. Die Tür zur Wohnung war abgeschlossen, sprang aber auf, als ich das Schloss mit einem Plastikstreifen aufdrückte.

Entfernt war wummernde Musik und zugleich das Rauschen einer Wasserleitung zu hören. Karl-Heinz Fissmann, genannt Shortie, duschte. Ohne besonders darauf zu achten, ob meine Schritte zu hören waren oder nicht, ging ich in die Wohnung. Ich kam in einen Flur, der mit Reklameplakaten von Formel-1-Rennen und Autogrammkarten voll gehängt war, eine großformatige Fotografie zeigte eine Gruppe junger Leute, die um einen Kerl im roten Rennfahrerdress herumstanden und mit den Händen das Victory-Zeichen machten. Ein Mädchen mit kurzen dunklen Haaren und knapp sitzenden Shorts hing dem Rennfahrer in den Armen wie eine Trophäe und blickte mit einem gespielt gleichgültigen Gesichtsausdruck in die Kamera.

Quer über das Foto war eine Unterschrift gekritzelt und das Datum:

Nürburgring, 27. September

Ich löste das Foto von der Wand, faltete es zusammen und steckte es ein. Dann ging ich weiter in ein kleines, schäbiges Wohnzimmer. Im Fernsehen lief einer der Musikkanäle, zu dem Wummern, das ich gehört hatte, hüpften adoleszente Mädchen über den Bildschirm. Auf dem Tisch vor der Couch lagen Sportzeitungen und – neben einem halb vollen Aschenbecher – ein finnisches Handy.

Das Rauschen brach ab. Ich stellte mich neben die zweite Türe, die ins Wohnzimmer führte, griff in meinen Mantel und holte an seiner Schlaufe den kleinen länglichen Sandsack hervor, den ich manchmal benutze. Platschende Schritte näherten sich. Die Tür flog auf. Ein Mann trat nackt und sich abtrocknend ins Zimmer. Als ich ihn mit dem Sandsack an der Schläfe traf, blieb er einen Augenblick stehen, so, als sei er bloß verdutzt. Dann kippte er der Länge nach nach vorne. Ich packte ihn am Arm und ließ ihn auf den Boden gleiten.

Shorties behaarter Körper war muskulös und durchtrainiert. Vor allem aber war er gut einsneunzig groß. Auf dem Boden sieht das noch länger aus. Ich legte ihn auf die Seite, holte die Handschellen heraus und fesselte ihm die Hände auf den Rücken. Dann sah ich mich in seiner Wohnung um. In der schmutzigen Küche fand ich einen noch schmutzigeren Kühlschrank, und darin eine noch fast volle Flasche Bourbon.

Als ich ins Wohnzimmer zurückkehrte, hörte ich Shortie ruhig atmen. Er hielt die Augen geschlossen und bewegte sich nicht. Ich zog die Vorhänge vor, so dass es halbdunkel war.
»Schlauer Junge«, sagte ich. »Augen zu und atmen. Das ist ganz in Ordnung so. Keine Panik, kein Stress.« Am Fensterbord hatte ich einen tragbaren CD-Player mit Radio entdeckt. Ich schaltete den Fernseher ab und fand dafür einen Klassikkanal. Was übertragen wurde, klang nach einer Mozart-Symphonie. »Das ist zwar nicht ganz dein Geschmack«, sagte ich zu Shortie, »aber es geht heute Abend nicht nach dir.« Ich packte ihn an den Schultern und zerrte ihn zur Couch, so dass er mit dem Rücken gegen die Sitzbank lehnte. Dann schraubte ich die Whisky-Flasche auf und füllte ein halbwegs sauberes Glas, das ich in der Anrichte gefunden hatte. Ich hielt es ihm unter die Nase. »Trink! Das tut gut nach dem Schreck. Und außerdem willst du sicher nicht, dass ich dir die Nase zuhalte und es dir einflößen muss ...«

Inzwischen hatte Shortie die Augen geöffnet und versuchte, zu mir hochzublicken. In der Dämmerung, in der das Zimmer lag, wird er nicht viel gesehen haben. Er öffnete den Mund und nahm einen Schluck. Ich ging zur Seite, und dann versuchte er auch schon, mir den Whisky ins Gesicht zu spucken.

Dafür trat ich ihn gegen den Solarplexus. Bis er wieder atmen konnte, sah ich mir das Handy an. Es war mit einer PIN gesichert. Shortie nannte mir die Nummer, ohne dass ich ihn ein zweites Mal hätte treten müssen.

Die Bürgmühle ist ein Ausflugsrestaurant und liegt in einem Tal etwa zwölf Kilometer außerhalb von Jauchenburg. In den Fremdenverkehrsprospekten heißt es, das Tal sei still und romantisch. Zur Mühle selbst führt eine Allee, die von der Landstraße nach Haynbuch abzweigt.

Es war kurz vor 22 Uhr, als ich mit dem Austin Healey in die Allee einbog. Der Straßenrand unter den Bäumen war bis zur Kreuzung hinauf zugeparkt mit Autos, viele davon Coupés, Sportwagen oder wenigstens Cabrios. Einer der Wagen war der Roadster, den ich vor der Villa Uebelhauffe gesehen hatte.

Ich zögerte kurz. Neben mir saß oder besser: hockte Shortie, nach vorne gebeugt, weil ihm die Hände noch immer auf dem Rücken gefesselt waren. Das ist nicht sehr angenehm, ich weiß. Aber es gibt Schlimmeres. Ich hatte ihm einen Regenmantel übergeworfen und den Mund mit Isolierband verklebt. Wenn man einen halben Liter Bourbon eingeflößt bekommen hat, ist man ohnehin nicht sehr gesprächig. Um den Hals trug er an einem Bindfaden die Schlüssel für die Handschellen.

Um den Austin Healey tat es mir Leid. Ich legte den ersten Gang ein, fuhr über die Bordsteine und befürchtete einen Augenblick, der Wagen würde mit der Bodenplatte an der Kante der Böschung hängen bleiben. Aber ich kam darüber hinweg, und der Wagen rutschte den Hang hinab und bohrte sich mit dem Bug in den kleinen Bach, der früher die Bürgmühle angetrieben hatte.

Neben mir wurde Shortie unruhig. Ich verstand ihn.

Mit einiger Mühe konnte ich aus dem Wagen klettern, ohne nasse Füße zu bekommen. Shortie würde etwas länger brauchen.

Ich ging den Wald hoch, bis ich auf einen Forstweg kam, und dort weiter zu einem Hochstand, von dem aus ich das Tal einsehen konnte.

Nach einigen Minuten sah ich durch die Bäume das Licht eines Wagens und darüber die gelbe Leuchte eines Taxis. Es war der Fahrer, der mein kleines Geschenk abliefern würde. Unvermittelt, noch mehrere hundert Meter von der Mühle entfernt, hielt der Wagen an.

Der Taxifahrer hatte Shortie entdeckt und angehalten. In der Großstadt hätte er das kaum getan.

Meine beiden Präsente für den Polterabend trafen also gleichzeitig ein. Ich überlegte, was Shortie berichten würde, nachdem ihm erst einmal das Klebeband und die Handfesseln abgenommen worden waren, entschied dann aber, dass mir das gleichgültig sein konnte. Würde die Hochzeitsgesellschaft die Polizei alarmieren? Ich glaubte es nicht. Wer mag schon auf einem Polterabend, wenn von zehn autofahrenden Gästen neun betrunken sind, die Polizei holen? Außerdem sah mir die Jeunesse dorée von Jauchenburg eher danach aus, als würde sie in einem solchen Fall auf eigene Faust handeln wollen. Ich verließ den Hochstand und schob mich durch das Unterholz auf die Bürgmühle zu, bis ich durch meinen Feldstecher – ein Nachtsichtgerät – Einblick auf den Hof des Ausflugslokals hatte.

Ich sah ein Musikpodium, das im Augenblick aber verlassen war, eine Reihe von Partyzelten und am Hofeingang das Taxi, umringt von einer Gruppe junger Leute.

Von Shortie keine Spur. Offenbar hatte man ihn ins Mühlengebäude gebracht.

Ein schlanker dunkelhaariger junger Mann geriet ins Blickfeld meines Feldstechers. Hin und wieder hatte ich schon früher einen Blick auf Heiko Schröttinger geworfen, er war mir schon damals selbstbewusst und entschieden vorgekommen. Auch diesmal schien er der Wortführer zu sein und die Anweisungen zu geben, drei oder vier junge Männer lösten sich schließlich aus der Gruppe. Ich nehme an, sie hatten den Auftrag, nach Shorties Wagen zu suchen. Dann wandte er sich dem Gebäude zu.

In diesem Augenblick erschien von der anderen Seite des Hofes eine zweite Gruppe, wiederum junge Männer, in ihrer Mitte – in einem kniefreien, silbern schimmernden Cocktailkleid – eine Blondine, die irgendetwas Merkwürdiges mit ihren Haaren gemacht hatte. Zusammen rannte man zu einigen Wagen, die an der Hofausfahrt geparkt waren, stieg ein und verschwand.

Die Entführung der Braut also, vermutlich ging es zum Abtanzen in eine Disco. Ich hatte mir Carola Rothfels leider nicht näher ansehen können, ihr Gesicht schien gerötet, nicht unbedingt heiter.

Ich ging durch den Wald zurück, bis zu der Stelle, an der ich am Nachmittag das Klappfahrrad versteckt hatte. Über geteerte Feldwege fuhr ich zurück nach Jauchenburg, ins Gewerbegebiet am Alten Gaskessel, wo noch immer mein Opel stand.

Die Auffahrt zur Villa Uebelhauffe war beleuchtet, das Tor geöffnet. Ich parkte meinen Opel neben dem Coupé, dort, wo am Nachmittag der italienische Roadster gestanden war. Die Villa war dunkel, nur im ersten Stock waren zwei Fenster erleuchtet. Ich klingelte, in der Sprechanlage meldete sich eine Frauenstimme, die etwas undeutlich klang.

»Mein Name ist Niemann«, sagte ich, »ich bitte die späte Störung zu entschuldigen ... ich hätte gerne Herrn Sylvius Uebelhauffe gesprochen.«

»Mein Sohn ist auf einer Feier«, sagte die Stimme. »Einer privaten Feier. Einem Polterabend ...« Vielleicht war die Sprechanlage gestört, oder die Frau sprach wirklich verwaschen. »Was wolln Sie denn von ihm?«

Jetzt bestand kein Zweifel mehr. Die Dame hatte geladen.

»Ich habe nur ein Päckchen abzugeben. Könnten Sie es mir abnehmen? Ich bin auf der Durchreise ...«

»Ein Po-postmann auf der Durchreise, hu!«, kam es aus dem Lautsprecher. »Warum klingeln Sie nicht gleich zweimal? Aber warten Sie doch einen Augenblick, ich muss erst ...«

Es dauerte eine Weile, und ich dachte schon, die Dame hätte es sich anders überlegt. Aber dann summte schließlich doch der Türöffner, ich trat in eine Halle, deren Beleuchtung aufflammte und eine breite geschwungene Treppe erhellte. An den weiß verputzten Wänden hingen großformatige abstrakte Ölgemälde, wie man sie auch in den Verwaltungsgebäuden von Banken und Versicherungen sieht. Eine Frau mit langen kastanienroten Haaren kam langsam die Treppe herunter. Sie trug Jeans, weil sie sie tragen konnte, und einen schwarzseidenen Rollkragenpullover. Ich bemerkte, dass sie ihr Make-up noch eilig, wenn auch etwas zu großzügig, mit dem Lippenstift korrigiert hatte.

Sie reichte mir die Hand, der Händedruck war fest, nur ihr Blick schlierte ein wenig.

»Ich hatte einen jungen Mann erwartet, einen Freund meines Sohnes«, sagte sie. Die Stimme klang etwas klarer, offenbar hatte sie Übung darin, sich zusammenzunehmen.

»Es tut mir Leid, Sie zu enttäuschen«, antwortete ich. »Aber ich bin mit Ihrem Herrn Sohn nicht einmal persönlich bekannt. Ich habe nur einen Auftrag auszuführen.«

»Sie enttäuschen mich nicht«, meinte sie und schenkte mir einen Augenaufschlag aus dem Schlussverkauf. »Keineswegs enttäuschen Sie mich. Aber kommen Sie doch! Sie könnten mir auf ein Gläschen Gesellschaft leisten.«

Sie führte mich in ein Bibliotheks- oder privates Arbeitszimmer, eine der Bücherwände war durch einen großen flachen Bildschirm unterbrochen, auf dem ein Spielfilm mit Alain Delon lief, ich warf einen zweiten Blick darauf, *Der eiskalte Engel*. Sie stellte den Ton leise. Auf einem Teewagen standen eine Flasche Cognac und ein Schwenker.

»Aber Sie können auch gern einen Whisky haben.«

Ich bat um ein Mineralwasser. Sie verzog den Mund, ging dann aber und kam mit einem Fachinger zurück.

»Sie wollten mir ein Päckchen übergeben, sagten Sie?«

Ich griff in die Brusttasche meines Jacketts und holte einen Briefumschlag heraus, der sich um einen flachen runden Gegenstand bauschte.

»Päckchen ist vielleicht zu viel gesagt«, meinte ich. »Hier.«

Sie zögerte, den Umschlag anzunehmen. »Es ist nicht einmal eine Adresse angegeben. Von wem kommt das überhaupt? Wer hat Sie geschickt?«

»Ihr Herr Sohn wird das dann schon wissen«, antwortete ich. »Aber ich habe keine Anweisung, dass es nicht auch Sie öffnen dürften.«

»Und woher weiß ich, dass das keine Falle ist?«, wollte sie wissen. »Rauschgift womöglich, das man ihm unterschieben will?« Sie sah mich flackernd an. »Lachen Sie nicht. Sie wissen nicht, welche Intrigen heutzutage an den Universitäten laufen ...«

»Ich lache nicht«, sagte ich. »Aber Sie können es ja spüren. Es ist ein Medaillon. Nichts weiter. Eine kleine Erinnerung.«

Sie starrte mich aus übertrieben aufgerissenen Augen an. »Ein Medaillon!«, spottete sie. »Sie sehen mir gerade aus wie einer, der Medaillons überbringt. Was ist das überhaupt für ein mondscheinfarbener Unfug? Hat mein Filius eine sitzen lassen mit gebrochenem Herzen, und Sie sind der bucklichte Vater und überbringen die letzte Botschaft, wie?«

Ich lächelte höflich. Sie riss den Umschlag auf und holte das Medaillon heraus. Es war eine billige Arbeit, Neu-Gablonzer Schmuck, und eingelegt war – verkleinert und oval zugeschnitten – das Foto, das morgen im *Generalanzeiger* stehen würde.

»Also doch«, sagte die Mutter. »Ihre Tochter, wie? Nettes Mädchen. Nur, mein Lieber – ich will Ihnen ja nicht zu nahe treten, aber mit meinem Filius konnte das nichts werden. Wie ich den kenne, braucht es doch etwas mehr Rasse, auch ein anderes gesellschaftliches *Standing,* wenn Sie verstehen, was ich meine – Chablis statt Mineralwasser zum Beispiel und einen Daimler oder Jaguar und keinen grauen Opel ...«

Ich nickte. »Geben Sie es ihm trotzdem?«

Sie runzelte die Stirn. »Immer wenn es drauf ankommt, ist er nicht da.«

Wen meinte sie?

»Kongresse, Tagungen, Studienreisen.« Sie betrachtete

mich abschätzend. »Andere nehmen die Ehefrau mit. Aber er ...« Offenbar sprach sie von ihrem Ehemann. »Mein Sohn hat also Ihre Tochter geschwängert. Kommt in den besten Familien vor. Leider kann ich Ihnen nicht anbieten, sich mit mir zu revanchieren.« Sie schlug sich mit der Hand vor den Mund. »Aber was rede ich da! Vermutlich wollen Sie Geld?«

»Nein«, sagte ich. »Es geht nicht um Geld. Übrigens ist das« – ich deutete auf das Medaillon – »nicht meine Tochter. Sie war auch nicht schwanger.«

»Dann verstehe ich nicht, was Sie hier wollen.«

»Nichts«, antwortete ich. »Ich habe Ihnen das Medaillon überbracht. Sie können es morgen Ihrem Sohn geben. Oder auch nicht.«

Von draußen war Motorengeräusch zu hören. Ein Wagen kam die Auffahrt hoch und wurde so scharf abgebremst, dass man hörte, wie der geharkte Kies aufspritzte.

»Aber da kommt ja mein Sohn«, sagte die Frau. »Hundertmal, ach, tausendmal hab ich ihm gesagt, dass er den Kies nicht so malträtieren soll ... Aber nun können Sie ja alles selbst mit ihm besprechen.«

»Schön«, antwortete ich. »Aber wird er allein sein?«

»Wohl nicht«, meinte sie und verzog ein wenig das Gesicht. »Aber so ein junges Paar muss auch ein bisschen Stress aushalten, finden Sie nicht?«

Plötzlich lächelte sie boshaft. Unten öffnete sich die Haustür. Sie stand auf, ging ins Treppenhaus und rief ihren Sohn. »Sylvius, Besuch für dich!«

Gleich darauf kam sie mit zwei jungen Leuten zurück. Sylvius Uebelhauffe war ein mittelgroßer Mann Ende Zwanzig, dunkelhaarig, aber mit beginnender Stirnglatze. Sein Gesicht war gerötet, er betrachtete mich misstrauisch aus zusammengekniffenen Augen. Seine Begleiterin trug dunkle kurze Haare, dazu einen langen Rock und Pullover. War sie eine der Brautjungfern? Gab es so etwas überhaupt noch? Ich wusste nur, dass sie hübsche Beine hatte. Auf einem Foto, auf dem ein

Formel-1-Pilot sie in den Armen hielt wie eine Trophäe, hatte ich es gesehen.

Sie nickte mir zu, wir standen alle.

»Passiern merchwürke Dingens, heute ahmnt«, sagte Uebelhauffe. »Sie kommen mir auch so vor. Euer Merchwürn. Pater peccavi, habe die Ehre.«

»Er hat dir etwas mitgebracht«, sagte seine Mutter. »Hier!« Mit einem freundlichen Lächeln zu der Dunkelhaarigen überreichte sie ihm das Medaillon.

»Was soll der Scheiß, Merchwürden?« Dann nahm er es doch. »Carola hat heut auch schon so was gekriegt, war aber nich entzückt, *she was not amused, absolutely not*, was Izzy-Maus?« Er drückte an dem Medaillon herum, bekam es aber nicht auf.

»Gib her«, sagte das Mädchen plötzlich. Sie nahm das Medaillon und öffnete es und blieb einen Augenblick unbeweglich stehen.

»Das ist jetzt vielleicht nicht so glücklich gelaufen«, bemerkte die Mutter Uebelhauffe.

Schweigend gab die junge Frau das Medaillon an ihren Freund oder Verlobten zurück. Sie richtete ihre Augen auf mich und war nüchtern genug, um mich so anzusehen, wie man eben den Überbringer einer bösen Nachricht ansieht.

»Das's ja die gleiche Tusse wie bei Carola«, sagte Sylvius. Auch er versuchte, mich ins Auge zu fassen. »Sie sssolln uns jetzt eine Erklärung gebn, nichwa«, brachte er heraus.

Ich schüttelte den Kopf. »Sie brauchen keine Erklärung. Jetzt nicht und auch morgen nicht. Die Erinnerung hat Sie eingeholt, und morgen wird Ihnen kein Aspirin dagegen helfen.«

Ich nickte den beiden Frauen zu und verließ das Zimmer. Als ich die Treppe hinabging, rannte die junge Frau an mir vorbei hinaus ins Freie.

Ich stieg in meinen Opel, startete und fuhr an ihr vorbei auf die Straße bis zur nächsten Kreuzung. Dort hielt ich, stieg aus und wartete. Das Mädchen stöckelte mit raschen, zornigen

Schritten, und als sie auf mich zukam, sah ich, dass sie fest entschlossen war, starren Blicks an mir vorbeizugehen.

»Entschuldigen Sie«, sagte ich, »kann ich Sie nach Hause bringen? Es ist schon spät ...«

Sie machte eine abwehrende Handbewegung und wollte an mir vorbei.

Ich trat ihr in den Weg. »Bei der Gelegenheit hätte ich gerne mit Ihnen gesprochen«, fuhr ich fort. »Nur eine Frage oder zwei ...«

Sie war stehen geblieben. Nun wandte sie sich etwas zur Seite, so dass sie mit dem Rücken zu dem Gartenzaun am anderen Ende des Trottoirs stand, so als wolle sie zwischen mir und dem Zaun hindurchschlüpfen. Im Licht der Straßenlampe sah ihr Gesicht bleich aus.

»Ich wüsste nicht, was ich mit Ihnen zu bereden hätte«, sagte sie schließlich. Ihre Stimme war klar und klang fest.

»27. September, Nürburgring«, antwortete ich und sah sie an. Aber die meisten Frauen haben sich sehr gut in der Hand. Man muss sie wirklich gut kennen, um zu wissen, was sie denken. Oder empfinden. Und wann sie mit den Lügen beginnen. »Die Rückfahrt danach.«

»Nett«, antwortete sie. »Jemand fährt wohin, jemand fährt danach zurück. Meistens ist das so.«

Über das etwas stupsnasige Gesicht huschte ein nervöses Lächeln. Vielleicht war es auch nur eine Grimasse.

Sie hatte überzogen.

»Steigen Sie ein«, sagte ich und öffnete die Beifahrertür. »Die Frage, die ich habe, ist auch für Sie wichtig. Und Sie werden nicht wollen, dass wir sie auf offener Straße diskutieren.«

Sie zögerte, dann stieg sie ein.

Ich startete.

»Ich kenne mich hier nicht sehr gut aus. Weisen Sie mich ein, wohin ich fahren soll.«

»Egal«, antwortete sie. »Was ist das, was Sie nicht auf der Straße mit mir bereden wollen?«

Ich dachte, ich lasse sie ein bisschen warten.

»Sie studieren Medizin, wie Uebelhauffe?«, fragte ich, während ich den Wagen in Richtung Altstadt steuerte.

»Jura«, kam die knappe Antwort. »Stellen Sie Ihre Frage. Jetzt.«

Eine Ampel sprang auf Rot. Ich hielt und wartete. Sie hätte aussteigen können. Aber sie tat es nicht. Schließlich wurde es gelb. Ich legte den Gang ein und fuhr los.

»Mit wie vielen Wagen sind Sie und Ihre Freunde damals vom Nürburgring zurückgefahren?«, fragte ich. »Mit zwei? Und wer hat mit dem Wettrennen angefangen?«

Sie starrte geradeaus durch die Frontscheibe.

»Sollten Sie mir vielleicht nicht erst erklären, wer Sie sind? Und dann, warum Sie solche Fragen stellen?«

»Nein«, sagte ich. »Ich muss Ihnen nichts erklären. Sie haben das Medaillon gesehen, und Sie wissen, was es bedeutet. Sie wissen noch mehr. Sie wissen, wer gefahren ist. Und wer nach dem Unfall gesagt hat: *Weiterfahren!*«

Sie wandte mir kurz den Kopf zu. Dann starrte sie wieder nach vorne.

»Ich glaube, dass mich Ihre Andeutungen nichts angehen. Offenbar beschäftigen Sie sich mit einem Unfall. Einem bedauerlichen Unfall vielleicht. Aber solche Ermittlungen sollten Sie der Polizei überlassen, finden Sie nicht?«

Wir waren um den Marktplatz gefahren und wieder aus der Altstadt hinaus, durch ein Torgebäude, von dem ich glaube, dass es das Stockruther Tor heißt. »Gute Idee«, antwortete ich. »Nur nicht hier. Nicht in einer Stadt, in der die Polizei schon vorher weiß, bei welchen Autos sie wegschauen muss.«

»Ach ja?« Plötzlich lachte sie. Es klang ein wenig grell. »Halten Sie doch da vorne an der Einmündung. Ich würde jetzt gerne aussteigen.« Wir waren in ein Wohngebiet mit kleinen Siedlungs- und Reihenhäusern geraten, Dachantennen, winzige überwucherte Vorgärten. Eher Flaschenbier als Chablis, dachte ich noch, als ich anhielt.

»Sie haben meine Frage noch nicht beantwortet«, sagte ich. »Wie viele Autos? Wer saß am Steuer?«

Sie öffnete die Tür.

»Wenn Sie unbedingt eine Antwort haben wollen, kommen Sie doch einfach mit.«

Dann stieg sie aus und wartete, bis ich den Wagen halb auf dem Trottoir abgestellt hatte. Dann ging sie in eine Seitenstraße voran, zu einem der Siedlungshäuschen, Spalierobst vor der mit Holz verkleideten Außenfront. Während sie die Haustür aufschloss, warf ich einen Blick auf das Klingelschild: »Kattelbach« stand da. Sie hielt mir die Tür auf und ging dann an einer winzigen Garderobe vorbei zu einer zweiten Tür, die sich zu einem Wohn- und Fernsehzimmer öffnete.

»Papa?«

Aus einem Sessel wuchtete sich ein grauhaariger Mann hoch, breitschultrig, mit einer gewissen Bedächtigkeit in den Bewegungen, woran ich noch eher als an seinem Gesichtsausdruck (oder dem olivgrünen Hemd) den Beruf erkannte.

»Ich habe jemanden mitgebracht«, sagte die junge Frau, »dessen Namen ich leider nicht weiß, aber mit dem du dich vielleicht doch unterhalten solltest. Mutter ist schon oben?«

Der Mann nickte und fasste mich ins Auge. Inzwischen stand ich an der Tür und warf einen kurzen Blick über Couchgarnitur, Bücherwand und die Glasvitrine mit den Pokalen, von denen ich annahm, dass es solche des Polizeisportvereins Jauchenburg waren.

»Kattelbach«, sagte der Mann und hielt mir eine breite Pranke hin.

»Niemann«, antwortete ich und gab den Händedruck zurück.

»Isolde hat Sie nicht ohne Grund hierher gebracht«, sagte er. »Was kann ich für Sie tun?«

»Einen Augenblick.« Ich holte die Vollmacht heraus, die ich

mir von meinen Auftraggebern hatte ausstellen lassen. Danach war ich – Wolf Niemann – befugt, die Interessen von Marianne Welsberg, geboren am 18. Mai 1979, in jeder mir geeignet erscheinenden Weise geltend zu machen.

Kattelbach sah sich die Vollmacht sorgfältig an.

»Sind Sie Anwalt?«, fragte er schließlich.

»Nein.«

Er runzelte die Stirn.

»Was dann? Detektiv?«

Ich schüttelte den Kopf.

»Dann verstehe ich nicht, auf welche Weise Sie Interessen geltend machen wollen, welche auch immer.« Er sah sich um. »Aber setzen wir uns doch. Vielleicht kann ich von Ihrem Besuch noch etwas lernen.«

Er bot mir einen Sessel an, ich nahm Platz. Mir gegenüber hatte sich Isolde Kattelbach auf die Couch gesetzt, sehr ernsthaft, sehr aufrecht.

»Jedermann zum Beispiel kann Anzeige erstatten«, sagte ich. »Wenn er glaubt, auf einen strafbaren Tatbestand gestoßen zu sein. Und wenn die Ermittlungsbehörden willens sind, die Anzeige zur Kenntnis zu nehmen.«

»Der Herr ist nämlich der Ansicht«, warf Kattelbachs Tochter ein, »die Polizei hier schaut weg. Jedenfalls bei den richtigen Leuten. Welches die richtigen Leute sind, hat er mir aber nicht gesagt.«

»So«, sagte Kattelbach und betrachtete mich ruhig. »Wir haben also im Fall Welsberg weggeschaut. Ist das so?«

»Das müssen Sie wissen«, antwortete ich.

»Wirklich?«

Ich hatte es satt.

»Am 27. September letzten Jahres ist Marianne Welsberg nachts in ihrem Renault auf der Haynbucher Serpentine in einer Kehre von einem entgegenkommenden dunklen Wagen gestreift und abgedrängt worden. Ich nehme an, dass dessen Fahrer zuvor einen anderen Wagen überholt hatte. Ein kleines

Wettrennen, die Serpentinen hinauf, verstehen Sie? Der Renault stürzte den bewaldeten Hang hinab und blieb auf dem Dach liegen. Die junge Frau war nicht einmal besonders schwer verletzt, aber sie war eingeklemmt und konnte sich nicht befreien. So hat man sie erst am Morgen entdeckt. Aber da war sie schon tot.«

Ich lehnte mich zurück und betrachtete Kattelbach. Sein Gesicht war unbewegt.

»Die junge Frau hatte ihre Eltern besucht«, fügte ich hinzu. »Und war auf der Rückfahrt, weil sie am nächsten Tag arbeiten musste. Eine kleine Angestellte. Eine unbedeutende junge Frau. Sie ist nur 22 Jahre alt geworden.«

»Für uns ist kein Mensch unbedeutend«, sagte Kattelbach. Sein breitflächiges Gesicht hatte sich gerötet. »Aber sagen Sie mir doch, was das ist, das wir uns nicht angesehen haben?«

»An dem Renault wurden Lackanhaftungen gefunden«, antwortete ich. »Marmara-Schwarz. Ein Lack, der unter anderem bei bestimmten BMW-Baureihen verwendet wird. Bei Baureihen der gehobenen Preisklasse. Aber das wissen Sie alles.«

Kattelbach sagte nichts. Er sah mich nur an, mit unbewegter Miene.

»Zwei Tage nach dem Unfall ist ein Wagen dieses Typs, marmara-schwarz, bei der Zulassungsstelle abgemeldet und nach Italien überführt worden«, fuhr ich fort. »Gehe ich recht in der Annahme, dass Sie sich diesen Wagen nicht angesehen haben?«

Nun war die Rötung in seinem Gesicht doch dunkler geworden.

»Sie sind kein Anwalt«, sagte er langsam. »Sie sind kein Detektiv. Sie haben nichts als eine Vollmacht, die das Papier nicht wert ist, auf der Sie sie aufgesetzt haben. Woher wollen Sie wissen, welche Fahrzeuge wann abgemeldet worden sind?«

Ich gab keine Antwort. Dass der Leiter der Kfz-Zulassungsstelle in dem für Jauchenburg zuständigen Landratsamt einen kostspieligen südländischen Freund zu unterhalten hat und deshalb für kleine Zuwendungen durchaus dankbar ist, brauchte ich Kattelbach nicht zu erzählen. Ein Polizist, der so etwas nicht weiß, hätte besser Prediger in der Sonntagsschule werden sollen.

»Ach so«, sagte Kattelbach schließlich. »Und was erwarten Sie nun von mir?«

»Nichts«, antwortete ich. »Ihre Tochter hat mich zu Ihnen gebracht.« Ich betrachtete sie und überlegte mir, ob ich von der Fotografie sprechen sollte, die ich mir von Shorties Pinnwand genommen hatte. Isolde Kattelbach gab meinen Blick zurück. Sie sah noch blasser aus als zuvor, aber kühl und gefasst. »Ich glaube, dass mehrere Leute über den Unfall Bescheid wissen«, sagte ich schließlich. »Ich denke, dass es Stadtgespräch war, was auf der Serpentine passiert ist. Vielleicht hat Ihre Tochter etwas darüber gehört. Dass sie vielleicht jemanden kennt, der eine Zeit lang einen dunklen BMW gefahren hat und danach plötzlich nicht mehr...«

»Tust du das?«, fragte Kattelbach seine Tochter.

»Nein«, antwortete sie.

»Gut«, antwortete der Vater und wandte sich an mich. »Wo sind Sie abgestiegen?« Ich sagte es ihm.

»Gut«, sagte er noch einmal. »Sie können morgen zu mir in die Polizei-Inspektion kommen und Anzeige erstatten. Ich habe Sie so verstanden, dass die Anzeige sich gegen den Halter des Wagens richten wird, der angeblich nach Italien verkauft wurde. Wenn Sie dies tun, werden wir Ihre Angaben überprüfen. Wenn Sie es nicht tun, sollten Sie sich Ihr weiteres Auftreten und Verhalten gut überlegen. Die Menschen hier in Jauchenburg sind im Allgemeinen gut zu haben, sie sind freundlich und aufgeschlossen. Aber wie alle Menschen hassen sie Unfrieden und haltlose Verdächtigungen...«

Ich nickte, gehorsam wie ein Schuljunge, den man zurechtgewiesen hat, und stand auf. Noch einmal warf ich einen

Blick auf die Vitrine mit den Pokalen. »Sportkegeln?«, fragte ich.

»Combat-Schießen«, sagte Kattelbach. Und, zu seiner Tochter gewandt: »Bring den Herrn zur Tür.«

Isolde geleitete mich aus dem Zimmer. An der Haustür sahen wir uns kurz an. Ich sagte nichts. Sie wusste ja, wo sie mich erreichen konnte.

In der Pension duschte ich kalt. Wer einen niedrigen Blutdruck hat, schläft danach besser. Schlaf ist wichtig. In meinem Alter muss man nicht mehr den wilden jungen Mann geben. Der Morgen war sonnig, im Frühstückszimmer mit den Fotos der verblichenen Eltern meiner Wirtin – es war noch vor sieben Uhr – war ich der einzige Gast; in Erinnerung an meinen letzten Aufenthalt bestellte ich keinen Tee, sondern Kaffee. Es war keine kluge Entscheidung.

»So«, sagte die Wirtin, »heute wieder auf der Arbeit, die nicht ausgeht?« Sie trug einen lilafarbenen Morgenrock mit gelben Ranken.

»Heute Abend wird sie ausgegangen sein«, antwortete ich und fügte hinzu, dass ich wahrscheinlich spät noch abreisen werde. Sie solle mir deshalb auch gleich die Rechnung ausstellen, aber für zwei Übernachtungen, weil ich am Nachmittag vielleicht noch einmal in das Zimmer wolle.

»Immer diese Hetze«, meinte die Wirtin. »Dabei versäumen Sie etwas. Wir haben heute die Hochzeit des Jahres hier in Jauchenburg. Der Bräutigam – also, ich sag Ihnen, da fließen viele Mädchentränen, wenn der ins Eisen kommt.«

»Und die Braut?«, fragte ich.

»Auch sehr hübsch«, antwortete die Wirtin. »Doch, doch. Sehr schönes blondes Haar, bei der Hochzeit wird sie es in Flechten tragen, meine Freundin vom Friseursalon am Rathausplatz hat es mir erzählt, sehr apart ...«

»Und wie sieht es mit dem Geld aus?«

»Sie sind wirklich unverbesserlich«, rügte die Wirtin.

»Geld, ach Geld!« Sie setzte sich zu mir an den Tisch und beugte sich verschwörerisch zu mir. »Ich red ja über solche Sachen nicht, und ich muss das alles auch nicht wissen, was man in der Stadt so hört, aber wenn das stimmt, was man so hört, dann geht es bei Schröttingers nun auch nicht mehr so üppig zu wie früher, die Regierung ist schuld, wissen Sie. Die Fabrik läuft nicht mehr so recht, und es hat auch schon Entlassungen gegeben, da ist es vielleicht ganz geschickt, dass die Rothfels, also die Familie der Braut, richtig Geld haben, seit jeher haben sie das, eine sehr seriöse Familie und fromm, die alte Rothfels ist im Kirchengemeinderat, da hat der Herr Pfarrer aber nichts zu regieren, sage ich Ihnen! Ja, also, die Rothfels machen nichts her von ihrem Geld, schon gar nicht, wenn alle welches haben und damit herumschmeißen, aber wenn es bei den anderen dann ausgeht, ist das Rothfels-Geld noch immer da ...«

Sie rückte noch etwas näher. »Aber ich will Ihnen noch etwas erzählen. Da ist heute eine Anzeige in der Zeitung drin, unter den Familienanzeigen, mit dem Bild einer jungen Frau, und es steht nur ein Datum dabei, und dass sie daran erinnert – also ich weiß nicht, ob diese Anzeige der jungen Rothfels gefallen wird, mir an ihrer Stelle würde sie überhaupt nicht gefallen, aber was geht es mich an? Ich bin ein altes Weib ...«

Nach dem Frühstück verstaute ich mein Gepäck in meinem Opel und fuhr ihn nach Haynbuch, wo ich ihn auf einem Wanderparkplatz oberhalb der Serpentinen abstellte. Von dem Parkplatz führte ein Pfad ins Tal hinunter. Mit dem Klapprad kehrte ich zurück, auf einem Radweg, der erst im vergangenen Jahr angelegt worden war und abseits der Landstraße über Hügel und durch Wälder führt, zwölf Kilometer in frischer Luft, ich glaube, ich könnte eine Gewohnheit daraus machen. In Jauchenburg schloss ich das Rad in einem Fahrradständer in der Neuen Welt an, das ist die Gasse, auf die man über den Hinterhof meiner Pension gelangt.

Inzwischen war es kurz nach neun Uhr, die Trauung Schröttinger/Rothfels war für 10 Uhr angesetzt. Ich ging ins Rathaus und suchte den Standesbeamten auf, der aber eigentlich und überhaupt keine Zeit für mich hatte, wie mir eine aufgeregte Verwaltungsangestellte beschwörend versicherte. Ich schob sie zur Seite und fand den Beamten vor, wie er gerade dabei war, zusammen mit einer zweiten Angestellten seine silbergraue Krawatte von tintenfarbenen Flecken zu befreien.

Ich sagte der Angestellten, sie solle uns allein lassen, das Problem mit der Krawatte sei vielleicht weniger eilig zu lösen, als sie denke.

Inzwischen begriff der Standesbeamte, dass seine Autorität in Gefahr war, und fuhr mich an. Ob ich nicht die Sprechzeiten beachten könne? Seine Behörde habe jetzt durchaus keinen Publikumsverkehr. Der Beamte hatte Schnupfen, und empört starrten auf mich nicht nur seine Augen, sondern auch seine aufwärts gerichteten, geröteten Nasenlöcher.

»Die Trauung Schröttinger/Rothfels kann nicht stattfinden«, antwortete ich. »Es besteht ein absolutes Ehehindernis.« Wieder holte ich die Vollmacht heraus, die ich mir von meinen Auftraggebern hatte ausstellen lassen.

Für den Standesbeamten schien dies eine erneute Zumutung. »Was ist das für ein Papier? Und wer hat es ausgestellt? Wer ist überhaupt diese Frau?«

»Diese junge Frau«, antwortete ich, »ist das absolute Ehehindernis. Ausgestellt ist die Vollmacht von ihren Eltern. Und sie ist von diesen deshalb ausgestellt worden, weil Frau Welsberg ihre Interessen nicht mehr vertreten kann.«

Der Standesbeamte las die Vollmacht ein zweites Mal.

»Mir kommt das alles spanisch vor«, sagte er schließlich. Aber sein Ton war ruhiger geworden, vielleicht auch besorgter. »Wenn diese junge Frau ein Ehehindernis sein soll – warum ist das nicht während des Aufgebots vorgebracht worden? Und was für ein absolutes Ehehindernis? Behauptet sie denn, dass sie mit Herrn Schröttinger schon eine« – er suchte nach einem Wort – »schon eine Verbindung eingegangen ist?«

»Sie behauptet gar nichts«, sagte ich. »Dazu ist sie nämlich nicht mehr in der Lage. Aber es ist wahr. Herr Schröttinger ist mit ihr eine Verbindung eingegangen. Und deswegen kann er die Ehe mit Fräulein Rothfels nicht vollziehen.«

»Haben Sie denn Dokumente, die das belegen? Auch Gretna Green stellt Urkunden aus, wenn es so etwas ist, worauf Sie anspielen.«

Ich sagte, dass ich keine weiteren Dokumente vorlegen werde.

»Es ist nicht mein Interesse, Herrn Schröttinger zu schützen. Ihn beispielsweise vor einer Strafanzeige zu bewahren. Ich will nur Sie, als den zuständigen Beamten, ausdrücklich darauf aufmerksam machen, dass hier ein Problem besteht. Damit später niemand sich darauf hinausreden kann, man habe da leider eine kleine, unbedeutende Kleinigkeit übersehen.«

»Aber wie stellen Sie sich das vor? Die Trauung soll in einer knappen Stunde stattfinden ... Sie wissen ja gar nicht, was das hier in dieser Stadt bedeutet.«

Ich stand auf und steckte meine Vollmacht wieder ein.

»Da haben Sie doch genug Zeit, Herrn Schröttinger eindringlich zu befragen. Und danach – da können Sie ihn ja trauen, oder Sie lassen es bleiben, ganz wie Sie wollen.«

Als nächsten suchte ich den Pfarrer der Gemeinde auf. Er war ein schlanker älterer Herr mit gepflegten grauen Haaren und residierte in einem Fachwerkhaus an der Chorseite des Münsters. Als ich mich an der Pforte meldete, bat er mich zögernd, fast widerwillig in sein kleines Büro. Er habe wenig Zeit, sagte er, am Vormittag stehe ein Hochzeitsgottesdienst an.

Ich sagte ihm, dass ich eben deshalb komme, und erklärte ihm, was ich auch schon dem Standesbeamten gesagt hatte.

Der Pfarrer hörte mich an, ohne eine Reaktion zu zeigen.

»Was Sie vorbringen«, sagte er schließlich, »kommt mir so vor, als hätte es keinen rechten juristischen Hintergrund ...

Wissen Sie, es klingt ein wenig nach dem Auftrag einer verlassenen, einer enttäuschten Frau, vielleicht nach einer privat sehr unglücklichen Geschichte. Aber können oder dürfen Sie deswegen eine Eheschließung verhindern, für die alle erforderlichen Formalien erfüllt sind?«

Ich sagte nichts, sondern holte aus meiner Brieftasche einen halben Briefbogen mit einem auf der Maschine geschriebenen Text hervor und legte ihn dem Pfarrer auf den Schreibtisch.

»Wenn Sie mir das dann freundlicherweise zu meiner Entlastung unterschreiben wollten?«

Auf dem Zettel stand: »Hiermit bestätige ich, von Herrn Wolf Niemann darüber unterrichtet worden zu sein, dass seiner Ansicht nach der Trauung Heiko Schröttinger/Carola Rothfels ein absolutes Ehehindernis entgegensteht. Jauchenburg, Mai 2002.«

Er las den Text hablaut vor.

»Niemals werde ich Ihnen das unterschreiben«, sagte er dann. »Wie käme ich dazu! Wenn die beiden standesamtlich getraut sind – und vorher kommen sie nicht zu mir –, kann ein Ehehindernis gar nicht vorgelegen haben.«

Ich lächelte.

»Dann müssten Sie den Zettel eigentlich guten Gewissens unterschreiben können. Aber nicht wahr – für den Fall eines Falles, für den Fall eines kleinen Skandals, wollen Sie doch lieber von nichts gewusst haben? Vielleicht wäre es doch besser, Sie würden sich vorerst noch einmal mit dem hiesigen Standesbeamten beraten ...«

Ich holte das Handy heraus, das mir Shortie – wie soll ich sagen? – überlassen hatte. Im elektronischen Telefonbuch des Geräts hatte ich unter anderen auch die Handy-Nummer von Carola Rothfels gefunden. Ich rief das SMS-Programm auf.

»Was tun Sie da?«, fragte der Pfarrer dazwischen. »Das ist mein Büro, mein Herr!«

»Moment!«, sagte ich und gab ein:

pfarrer und standesamt informiert dass absolutes ehehindernis.

Ich schickte die SMS ab und blickte wieder zu dem Pfarrer hoch.

»Ich habe soeben die Familie Rothfels von meiner Auffassung in Kenntnis gesetzt. Die Mutter der Braut ist doch Laienvorsitzende ihres Kirchengemeinderats, nicht wahr? Dann trauen Sie mal schön.«

Er sagte nichts. Irgendwie sah er nicht mehr so elegant aus wie zuvor. Ich stand auf und ging.

In der Geschäftsstelle des *Generalanzeigers* traf ich statt der Frau, die gestern meine Anzeige angenommen hatte, ein junges Mädchen, das mir entsetzt entgegenstarrte. Ich bat um zwei Ausgaben des *Generalanzeigers*, aber statt sie mir zu geben, rannte sie plötzlich zu einer Tür, die zu einem rückwärtigen Raum führte.

Ein erregter Disput zweier Männerstimmen war zu hören. Auf dem Tresen lag ein Stapel Zeitungen, ich nahm mir zwei und war dabei, den passenden Geldbetrag herauszusuchen, als die beiden Männer auch schon in den Geschäftsraum stürmten, auf mich zu.

Der eine – bebrillt, mit wirrem grauen Haar – trug einen dunklen Anzug mit silberner Fliege, der andere – untersetzt, mit Hängebacken und einem Hals, der über seinen Kragen quoll – steckte in einem fliederfarbenen Jackett.

»Sie, wer sind Sie, und was nehmen Sie sich heraus?«, fuhr mich der Grauhaarige an und fuchtelte mit einem knochigen Finger vor meinem Gesicht herum.

»Jawohl, was nehmen Sie sich heraus?«, kam es wie ein Echo von dem Fliederfarbenen. Ich hielt ihn für den Leiter oder Geschäftsführer der Zweigstelle.

»Ich habe mir hier zwei Exemplare Ihrer Zeitung genommen«, sagte ich zu dem Geschäftsführer. »Vermutlich stünden sie mir ohnehin als Belegexemplare zu, für die Anzeige, die ich gestern aufgegeben habe. Aber bitte – ich hab's Ihnen abgezählt.« Ich legte die Münzen auf den Tisch.

»Er gibt es zu, haben Sie das gehört? Ich bitte das festzuhalten...«

Der Grauhaarige war offenkundig Anwalt. Ich wandte mich zur Tür, der Anwalt versuchte, mich festzuhalten. Ich wischte seine Hand weg.

»So kommen Sie uns nicht davon«, schrie der Geschäftsführer und stellte sich mir in den Weg. »Sie sind uns eine Erklärung schuldig, zumindest Ihre Personalien werden Sie uns angeben, auf der Stelle!«

Ich sah ihn an. »Ich habe die Anzeige bezahlt, und ich habe diese Zeitungen da bezahlt. Ich bin Ihnen nichts schuldig.« Ich sah ihn an, und er ließ mich vorbei.

»Wir werden die Polizei rufen, wissen Sie das?«, sagte der Grauhaarige.

»Sie sind doch Anwalt?«, fragte ich. »Hält man sich in dieser Stadt die Anwälte, um nach der Polizei zu telefonieren?«

Ich verließ die Geschäftsstelle, der Anwalt lief mir nach – ein wenig ratlos, wie mir schien.

»Hören Sie...«, sagte er.

Ich wies auf das kleine Café, das sich in einem Fachwerkbau auf der anderen Seite des gepflasterten Platzes befand, und erklärte ihm, dass ich jetzt einen Kaffee trinken werde und er sich dazu setzen könne, immer vorausgesetzt, er habe wirklich etwas vorzubringen.

»Sie reden, als ob Sie auf einem sehr hohen Ross säßen«, sagte er, folgte mir aber in das Café und setzte sich, als ich einen Fensterplatz ausgesucht hatte, mir gegenüber. Das Café hatte einen Seitenausgang in die Greiffengasse. Bei einem jungen Mädchen bestellte ich einen Espresso, er schloss sich an.

»Auf einem hohen Ross kommt man in dieser Stadt nicht weit«, sagte er dann und reichte mir seine Visitenkarte: Vinzenz Schnurrfeld, Kanzlei Prinzing/Seuffner/Schnurrfeld.

»Es sei denn, man hat den richtigen Namen«, antwortete ich.

»Sie haben den richtigen?«, fragte er zurück. »Wirklich? Für das hohe Ross? Das überrascht mich. Sie sind in der Pension Greiffennest abgestiegen, nichts dagegen zu sagen, sehr preisbewusst. Und Sie tragen sich ein als Wolf Niemann, Monteur. Ein ehrenwerter Beruf, gewiss. Aber Ihr Auftreten will nicht so recht dazu passen.«

Ich ließ das auf sich beruhen. Der Espresso kam. Durch das Fenster sah ich, wie auf dem Tandelmarkt draußen mehrere Landrover und Jeeps eingeparkt wurden. Männer in Jägertracht – Kniebundhosen, grüne Janker, Gamsbarthüte – stiegen aus und packten Musikinstrumente aus.

Das Halali für den Junggesellen Heiko Schröttinger, dachte ich. Waidmann war er also auch.

»Also?« Ich wandte mich wieder Schnurrfeld zu.

»Ich vertrete Herrn Schröttinger«, sagte er, um einen geschäftsmäßigen Ton bemüht. »Es ist offenkundig, dass Ihre – wie soll ich das nennen – Ihre Aktivitäten gegen die Familie Schröttinger und gegen die bevorstehende Eheschließung mit Fräulein Rothfels gerichtet sind. Sie haben eine Anzeige geschaltet, die nur als gezielte Provokation verstanden werden kann, und das gleiche gilt für die Zusendung, die Sie Fräulein Rothfels haben überbringen lassen. Ich werte das jetzt nicht, ich will Ihnen nur sagen, dass wir selbstverständlich mit allen rechtlichen Mitteln gegen Sie vorgehen werden.« Er machte eine kurze Pause, um seine Worte wirken zu lassen. »Allenfalls des bevorstehenden Familienfestes wegen könnten wir davon absehen, die Anzeige zu erstatten, die eigentlich schon wegen des Überfalls auf Herrn Fissmann geboten wäre, der ein entfernter Bekannter meines Mandanten ist ... Voraussetzung wäre aber, dass Sie uns zunächst einmal reinen Wein einschenken, es muss ja einen Beweggrund geben für Ihre Handlungsweise ...«

»Meine Anzeige wird als Provokation empfunden, sagten

Sie. Warum?«, fragte ich. »Ein Bild und ein Datum. Wen provoziert da was?«

»Der konkludente Zusammenhang mit dem heutigen Familienfest provoziert«, antwortete er ungeduldig. »Das liegt doch auf der Hand.«

»Sie wissen also, wen das Foto zeigt?«

»Nein, das weiß ich nicht.«

»Herr Schröttinger hat es Ihnen nicht gesagt?«

»Hören Sie«, sagte Schnurrfeld, nicht mehr ungeduldig, sondern ärgerlich, »dass da eine Beziehung war, erschließt sich ja aus allen Andeutungen, die Sie streuen. Herr Schröttinger braucht sich dazu überhaupt nicht zu äußern. Wozu auch? Ich bin beauftragt, den Fall zu regulieren. Falls hier Erwartungen privater Art enttäuscht worden sein sollten, das kommt ja immer wieder mal vor, sind wir bereit, einen diskreten finanziellen Beitrag zu leisten. Ohne Anerkennung einer Rechtspflicht, versteht sich.«

Ich schüttelte den Kopf. »Schröttinger hätte Ihnen ruhig etwas mehr erzählen können«, sagte ich. »Offenbar haben Sie überhaupt keine Ahnung. Der jungen Frau, deren Foto Sie so erbost, ist mit einem diskreten finanziellen Beitrag nicht zu helfen. Vor einem Jahr ist sie mit ihrem Renault auf der Haynbucher Serpentine von der Fahrbahn gerammt worden. Der Wagen stürzte den Abhang hinunter, ins Gebüsch. Sie war eingeklemmt. Man hätte sie retten können.«

Ich lehnte mich zurück und betrachtete Schnurrfeld. Von Zeit zu Zeit zitterte sein linkes Augenlid. Ich hatte einmal einen leitenden Kriminalbeamten einer süddeutschen Stadt gekannt. Der hatte das auch.

»Aber es kam niemand. So ist sie dann langsam verblutet.«

»Sehr bedauerlich.« Schnurrfeld hatte seine Fassung zurückgewonnen. »Aber ich muss jede Verbindung dieses tragischen Vorkommnisses mit meinem Mandanten aufs Schärfste ...«

»Es war kein tragisches Vorkommnis«, unterbrach ich ihn.

»An dem Renault wurden Lackanhaftungen gefunden. Vorne rechts. Der Renault war also von einem entgegenkommenden Wagen zumindest touchiert worden. Dessen Fahrer konnte nicht entgangen sein, was passiert war. Trotzdem hat er nicht angehalten. Das ist nicht bloß unterlassene Hilfeleistung. Es ist Mord. Er hat nicht angehalten, hat nicht die Polizei verständigt und auch nicht den Rettungsdienst, er hat die junge Frau krepieren lassen, damit er seinen Führerschein behalten konnte. Er hat einen Menschen getötet, um eine Straftat zu verdecken.«

»Juristisch sehr abenteuerlich, Ihre Konstruktion«, sagte Schnurrfeld. »Haltlos, sollte ich sagen. Von der Rechtsprechung in keiner Weise gedeckt. Aber für meine Partei ist das alles ohne jegliche Bedeutung. Wir haben nichts damit zu tun. Warum gehen Sie nicht zur Polizei?«

Auf diese Frage ging ich nicht ein. »Die Anhaftungen an dem Renault stammten von marmara-schwarzem Lack. Dieser Lack wird von BMW bei bestimmten Baureihen verwendet«, sagte ich. »Heiko Schröttinger besaß einen Wagen dieses Typs und dieser Farbe. Bis Ende September vergangenen Jahres besaß er ihn. Zur fraglichen Zeit befand er sich auf der Heimfahrt vom Nürburgring, zusammen mit anderen jungen Leuten, darunter Sylvius Uebelhauffe und dem angeblich sehr entfernten Bekannten Karlheinz Fissmann, genannt Shortie.«

Warum sagte ich nichts von Isolde Kattelbach? Nun ja. Die Leute müssen nicht alles wissen.

»Man hatte sich auf dem Nürburgring das Formel-1-Rennen angesehen«, fuhr ich fort. »Man hatte ein bisschen gefeiert, ein bisschen getrunken wohl auch, man war mit mehreren Autos unterwegs, mit schnieken sportlichen Autos wie dem BMW von dem Herrn Schröttinger, und irgendwann in der Nacht hat man ein kleines Rennen veranstaltet, die Serpentinen hoch, ein Wagen kommt entgegen und wird von der Fahrbahn gewischt ...«

»Das sind alles Mutmaßungen«, warf Schnurrfeld ein.

»Wie Sie meinen«, antwortete ich. »Fissmann hat in seiner Werkstatt dann noch in der gleichen Nacht den Lackschaden an der Vorderfront des BMW provisorisch behoben und ist danach sofort mit dem Wagen nach Italien gefahren, wo er ihn im Auftrag Schröttingers verkauft hat.«

Ich trank meinen Espresso aus und winkte der Bedienung. »Die Geschichte mit dem tödlich verunglückten Mädchen stand natürlich auch im *Generalanzeiger*, Haynbuch ist ja nur ein paar Kilometer entfernt. Und auch, dass nach einem dunklen BMW gesucht wird. Und ganz Jauchenburg – Sie, Herr Rechtsanwalt, eingeschlossen – wusste, dass der allseits begehrte, von allen Seiten beäugte Heiko Schröttinger mit seinem dunklen BMW und seinen Kumpels Uebelhauffe und Shortie Fissmann an jenem Wochenende zum Formel-1-Rennen auf den Nürburgring gefahren war ...«

»Das ist absolut haltlos und ohne Sinn, was Sie da reden«, sagte Schnurrfeld. Etwas an oder in ihm begann zu surren. Schnurrfeld holte ein Handy aus dem Jackett und meldete sich.

Die Bedienung kam, und ich bezahlte den Espresso. Auf Schnurrfeld schien ein längerer Wortschwall einzustürzen, er hörte gebannt zu und begann, mich empört zu fixieren. Schließlich sagte er, er werde gleich zurückrufen, und stellte das Handy ab.

»Das ist der Gipfel«, sagte er zu mir. »Unglaublich. Jetzt haben Sie es fertiggebracht, dass die Trauung verschoben wurde. Sie werden Ihr ganzes restliches Leben arbeiten müssen, um den Schaden zu ersetzen, den wir geltend machen werden. Und es wird doch nicht reichen ...«

Ich warf einen Blick nach draußen. In die Gruppe der Jagdhornbläser war Unruhe gekommen. Einer von ihnen, ein dicklicher glatzköpfiger Mann, stand etwas abseits und hatte ein Handy am Ohr.

Ich nahm den Seitenausgang.

In der Pension fing mich die Wirtin ab. »Da wartet jemand auf Sie«, sagte sie mit verschwörerischer Stimme. »Ich hab sie ins Frühstückszimmer gebeten. Es ist eine junge Frau, aber ...«

Im Frühstückszimmer saß Isolde Kattelbach, mit einer Sonnenbrille im Gesicht. Es war eine große Sonnenbrille, und trotzdem sah man, warum die Wirtin »aber ...« gesagt hatte. Die Augen waren halb zugeschwollen und die Wangen verfärbt. Außerdem hatte sie einen Riss an der Lippe abbekommen. Wie hatte ihr Vater gesagt? Die Leute in Jauchenburg sind freundlich und aufgeschlossen.

»War das Ihr Vater?«, fragte ich und berührte ganz leicht ihre Wange. Sie ließ es geschehen.

»Zu verdanken habe ich es Ihnen«, antwortete sie.

Ich schüttelte den Kopf. »Es war Ihre Idee, mich zu Ihrem Vater zu bringen. Was haben Sie ihm denn erzählt?«

»Was gestern war. Dass wir in der Bürgmühle waren und dass plötzlich der Taxifahrer kam und Shortie gefunden hatte. Dass es dann nicht mehr sehr lustig war und Sylvius und ich zurückgefahren sind und Sie getroffen haben.« Ich betrachtete sie, aber durch die Sonnenbrille konnte ich den Ausdruck ihrer Augen nicht erkennen.

»Aber Ihr Vater hat Ihnen nicht geglaubt?«

»Nein«, sagte sie müde. »Er hat mir nicht geglaubt, dass ich mit dieser Sache nichts zu tun habe. Er glaubt ...« Sie ließ den Satz unvollendet. »Waren Sie heute Morgen bei ihm auf der Inspektion?«

»Nein.«

»Warum nicht?«

»Hätte ich sollen? Um den Schein zu wahren?«, fragte ich zurück. »Um eine Anzeige zu erstatten, damit Ihr Vater am Ende natürlich nichts herausfindet, weil alle Beweise beseitigt worden sind? Damit er dann trotzdem behaupten kann, es sei nichts vertuscht worden, er sei allen Hinweisen nachgegangen?«

»Mein Vater vertuscht nichts. Niemals.«

»Na schön«, sagte ich friedfertig. »Aber warum sind Sie jetzt zu mir gekommen?«

»Weil diese Sache in Ordnung gebracht werden muss. Weil ... weil Sie mich hineingezogen haben. Weil ich Ihnen helfen will.«

Ich glaube, ich habe sie mit großen Augen angesehen. Es ist eine lustige Idee, mir helfen zu wollen. »Wer ist gefahren?«, fragte ich. »Und wer hat gesagt: *Weiterfahren*?«

Keine Antwort. Ich wartete. »Aber helfen wollen Sie mir«, sagte ich schließlich. »Na gut. Können Sie sich heute Nachmittag mit mir treffen?« Sie nickte. »Ich werde Ihnen noch sagen, wo. Wenn Sie keinen Wagen haben, nehmen Sie ein Taxi. Ich bezahle es.« Ich holte Shorties Handy heraus und rief das elektronische Telefonbuch auf.

»Da ist unter Izzy eine Nummer angeführt. Ist das Ihre?« Ich zeigte ihr das Display.

»Ja.« Wieder nickte sie.

Wir trennten uns, und ich ging in mein Zimmer. Noch einmal nahm ich Shorties Mobiltelefon und rief eine der im Verzeichnis gespeicherten Nummern an. Es dauerte eine Weile, dann meldete sich eine Männerstimme.

»Shortie?« Die Stimme klang gepresst, fast atemlos.

»Tut mir Leid«, sagte ich, »es ist nur sein Handy. Hat er Ihnen nicht erzählt, dass ich es ihm abgenommen habe?«

Er sagte nichts. Ich wartete.

»Wer sind Sie?«

»Niemann«, sagte ich. »Das wissen Sie doch. Ihr Anwalt hat es herausgefunden. Wenigstens etwas. Sonst war es nicht allzu viel. Über dieses ›Sonst‹ müssen wir noch reden.«

»Sie werden gar nichts mehr zu reden haben«, antwortete Schröttinger. »Ich lasse Sie fertigmachen. Sie« – er suchte nach einer Drohung, wie noch keine die Welt erschüttert hatte – »Sie werden noch darum betteln, dass man Ihnen die Kugel gibt. Heute noch werden Sie das tun.«

»Schon recht«, meinte ich. »Trotzdem müssen wir uns vorher unterhalten. Ihr Schnurrpfeifer von einem Anwalt hat mir Geld geboten. *Einen diskreten finanziellen Beitrag.* Sie und ich wissen, dass das nicht reicht.«

»Ein Erpresser!«, sagte er. »Ein schmieriger kleiner Erpresser ... Tut mir Leid. Mit solchen Leuten rede ich nicht.«

Ich wartete, aber er brach das Gespräch nicht ab.

»Wie Sie meinen«, antwortete ich. »Aber überlegen Sie gut, was Sie tun wollen. Und lassen Sie Ihr Handy an.«

Dann schaltete ich ab. Ich würde Shorties Handy noch brauchen und wusste nicht, wie lange der Akku vorhielt. Außerdem war im Augenblick sowieso nichts zu tun. Bevor ich mich auf das Bett legte und ein wenig die Beine ausstreckte, öffnete ich die Tür halb.

Aber ich blieb wach.

Es dauerte nur etwa zwanzig Minuten, dann hörte ich sie schon. Dem Geräusch der Schritte nach zu urteilen, waren es mehrere Männer. Einer sprach halblaut mit der Wirtin. Ich nahm an, dass die Männer Kniebundhosen trugen und lodengrüne Janker. Ohne Hast stand ich auf, schloss die Tür und stellte einen Stuhl unter die Klinke.

Dann hörte ich auch schon, wie schwere Schritte die Treppe hochkamen.

Über die Veranda stieg ich in den Hinterhof und gelangte durch einen unverschlossenen Flur in die Neue Welt, die Seitengasse hinter der Pension. Ich schloss das Klapprad auf und radelte durch das Leinenweberviertel, das Fußgängerzone war, zum Stockruther Tor und hinaus auf den Radweg nach Haynbuch. Zum zweiten Mal an diesem Tag legte ich die Strecke zurück, und sie gefiel mir immer besser. Es war ein schöner, fast sommerlicher Tag, niemand begegnete mir. In Haynbuch verstaute ich das Rad im Kofferraum und aß in der »Krone« eine Forelle. Männer in Kniebundhosen und mit Gamsbarthüten waren nicht zu sehen. Vermutlich fuhren sie noch immer in ihren Landrovern Patrouille in Jauchenburg, auf der Suche nach meinem grauen Opel.

Vom Haynbucher Burgturm sieht man weit über die Höhenzüge im Osten und hinab auf den lang gestreckten bewaldeten Abhang im Süden, durch den die Haynbucher Serpentine ins Untere Gäu führt. Man sieht, wie die Landstraße nach Jauchenburg sich über die Hügel schlängelt, und man sieht im Unteren Gäu bis zu den Silos der Zementwerke von Schalckhausen und weiter zur Kreisstadt. Nach dem Kaffee war ich auf den Turm gestiegen und hatte – als ich sah, dass ich allein auf dem oberen Umgang war – Shorties Handy aus meiner Umhängetasche geholt und Schröttinger angerufen. Fast sofort meldete er sich.

»Ja?« Wieder klang die Stimme gepresst, ja unsicher. Es mochte am Empfang liegen.

»Niemann«, sagte ich. »Wie viel?«

»So geht das nicht«, sagte er. »Hören Sie. Wir können verhandeln. Aber ich muss Sicherheiten haben. Dass das kein Fass ohne Boden wird.«

»Sie bekommen jede Menge Sicherheit«, antwortete ich. »Jeder Tag, den Sie nicht im Knast verbringen, ist ein Tag Sicherheit. Aber wir können verhandeln, das ist wahr. Nur müssen Sie vorher ihre Jagdhornbläser wieder ins Körbchen schicken. Ich will nur mit Ihnen reden. Und Sie müssen eine erste Rate mitbringen. Fünfzigtausend. In gebrauchten Scheinen.«

»Sind Sie verrückt?«

»Fragen Sie Ihren Schnurrpfeifer. Sagen Sie ihm die Wahrheit. Und er soll Ihnen die Wahrheit sagen, was Ihnen blüht.«

»Na schön«, kam es durchs Handy. Ich war einige Schritte nach rechts gegangen, und plötzlich war der Empfang besser. Aber auch Schröttingers Stimme klang anders. Nicht mehr gepresst. Sondern selbstsicher. »Aber das geht nicht so schnell. Da müssen Sie schon bis zum Abend warten, bis ich das zusammen habe.«

»Ich weiß nicht, ob mir das gefällt«, antwortete ich.

»Das müssen Sie schon verstehen«, sagte er, fast versöhnlich. »Es wäre nicht gut, auch nicht für Sie, wenn ich das Geld bei unserer Kreissparkasse holen würde. Genauso gut könnten wir es vom *Generalanzeiger* ausposaunen lassen. Ich muss es in der Kreisstadt besorgen, wir haben ein Konto bei einer der Großbanken, die dort eine Filiale hat ...«

»Na schön«, sagte ich einlenkend. »Dazu werden Sie aber nicht bis zum Abend brauchen. Ich melde mich in einer Stunde und sage Ihnen, wo wir uns treffen. Und noch einmal: Fünfzigtausend in gebrauchten Scheinen, und keine Jagdhornbläser!« Dann verlangte ich noch, dass er mir sagte, welche Bank es sei und wann er das Geld dort abholen wolle. »Wir wollen Sie dabei im Auge behalten«, sagte ich.

Da war übrigens kein *pluralis majestatis*, sondern nur ein wenig Hochstapelei.

Zögernd nannte er mir die Bank. Dann drehte er wieder auf. »Was haben Sie bloß so Angst vor unseren Musikanten? Das sind sehr nette Leute.«

Es klang fast belustigt, als ob er Oberwasser hätte. Mir war es recht. Ich rief Isolde an, sie meldete sich fast sofort.

»Ich möchte Sie zu einem Spaziergang einladen«, sagte ich. »Treffen wir uns doch in Haynbuch, gegenüber der Kirche ist ein Wanderparkplatz. In einer Dreiviertelstunde, geht das?«

»In Haynbuch?«, fragte sie zurück. »Ja. Sicher.«

Ihre Stimme klang angespannt und zugleich beflissen. Zu beflissen. Aber das Telefon verzerrt.

Ich stieg vom Burgturm herab, überquerte die Straße und ging eine Strecke auf dem Wanderweg, der ins Tal führt. Es war ein milder Frühlingsnachmittag, das Licht schimmerte verheißungsvoll durch die Baumdächer voll hellgrünem Laub, und so kam mir ein anderer Frühlingstag in Erinnerung. Auch damals hatte ich auf ein Mädchen gewartet. Es war ein anderes Mädchen gewesen und eine andere Zeit, und so gehört es nicht hierher.

Ein Taxi bog von der Landstraße ab und hielt ein paar Schritte von mir entfernt auf dem Wanderparkplatz. Isolde Kattelbach stieg aus, sie trug noch immer diese überdimensionierte Sonnenbrille, dazu ein Kopftuch. Ich bezahlte den Fahrer, dann fragte ich Isolde, ob sie schon einmal auf dem Haynbucher Turm gewesen sei. »Man hat von dort oben einen sehr schönen Ausblick.«

»Ich bin als Schulkind hinaufgescheucht worden«, antwortete sie. »Wenn man hier aufgewachsen ist, konnte man dem nicht entgehen.«

»Wagen Sie noch einmal einen Blick«, meinte ich. »Vielleicht nehmen Sie die Aussicht heute ganz anders wahr.«

Sie zuckte nur mit den Schultern. »Wie Sie meinen.«

Wir gingen zur Kirche und stiegen den Turm hoch. Sie folgte mir, und ich hörte an ihrem Atem, dass es sie anstrengte. Auf halber Höhe blieb sie stehen.

»Lassen Sie mich einen Augenblick durchatmen«, sagte sie. Ich wartete, durch einen schmalen Ausguck sah ich auf die Straße nach Jauchenburg.

»Sie gehen merkwürdige Wege, wissen Sie das?«

»Wie wäre ich sonst zu Ihnen gekommen?«, fragte ich zurück.

»Ja«, antwortete sie, »das frage ich mich auch. Ich meine, warum und wie Sie auf uns gekommen sind.«

»Auf uns?«

»Ich erzähle es Ihnen oben.« Langsam stiegen wir weiter hoch, bis zum Umgang. Überrascht sah ich, dass sie vor der Brüstung zurückschrak und sich Schutz suchend an das Mauerwerk lehnte, welches die Turmhaube trug. Offenbar war sie nicht schwindelfrei.

Ich nahm mein Fernglas und suchte die Straße nach Jauchenburg ab. Es war wenig Verkehr, und so viel ich sah, war kein Polizeiwagen nach Haynbuch unterwegs. Auch kein Landrover der Kreisjägerschaft. Ich rief Schröttinger an. Er habe das Geld, sagte er, und warte auf weitere Anweisungen.

Ich sagte ihm, dass er jetzt losfahren könne. »Nehmen Sie die Landstraße nach Haynbuch.«

Ich schaltete das Handy wieder aus und lächelte Isolde aufmunternd an. Sie lehnte noch immer gegen das Mauerwerk.

»Sie haben vorhin gemeint, ich ginge merkwürdige Wege«, sagte ich. »Es sind Wege, die zum Ausgangspunkt zurückführen. Geduld braucht es dazu, Engelsgeduld und Ausdauer. Glauben Sie, es ist so einfach, die Leute zu finden, die an einem 27. September spätabends mit einem dunklen BMW einen Unfall verschuldet haben? Woher kamen sie, wohin wollten sie? Es hat lange gedauert, bis mir der Nürburgring einfiel, bis ich feststellte, wie Abfahrtszeiten, Fahrtstrecke und Unfallzeitpunkt zueinander passten, und noch länger hat es gedauert, bis ich herausfand, wer aus Jauchenburg und Umgebung Stammgast ist bei der Formel 1 ... Aber irgendwann war es soweit, und ein verklemmter parfümierter Sachbearbeiter hat mir mit zittrigen Fingern aus seinem PC herausgeholt, was ich haben wollte.«

Wieder suchte ich mit meinem Fernglas die Straße ab. Es dauerte vielleicht drei oder vier Minuten, ich weiß es nicht mehr, Zeit lässt sich schwer schätzen, wenn man neben einer Frau steht, die nur darauf wartet, dass sie von diesem ihr verhassten Ausguck herunterkann auf den sicheren Erdboden.

»Warum studieren Sie eigentlich Jura?«

»Mein Vater wollte es so. Er will, dass ich Richterin werde. Er denkt, dass ich dann jemand bin, den man nicht herumkommandieren kann. Der etwas zu sagen hat. Der nicht die Drecksarbeit machen muss. Und nicht pausenlos Berichte schreibt, nur damit die Staatsanwaltschaft einen Haken darunter macht und das Verfahren einstellt ...«

Über die Hügel kam ein Daimler und fuhr auf Haynbuch zu. Ich griff zum Handy, Schröttinger meldete sich, ich gab die Anweisung, den Daimler auf zwanzig Stundenkilometer zu verlangsamen, und der Wagen, den ich durch den Feldstecher sah, wurde tatsächlich abgebremst und auch – als ich das anordnete – wieder beschleunigt. Auf diese Weise dirigierte ich den Daimler durch Haynbuch, die Serpentine hinab und bis nach Schalckhausen. Allmählich wurde Schröttinger ärgerlich. »Wie lange soll ich noch hier so blöd herumfahren?«

»Nur Geduld«, sagte ich. »Ich muss mich vergewissern, dass keine Bläser auftauchen. Ich bin allergisch dagegen.«

Er lachte. »In Ihrem Gewerbe sollte man nicht so viel Schiss haben, finden Sie nicht?«

Ich sagte ihm, dass er jetzt Richtung Haynbuch zurückfahren solle. »Noch vor Haynbuch, kurz nach Beginn der Serpentine, biegen Sie nach rechts in einen Forstweg ein. Fahren Sie langsam weiter, bis Sie eine andere Anweisung bekommen.«

»Das gefällt mir nicht«, sagte er.

»Wer hat denn jetzt Schiss?«, fragte ich und schaltete das Handy aus.

Vom Turm aus sah ich, dass ein Wagen von Jauchenburg gekommen war und auf dem Wanderparkplatz abgestellt wurde. Ein breitschultriger grauhaariger Mann stieg aus, von oben sah es so aus, als ob er noch nicht einmal einen Blick auf den Opel warf, der nebenan geparkt war.

Ich blickte zu Isolde, aber sie war noch immer an das Mauerwerk gelehnt, die Augen hinter der Sonnenbrille verborgen. Den Mann da unten hatte sie vielleicht wirklich nicht gesehen.

Unten wandte sich der Mann dem Wanderweg zu und verschwand mit ruhigen, gleichmäßigen Schritten zwischen den Bäumen.

»Kommen Sie«, sagte ich zu Isolde, »wir müssen uns beeilen.« Wir stiegen vom Turm und liefen zum Wanderparkplatz und stiegen in den Opel. Ich fuhr die Serpentine bis auf halbe Höhe hinab zur Einmündung eines steilen Holzwegs, der vom Hang herabkam und von links in die Fahrbahn mündete. Dort stellte ich den Wagen ab. Wir gingen über die Straße und stiegen über die Leitplanke. Der Abhang unter uns war steil, vom

Wald unten kroch Gebüsch zu uns hoch, ich reichte Isolde die Hand, zusammen kletterten wir hinunter, bis wir in den Schutz der Bäume kamen.

Schließlich erreichten wir den Platz, den ich mir bei meinem Spaziergang vorhin ausgesucht hatte. Wir blieben hinter dem aufgetürmten Wurzelballen einer beim letzten Sturm umgerissenen Buche stehen. Ich hatte Deckung und zugleich Einsicht auf eine kleine Lichtung und den Forstweg unterhalb.

Noch einmal schaltete ich das Handy ein. Schröttinger meldete sich sofort.

»Sind Sie auf dem Forstweg?«

»Ja«, antwortete er, »aber das hier ist kein Geländewagen. Der Weg wird verdammt eng.«

Motorengeräusch näherte sich. Und das Geräusch von brechendem Geäst.

»Fahren Sie noch fünfzig Meter«, sagte ich.

An der Wegbiegung wurde die Motorhaube eines dunklen Daimler sichtbar. Zweige ratschten über polierte Seitenbleche, die Limousine kroch noch ein paar Meter weiter und hielt.

»Steigen Sie aus«, befahl ich. »Warten Sie am Wagen.«

Ich schaltete das Handy aus und blieb geduckt hinter dem Wurzelballen stehen. Für einen kurzen Augenblick legte ich die Hand auf den Arm von Isolde, aber ich spürte, dass ihr die Berührung unangenehm war.

Unten auf dem Waldweg wurde die Fahrertür aufgestoßen, aber der Fahrer schien sich zunächst nur umzusehen. Er war allein.

Ich schaute zu Isolde. Sie hatte die Sonnenbrille hochgeschoben, aber als sie meinen Blick spürte, zog sie sie wieder über die Augen.

Unten stieg Schröttinger aus dem Wagen, einen Aktenkoffer in der linken Hand. Hinter der Fahrertür blieb er stehen und sah sich suchend um. Es sah merkwürdig aus, wie er den Aktenkoffer hielt: mit angewinkeltem Arm, wie einen Schild.

Aus der Entfernung sah sein Gesicht angespannt aus und ein wenig ratlos.

»Niemann!«, rief er. »Ich hab hier das verdammte Geld, wie Sie es wollten.« Er hob den Aktenkoffer etwas an und ließ ihn wieder sinken.

Ich antwortete nicht. Im Wurzelwerk vor mir entdeckte ich einen kleinen handlichen Stein. Behutsam löste ich ihn aus dem Erdreich.

»Hören Sie«, rief Schröttinger, »wir können über alles reden, das Geld ist doch da, sagen Sie mir, wo ich es hinlegen soll!«

Wieder antwortete ich nicht. Im Wald war es still geworden. Schröttinger stand noch immer an der Fahrertür, offenbar unschlüssig, ob er nicht besser einsteigen solle. Mit den Augen suchte er den Waldrand ab, eine Weile sah er zu uns hoch, aber er entdeckte uns nicht. Die junge Frau neben mir hatte sich nicht bewegt, für einen Augenblick war mir gewesen, als hätte sie erschrocken die Luft angehalten.

Der Mann am Auto wandte sich wieder von uns ab und beobachtete den Weg, der vor ihm im Dickicht verschwand. Ich hatte noch immer den Stein in meiner Hand. Ich ertappte mich dabei, dass ich mit dem Daumen die Erdkrumen von ihm abrieb.

Hoch über uns schrie ein Raubvogel. Von der anderen Seite der Lichtung kam ein trockenes hartes Geräusch, so, als sei ein Ast abgebrochen worden.

Schröttinger ließ den Aktenkoffer fallen und duckte sich hinter die Fahrertür, den langläufigen Colt, den er zuvor hinter dem Aktenkoffer verborgen hatte, mit beiden Händen im Anschlag.

Ich war nicht sehr überrascht. Schröttinger war Jäger, sonst wären keine Jagdhornbläser zur Hochzeit aufgeboten gewesen. Mit seinem Waffenschein kann ein Jäger in Deutschland nicht nur Schrotflinten und andere Jagdgewehre erwerben, sondern auch Pistolen und Revolver. Was man damit jagt? Ich weiß es nicht, es geht mich auch nichts an. Mir hatte es genügt, dass Schröttinger am Telefon plötzlich diesen ein wenig selbstgefälligen Ton angeschlagen hatte ...

Noch immer hatte ich den kleinen Stein in der Hand. Ich warf ihn, er flog in einem hohen Bogen, bis er auf dem Dach des Daimlers aufschlug, mit einem metallischen, harten Geräusch, und dann zerbrach die Waldesstille in tausend Stücke. Ich weiß nicht, wen oder was Schröttinger gesehen hat, vielleicht war der Colt auch von selbst losgegangen. Obwohl er die Waffe mit beiden Händen hielt, schlug der Colt hoch, als er ihn abfeuerte, ein ums andere Mal, und jedes Mal riss ihm der Rückstoß die Hände hoch, wie oft ging das? Auch das weiß ich nicht oder nicht mehr, der Wald schien das Echo der Schüsse zurückzuwerfen, die junge Frau neben mir hielt sich mit beiden Händen die Ohren zu ...

Es dauerte eine Weile, bis ich begriff, dass es nicht das Echo war. Jemand anderem hatte die Schießerei nicht gefallen, er schoss zurück, gezielt, überlegt, Schröttinger ließ den Colt fallen und griff nach seiner Brust oder nach seinem Gesicht, aber die Hand kam da nicht mehr hin, einen Augenblick verharrte sie auf Brusthöhe, dann kippte Schröttinger nach hinten und blieb auf dem Rücken liegen.

Irgendwann kehrte die Stille zurück. Zwischen den Bäumen auf der anderen Seite der Lichtung erschien Kattelbach, eine großkalibrige Pistole in der Hand. Seine Dienstwaffe war es nicht.

Isolde hatte sich aufgerichtet. »Vater«, rief sie, aber Kattelbach schüttelte den Kopf. Er sah nicht einmal zu ihr hin. Langsam ging er zu dem Daimler und blieb vor Schröttinger stehen. Aber da war nichts mehr zu machen.

»Geh weg«, sagte Kattelbach. »Du hast hier nichts zu suchen.« Und noch einmal, wie ein Aufschrei: »Geh!«

»Er hat Recht«, sagte ich leise und griff nach ihrem Arm. »Sie sollten hier nicht bleiben.« Wieder schüttelte sie meine Hand ab.

Ich nahm einen neuen Anlauf. »Hören Sie – er will allein sein. Nur eine Weile. Er weiß, was danach kommt. Danach wird er immer wieder erzählen müssen, was passiert ist. Warum und wie und weshalb ...«

Ich glaube nicht, dass sie mir überhaupt zuhörte. Irgendwann drehte ich mich um und ging an dem umgestürzten Baum den Abhang hoch. Im vergangenen September war hier, eben auf dieser Lichtung, eine 22-Jjährige Frau gestorben, nachdem sie Stunden in ihrem Wagen eingeklemmt auf Hilfe gewartet hatte ...

Hinter mir hörte ich Schritte, es war Isolde Kattelbach, ich half ihr über die Leitplanke, und wir gingen zu dem Opel.

Ich nahm an, dass Kattelbach seine Kollegen in Jauchenburg verständigt hatte. Ihnen wollte ich nicht begegnen, und so fuhr ich in Richtung Autobahn. Isolde Kattelbach würde in Weißenstein einen Bus bekommen, wenn sie überhaupt so bald wieder nach Hause zurück wollte.

»Warum sollte ich das nicht wollen?«, fragte sie mich.

Die eine Hand am Steuer, zog ich mit der anderen die zusammengefaltete Fotografie, die ich von Shorties Pinnwand genommen hatte, aus meiner Jackentasche. »Darum.«

Sie sah das Foto an, mit einem Gesichtsausdruck, der so gleichgültig schien wie jener, mit dem sie in die Kamera geschaut hatte. »Und?«

Ich antwortete nicht.

»Haben Sie Heiko deswegen umgebracht?«

»Habe ich das?«

»Sie haben ihn umbringen lassen. Das kommt auf das Gleiche heraus. Sie glauben, dass Heiko diesen ...« Sie unterbrach sich und setzte wieder ihre Sonnenbrille auf. »Dass Heiko diesen Unfall verschuldet hat, und deswegen haben Sie meinen Vater auf ihn gehetzt.«

»Wirklich?«, fragte ich zurück. »Ist es nicht so, dass Ihr Vater Sie zu mir geschickt hat? Sie sollten sich an mich heften, als eine Art Bewegungsmelder ...«

Sie wollte widersprechen, ließ es aber bleiben.

»Im Übrigen war es gar nicht Schröttinger, der den Unfall verschuldet hat«, fuhr ich fort.

»Ach nein?« Abrupt wandte sie sich mir zu. »Und woher wollen Sie das wissen?«

»Sie waren zu viert an den Nürburgring gefahren, Sie, Schröttinger, Fissmann und Uebelhauffe, in zwei Autos, erinnern Sie sich?«, antwortete ich. »Vor der Heimfahrt hatten Sie ein wenig gefeiert, aber Uebelhauffe verträgt nicht viel, also wird Fissmann gesagt haben, lass mal, ich fahr den Roadster. Wer aber hat Schröttingers BMW gesteuert, Sie oder er? In der Liga, in der Schröttinger spielen will, genauer: in der er hat spielen wollen, in der gibt man sich nicht kleinlich. Da, hat er gesagt und Ihnen den Schlüssel gegeben, zeig mal, was du kannst.«

»Ich war es also«, sagte sie langsam. »Und warum bin ich dann noch am Leben und Heiko nicht?«

»Weil Schröttinger gesagt hat: Wir fahren weiter.«

»Und woher wollen Sie das nun wissen?«

»Wenn man die Polizei geholt hätte«, fuhr ich fort, »wäre es für alle peinlich geworden. Aber was heißt peinlich? Die Führerscheine wären für eine Weile weg gewesen. Am schlimmsten hätte das Fissmann getroffen. In seiner Branche braucht man den Lappen fast wie das tägliche Brot. Noch wichtiger sind aber für ihn Huld und Gnade des örtlichen Jungunternehmers. Fissmann muss sich nach Schröttinger richten. Uebelhauffe wiederum war zu allem zu betrunken. Außerdem – warum soll sich der junge Herr von Welt nicht eine Weile chauffieren lassen? Kleines Malheur, kommt in den feinsten Häusern vor ... Also Schröttinger.«

»Ich nicht?«

»Nein«, antwortete ich. »Sie waren das Gogo-Girl der Clique. Der Gruppenclown. Wenn es darauf ankommt, hatten Sie nichts zu sagen ...«

»Halten Sie an«, sagte sie. »Halten Sie sofort an und lassen Sie mich aussteigen.«

»Später.« Wir waren auf der Schnellstraße, und ich beschleunigte. »Das Sagen hatte Schröttinger, darüber brauchen wir uns nicht zu streiten, und zugleich war er es auch, der einen Skandal am wenigsten gebrauchen konnte. Heiko Schröttinger war damals mit dieser Carola Rothfels verlobt, das war eine für ihn aus gesellschaftlichen und noch mehr aus finanziellen Gründen höchst viel versprechende Verbindung ... Leider neigt die Familie Rothfels zu etwas rigiden moralischen Anschauungen. Was hat der junge Herr Uebelhauffe über die Dame Rothfels gesagt? *She was not amused, absolutely not.* In der Tat. Weder Carola Rothfels noch ihre Mutter, die gestrenge Vorsitzende Ihres Kirchengemeinderates, hätten es toleriert, dass sich der Bräutigam und künftige Schwiegersohn Heiko mit der Tochter des Stadtpolizisten vergnügt und sie danach betrunken Auto fahren lässt ...«

»Sind Sie fertig?« Isolde Kattelbach hatte sich in ihrem Sitz zurückgelehnt und sah zum Seitenfenster hinaus, dorthin, wo die Böschung an uns vorbeiflog.

»Ihr Vater ist vermutlich zu den gleichen Schlüssen gekommen«, fuhr ich fort. »Warum sollten Sie Jura studieren? Damit Sie später nicht herumkommandiert werden. So sagten Sie es. Damit Sie nicht nach anderer Leute Pfeife tanzen müssen. Damit Sie es den feinen Pinkeln von Jauchenburg so richtig zeigen können. Aber dann haben Sie sich – in seinen Augen, verstehen Sie? – ausgerechnet für diese feinen Pinkel zur Matratze gemacht.«

»Sie sind sehr liebenswürdig. Aber meinen Sie wirklich, mein Vater hat deswegen auf Heiko geschossen?«

»Das weiß ich nicht«, antwortete ich abwehrend. »Ich stelle mir vor, dass Ihr Vater den großen Befreiungsschlag geplant hat. Dass er uns alle festnehmen wollte, mich, auch die eigene Tochter, also Sie, und vor allem diesen Herrn Schröttinger. Man war ihm lange genug auf der Nase herumgetanzt. Einmal musste Schluss sein damit ... Aber dann ging die Schießerei los.«

»Die Sie provoziert haben.«

Ich antwortete nicht. Wir näherten uns der Ausfahrt Weißenstein. Ich bremste ab.

»Und was wollen Sie nun dem Staatsanwalt erzählen?«

»Mit Staatsanwälten«, antwortete ich, »rede ich eher selten oder nie.«

»Interessant«, meinte sie. »Aber vielleicht wollen die etwas von Ihnen wissen. Und bestehen sogar darauf.«

Die Silhouette einer kleinen Stadt tauchte vor uns auf, nach dem Ortsschild kam eine Parkbucht mit einer Bushaltestelle. Ich hielt.

»Erzählen doch Sie den Staatsanwälten, wie es war«, sagte ich. Ich griff an ihr vorbei und stieß die Beifahrertür auf. »Erzählen Sie ihnen ruhig, Niemann war's gewesen.«

Tokajer für Kuhlebrock

Es ist noch früh, aber auf den Milchglasscheiben des Badezimmerfensters liegt ein erster Widerschein der Morgenröte und lässt sie rosenfarben schimmern, als seien sie aus Transparentpapier. Das wird nun doch ein schöner Tag, denkt Bernhard Contz und schaltet die Neonröhren ein. Aseptisches Licht flutet über Fliesen, Spiegel und Armaturen.

Contz geht zu dem vorderen der beiden Handwaschbecken und zieht den beleuchteten Rasierspiegel aus seiner beweglichen und exakt einstellbaren Halterung zu sich her, so kann er sich rasieren, ohne sich über das Becken beugen zu müssen. Wie immer rasiert er sich nass, wie immer mit großer Sorgfalt, das ist an diesem Tag nicht anders als sonst, nur einmal im Urlaub auf Lanzarote hat er sich einen Kinnbart stehen lassen. Aber Verena mochte es nicht, und im Geschäft wäre es sowieso undenkbar. Für einen Augenblick lässt Contz das Rasiermesser sinken und betrachtet sein noch halb von Rasierschaum bedecktes Gesicht im großen Spiegel. Nicht dass es bei Zainer Technologies eine Kleiderordnung gäbe oder irgendetwas in dieser Art, lächerlich! Es ist einfach so, dass ZT-Professionals keinen Bart tragen, das ergibt sich allein schon aus der selbstverständlichen Zurückhaltung dem Kunden gegenüber.

Er zieht den Rasierspiegel näher zu sich heran, jedes Mal freut er sich über die leichtgängige und doch präzise Handhabung, denn auch der verstellbare Rasierspiegel ist ein ZT-

Produkt, wenn auch eines aus der Palette der kleinen Alltagshilfen. ZT führt zusammen, was zusammengehört, ein Spiegel gehört an die Wand und ein Rasierspiegel vors Gesicht. Direkt unter dem rechten Nasenflügel ist ein Mitesser, eindeutig ist es ein Mitesser, er legt den Rasierapparat zur Seite und versucht, den Mitesser mit den Spitzen der beiden Zeigefinger auszudrücken, aber der Mitesser rührt sich nicht, zu lange will er es nicht versuchen, denn das gäbe eine Druckstelle, und er kann nicht den ganzen Tag an seiner Nase entlang schielen, ob man da noch etwas sieht, die Gespräche in der Zentrale werden auch so schwierig genug.

Es müsste für solche Zwecke, denkt er, ein handliches kleines Gerät geben, eine Art Druck- und Zugzange, mit einer kleinen hydraulischen Vakuumpumpe, alles in Edelstahl, mit dem ZT-Logo, er müsste es Kuhlebrock vortragen, mit ganz ernstem Gesicht, der sammelt ja solche absurden Vorschläge, ganz sicher werden sie sich heute in der Mensa I treffen und noch einmal über die schönen Tage in Budapest reden, wo sie damals die Hungaro-ZT aufbauten. Aber er sollte vorher noch den kleinen Umweg zu Altweggers Weinhandlung machen und eine Flasche von dem Tokajer mitnehmen, den man nur dort bekam, gerade in den Zeiten musste man Gesicht zeigen und Haltung...

Einmal hatten sie wegen eines Auftrags von Magyar Truck um eine Flasche Tokajer gewettet, bis heute weiß Contz nicht, warum er sich darauf eingelassen hatte, er wettet sonst nie, aber Kuhlebrock hatte ihn dazu gebracht. Dabei hatte der vermutlich schon die ganze Zeit gewusst, wie der Hase läuft, denn der Auftrag ging dann auch tatsächlich an Hungaro-ZT. Aber Contz hatte am nächsten Morgen den Tokajer vergessen.

»Vergessen, ei ja, du altes Sparbrötchen«, flachste Kuhlebrock, »da werden eher deine Telekom-Aktien im Plus sein, bevor ich an dem Fläschchen auch nur riechen kann.«

Seitdem – und seit er entdeckt hatte, dass Altwegger diese

günstigen ungarischen Weine im Angebot hatte – brachte Contz bei seinen Besuchen in der Zentrale in Feichtenmünster regelmäßig ein Fläschchen Tokajer für Kuhlebrock mit, man lässt einen solchen Kontakt nicht abreißen.

Der Tee steht bereits auf dem Rechaud, das Teelicht ist angezündet, die Lampe wirft ein angenehmes warmes Licht auf den gedeckten Tisch. Durch die Stores sieht Verena, dass der Tag jedenfalls nicht regnerisch beginnen wird, vielleicht würde es sogar frühlingshaft und sonnig werden, manchmal hat sie Angst vor diesen Frühlingstagen, wenn alles blüht und in Fontänen von Farbe und Licht ausbricht. Am liebsten würde sie dann alle Jalousien herunterlassen und sich verkriechen ... Aber das ist auch so etwas, worüber sie mit niemand reden kann.

Sie hört, wie ihr Mann die Treppe herunterkommt, mit diesen leisen und doch selbstsicheren Schritten, die jedermann sagen: Es ist früh, ich weiß, aber ich, ich bin munter und nehme doch Rücksicht, auch wenn ihr alle eigentlich auch schon aufgestanden sein könntet ... Er geht ins Wohnzimmer und schaltet das Radio ein, Verena will nicht zuhören, aber das Radio ist so leise nun auch wieder nicht gestellt, enttäuschend die jüngsten Zahlen des Arbeitsmarktes, die mit dem Frühjahr erwartete wirtschaftliche Erholung ist offenbar schwächer ausgefallen als gedacht, dann dreht sich die Eieruhr, und Verena nimmt das Dreieinhalb-Minuten-Ei aus dem Wasser.

»Diese Nachrichten«, sagt Contz und schaltet das Radio aus, »kannst du der Katze geben. Und diese Konjunkturforscher und Wirtschaftsexperten gleich dazu, oder noch besser: Man sollte sie zum Steineklopfen schicken ...« Es ist nicht ganz klar, ob er es zu Verena sagt oder zum Radio.

Verena kommt aus der Küche und bringt das weiche Ei. Sie ist noch im Morgenrock, aber die Haare sind wie immer sorgfältig aus der Stirn gebürstet und fallen fast bis auf die Schultern.

»Guten Morgen«, sagt Bernhard Contz, »hast du gut geschlafen?«

»Morgen«, sagt Verena und geht auf seine Frage nicht weiter ein. Sie setzt sich und schenkt Tee ein. Dann legt sie beide Hände auf den Tisch und sieht auf ihr Gedeck hinunter, als könne sie sich nicht entscheiden.

»Soll ich dir einen Joghurt bringen?«

Sie schüttelt den Kopf.

Contz nimmt vorsichtig einen Schluck von dem eiskalten Orangensaft, dann klopft er das Ei auf und pult vorsichtig die Schale ab. »Ich sagte es dir schon – ich muss heute in die Zentrale«, meint er dann beiläufig. »Mal wieder Supervision. Ich weiß nicht, wie lange es diesmal dauern wird.«

»Ja?« Verena sitzt unverändert da: die Hände auf dem Tisch, die Augen gesenkt. Trotzdem spürt sie seinen Blick.

»Es ist ...« Er bricht ab. »Ich sagte dir doch, es ist alles schwieriger geworden. Die Zahlen sind nicht besonders, ich weiß gar nicht, wie ich damit umgehen soll, auch wenn es im Augenblick alle trifft, du hast es ja gerade in den Nachrichten gehört ...«

»Du kommst also wieder spät?«

»Ich sagte doch, ich weiß es noch nicht.«

Verena sieht ihm zu, wie er sein Ei löffelt, vorsichtig, mit vorgestrecktem Kopf, damit ihm kein Eigelb auf die blaurote Krawatte tropft, jeden Morgen ist das so, und jeden Morgen ist die Krawatte blaurot, alle seine Krawatten sind blaurot. Verena schaut wieder weg. Noch immer hat sie nichts gegessen.

»Wo bleibt eigentlich Kevin?«

Verena greift nach der Teetasse und nimmt einen Schluck. Nicht schon wieder, denkt sie. Über dem Frühstückstisch breitet sich Schweigen aus.

»Die ersten beiden Stunden fallen heute aus«, sagt Verena schließlich.

Contz stellt den Eierbecher zur Seite und greift nach dem Brotkorb. »Das versteh ich nicht«, sagt er dann.

»Was gibt es da nicht zu verstehen?«

»Dass die ersten beiden Stunden ausfallen. Ich dachte, er hat da Englisch, und dass in dieser Woche diese Arbeit geschrieben wird ...?«

»Welche Arbeit?«

Contz betrachtet den Brotkorb. Er wartet darauf, dass Verena ihre Frage wiederholt. Aber das Thema, welche Arbeit Kevin heute eigentlich zu schreiben haben würde, soll offenbar nicht vertieft werden. Eigentlich hätte mir das klar sein müssen, denkt Contz. Kevin steht in Englisch auf einer glatten Fünf, die kann er mit anderen Fächern nicht ausgleichen, und wenn die Arbeit von heute Morgen ihn nicht herausreißt, wird Kevin nicht versetzt werden. Und wenn die Arbeit nicht geschrieben wird ... Verena weiß das auch, also gibt es nichts zu bereden. Und es hat auch keinen Sinn, jetzt Krach zu schlagen, denkt Contz. Wenn die Arbeit ausfällt, fällt sie aus, man kann nichts erzwingen, soll er vielleicht im Direktorat anrufen und nachfragen? »Entschuldigen Sie, aber mein Sohn behauptet, die ersten beiden Stunden ... ?« Und dann? Kevin womöglich zu dieser Englisch-Arbeit prügeln? So wird Leistung nicht generiert, denkt Contz und überlegt, wer das so gesagt hat: *Leistung generieren*, dann fällt es ihm wieder ein, es war Dr. Küblinger, der neue Supervisor für Süd II, es wäre nicht richtig, wenn er diesen Ausdruck übernehmen würde, oder besser gesagt: unangemessen wäre es, anbiedernd womöglich, er muss auf seine Wortwahl achten, gerade heute muss er das ...

»Kevin hat eine sehr schlechte Nacht gehabt«, sagt Verena unvermittelt. »Es ist dieser ständige Hustenreiz. Das kommt von dieser Hausstauballergie, da gibt es gar keinen Zweifel.«

Der Teppichboden, denkt Contz.

»Es ist dieser Teppichboden«, fährt Verena fort. »Ich habe dir doch von diesem Film erzählt, wo man diese Milben in der Vergrößerung sieht ...« Sie schüttelt sich und schlägt den

Morgenrock enger. »Ich hab nie etwas Widerlicheres gesehen, und wenn du dir dann vorstellst, du musst den Dreck von denen einatmen, den Kot ...«

»Ja«, sagt Contz langsam und versucht, seine Stimme beruhigend klingen zu lassen, »das war sicher ein Fehler, dass wir uns damals für den Teppichboden entschieden haben ...«

»Was willst du damit sagen?«, fragt Verena. »Darum geht es jetzt doch gar nicht. Um uns geht es. Um Kevin und um mich auch, wenn dir das alles schon nichts ausmacht.«

»Der Teppichboden war dein Wunsch gewesen, er sei pflegeleicht, hast du gesagt. Und vor allem sei er wärmer und behaglicher für Kevin, Kinder müssten auf dem Boden rumkrabbeln können ...«

»So geht das nicht weiter mit uns«, unterbricht ihn seine Frau. »Du siehst, wie Kevin unter dieser Allergie leidet, du hörst es, und was tust du? Du willst aufrechnen, wann warum was wer ... ?«

»Ich rechne gar nichts auf«, antwortet Contz, »aber wir haben noch fünf oder sechs Jahre, in denen es ein bisschen eng ist, das weißt du doch ...«

»Wo is der Bananensplit?« Kevin ist hereingekommen, lautlos, auf dicksohligen ungeschnürten Sportschuhen, beugt sich über den Tisch und hustet. Es ist ein trockenes, krächzendes Husten.

»Guten Morgen, mein Sohn«, antwortet Bernhard Contz. »Könntest du bitte beim Husten die Hand vor den Mund halten?«

»Entschuldige, Schatz«, schaltet sich Verena ein, »ich hol ihn dir. Irgendwer hat heute Morgen mal wieder nicht nachgedacht.« Sie lächelt ihrem Sohn zu, steht auf, geht in die Küche und kommt mit einem Joghurtbecher zurück.

Kevin hat sich gesetzt und beginnt, die Aluminiumfolie des Joghurtbechers aufzureißen.

»Mama hat mir gesagt«, sagt Contz, »deine Doppelstunde Englisch fällt heute aus?«

Die Aluminiumfolie reißt ein. Verena sieht ihrem Mann zu, wie er seinem Sohn zusieht, der mit ungelenken Fingern den Rest der Folie vom Becherrand zu zupfen versucht. Bitte, lieber Gott, denkt Verena, einmal einen Morgen ohne Erziehungsversuche. Lass uns einmal frühstücken, einfach so, ohne Verhöre und Überprüfungen und Nachfragen.

»Ich mache mir etwas Sorgen«, fährt Contz fort, »du solltest doch heute eine Arbeit schreiben? Ich meine, du hast dich sicher sehr gründlich vorbereitet, und wenn diese Arbeit ausfällt, dann haben wir ein Problem ... ?«

»Da kann doch ich nichts dafür«, antwortet Kevin, den Blick weiter auf den Joghurt-Becher gerichtet. »Wo die Reissmüller krank feiert und wir keine Arbeit schreiben, kann sie mir keine Fünf geben ...«

»Dein Wort in Gottes Ohr«, meint Contz. »Was meinst du, soll ich sie anrufen und sie fragen, ob die Arbeit nachgeholt wird? Oder ob du bei ihr vielleicht noch einen eigenen Test machen kannst, weißt du« – er versucht ein kurzes Lachen – »eine Art Relegationsspiel ...«

Kevin hebt kurz den Kopf und streift seinen Vater mit einem abweisenden Blick aus Augen, die plötzlich grün und starr sind. »Die Reissmüller ist krank, hab ich dir doch gesagt. Die ganze Woche noch. Die kannst du nicht anrufen.«

Dieser Blick, denkt Verena. Ich ertrage diesen Blick nicht. »Du solltest den Jungen jetzt nicht so bedrängen«, sagt sie.

»Ich bedränge ihn doch nicht«, antwortet Contz und schneidet sich ein Brot ab. Das Brotmesser hat eine lange, gut gearbeitete Klinge und einen festen Griff und ist richtig scharf, am Wochenende war ein Scherenschleifer da gewesen, einer von denen, die noch von Haus zu Haus ziehen, Contz hatte ihm ein paar Messer und Scheren zu schärfen gegeben. Warum eigentlich? Sonst wirft er doch auch nicht mit Aufträgen um sich, denkt Verena, ganz gewiss nicht. Vielleicht war es auch nur als Lektion gedacht, als Lektion für sie und Kevin: Seht her! sollte es heißen, das ist auch einer, der auf seine Weise von Haus zu Haus ziehen muss, ich weiß, wie schwer verdient solches Geld ist, wisst ihr es auch? Kein Wunder, denkt Verena, dass Kevin diese Lektionen hasst.

»Doch«, sagt Verena, »natürlich bedrängst du ihn. Nicht einmal frühstücken kann der Junge, ohne dass wir ihm mit der Schule kommen und den Klassenarbeiten und den Noten.« Sie beugt sich vor. »Warum überlegst du dir nicht einmal, was du selber tun könntest, damit manches leichter wird? Du hörst, wie Kevin ins Zimmer kommt und husten muss, er hustet, weil er diese Hausstauballergie hat, weil ihn der Staub von diesem Teppichboden hier förmlich anspringt, er hustet – und du, du kannst nur sagen, halt bitte die Hand vor den Mund, damit man es nicht so hört ...«

Kevin schnieft auf und wirft wieder einen dieser kurzen, grünen Blicke zu seinem Vater.

»Dabei gibt es sehr günstige Angebote für Parkettböden«, fährt Verena fort, »ich bin neulich an diesem neuen Fachgeschäft für ökologisches Wohnen vorbeigekommen, bei denen gibt's den Quadratmeter zu fünfundvierzig Euro, stell dir das mal vor, fünfundvierzig Euro – und Kevin könnte wieder atmen. Ohne diesen ständigen Hustenreiz.« Verena nimmt die Serviette auf und tupft sich erst das linke, dann das rechte Auge. »Entschuldigt ... Aber manches ist doch sehr schwer zu verstehen. Da weiß man, dass es eine Abhilfe gibt, dass es wieder aufwärts gehen würde, dass wir frei atmen könnten, aber dann scheitert es an fünfundvierzig Euro ...«

Contz hat den kleinen Taschenrechner, den er immer griffbereit hält, aus seiner Jackett-Tasche gezogen und tippt mit der in unzähligen Verkaufsgesprächen erworbenen Fingerfertigkeit ein paar Zahlen ein.

»Ja, rechnen kannst du«, sagt Verena, »das wissen wir ...«

»Ich glaube zwar nicht«, hebt Contz an, »dass Parkettböden nach Quadratmetern berechnet werden, aber vergessen wir das einmal, und lassen wir auch die Kosten für das Herausreißen des Teppichbodens und die Entsorgung beiseite, veranschlagen wir etwa drei Arbeitstage, und das ist sehr vorsichtig gerechnet ...«

Ja, denkt Verena, immer ist alles sehr vorsichtig gerechnet bei uns, das sieht man auch, schau dich doch einmal um! Teppichboden und Holzdecke, das sieht ja aus wie in der DDR in den achtziger Jahren.

»Alles in allem sind es ungefähr dreißigtausend«, fährt Contz fort, »dreißigtausend, die wir nicht haben.« Er schaltet den Taschenrechner aus und steckt ihn wieder in seine Tasche. »Die wir nicht haben«, wiederholt er. »Das Geld kommt nicht aus der Steckdose. Einen Parkettboden müssten wir also fremdfinanzieren.« Wieder blickt er zu seinem Sohn. Kevin stochert noch immer in seinem Joghurt-Becher. »Das heißt, wir müssten es von der Bank holen«, fährt Contz fort. »Das geht. Es geht alles, aber wir müssten zusätzlich Zinsen zahlen. Das bedeutet, dass nichts übrig bleibt für die Tilgung der Hypothek auf dem Haus. Wir würden nicht mehr tilgen können.« Er beugt sich nach vorn und sucht den Blick seines Sohnes, der sich aber unverrückbar an dem Joghurt-Becher festgesaugt hat.

Verena schließt die Augen. Der Weg zum Hausbesitz, zehn leicht fassliche Lektionen, für die heranwachsende Jugend verfasst und herausgegeben von Bernhard Contz. Heute hören wir ...

»Vielleicht hast du schon einmal den Ausdruck ›Schuldenfalle‹ gehört«, sagt Contz. »In den Nachrichten kommt das manchmal, und dass viele Familien da hinein geraten sind. In der Schuldenfalle bist du, wenn du deine Schulden nicht mehr tilgen kannst ...«

Verena öffnet wieder die Augen. »Hör bitte mit diesen Schulmeistereien auf«, unterbricht sie ihn. »Niemand kann das ertragen ...«

»Lass ihn doch, Mama«, sagt Kevin. »Wir haben das Geld nicht, das ist doch immer so.«

Bernhard Contz hat zu reden aufgehört. Wenigstens etwas,

denkt Verena, aber dann sieht sie seinen Blick und ahnt, was jetzt gleich kommen könnte, ganz sicher wird es kommen ... Ist das so, wird Contz gleich fragen, dass wir nie das Geld haben? Wie war das noch mal im letzten Sommer, hatten wir da das Geld für dieses Ferieninternat in Sussex, oder hatten wir es nicht? Es war nicht ganz wenig, wenn ich mich richtig erinnere, aber warum Kevin nach zwei Wochen zurückgeschickt worden ist, das weiß ich noch immer nicht ...

Das also wird Contz gleich sagen, und Verena atmet kurz durch, aber dann sagt Contz erst mal doch nichts, sondern schmiert sich ein Butterbrot, er tut das, wie er es immer tut: andächtig, und die Butter muss ganz dünn aufgetragen sein, auch das ist eine seiner Lektionen, denkt Verena, er will Kevin damit zeigen, dass ein Brot mit richtiger Butter einmal etwas Besonderes war, er hat es gar nicht nötig, von diesem Internat zu reden und was es gekostet hat, er braucht nur dazusitzen und sich dieses Brot zu schmieren, und wir, wir sollen uns schuldig fühlen ...

»Aber schau'n wir mal«, sagt Contz schließlich kauend. »Ein Parkett ist finanziell nicht darstellbar«, fährt er fort, als er den Bissen hinuntergeschluckt hat, »gar kein Zweifel, nicht zu den Preisen dieses Ökoladens, es gibt aber neuartige Bodenbeläge ...«

»Sicher«, sagt Verena leise. »Immer wirst du etwas finden. Die kleine, billige Lösung. Dass du sagen kannst, du hast etwas getan. Und dabei wird unser Leben immer ärmlicher ... Ja, warum nicht Linoleum? Wie bei deiner Mutter in der Wohnküche.«

Contz blickt hoch. Ich mache Fehler, denkt Verena. Die Wohnküche der alten Frau war mit Linoleum ausgelegt, wird er sagen, da hast du ganz Recht, erinnerst du dich auch an die Fünfzigtausend, die die alte Frau für den Bau des Hauses gegeben hat? Ja, ich erinnere mich an die Fünfzigtausend, ich hab sie nicht vergessen, entschuldige vielmals, soll ich es herausschreien?

»Kein Linoleum«, antwortet er, »neuartige Beläge, erstklassiges Design und vor allem hygienisch einwandfrei. Dieser Laden da hat kaum die richtige Auswahl. Vielleicht sollte ich ...« Er zögert. »Vielleicht sollte ich mir mal das Angebot in diesem neuen Großhandelsmarkt ansehen ...«

Eine halbe Stunde später fährt Bernhard Contz die blaue Limousine aus der Garage und steigt aus und zieht das Garagentor zu. Wie immer fällt ihm dabei die Werbung für das automatische Garagentor ein, was für Gewinnspannen müssen das sein, dass sie einen solchen Werbeetat finanzieren! Davon abgesehen hat Contz es noch nie für richtig gehalten, sämtliche Arbeitsabläufe elektronisch zu steuern, schon gar nicht in einem Haushalt, jede elektronische Steuerung ist da eine zusätzliche Quelle von Fehlern und kostspieligstem Reparaturbedarf. Übrigens ist das auch, wie er seinen Kunden immer sagt, die Philosophie von Zainer Technologies.

Die Limousine ist tadellos gepflegt, keine Schramme, nichts, das gedeckte Blau der Lackierung weist den Fahrer als einen Angehörigen der Zainer-Leistungselite aus, als einen Sanyaku-Kämpfer des Verkaufs, wie Kuhlebrock das einmal ausgedrückt hat. In Paris war das gewesen, als er Contz zu einem Turnier japanischer Sumo-Ringer mitgenommen hatte: »Nein, ein Ozeki wird aus uns nicht mehr«, hatte Kuhlebrock danach beim Whisky gesagt, »seien wir froh, je höher der Affe klettert, desto mehr sieht man von seinem Arsch, willst du vielleicht rumlaufen wie dieser Hawaiianer, nein danke, aber zwei Komusubi, das sind wir schon ...« Kuhlebrock hat immer solche Vergleiche, Contz gibt nicht viel darauf, aber seit Paris sieht er sich das immer an, wenn auf einem der Sportkanäle abends über ein Sumo-Turnier berichtet wird und wenn Verena schon zu Bett gegangen ist, denn das möchte er ihr nun doch nicht zumuten.

Contz stellt seinen Wagen am Tandelmarkt ab, vor der Geschäftsstelle des *Tagblatts*, und geht unter den Arkaden an den Schaufenstern vom Eisen-Graull vorbei, kümmerliche Auslage, Contz mag nicht hinschauen, der Eisen-Graull ist über viele Jahre ein zuverlässiger Kunde gewesen, nun ja, die letzten Jahre ein wenig schwächer auf der Brust. Contz überlegt sich, wann ihm das zum ersten Mal aufgefallen ist, das heißt, aufgefallen ist es ihm nie so richtig, nicht in dem Sinne, dass er gedacht hätte: Hoppla, der Eisen-Graull ist ein wenig schwach auf der Brust! Aber irgendwann hat er eben gewusst, dass der Eisen-Graull keine so großen Sprünge mehr macht, vielleicht lag's am eingeheirateten Schwiegersohn, in diesen Familienbetrieben ist das ja immer schwierig, wenn eine neue Generation eingearbeitet werden soll, und als dann der GROSSE BILLIGE BÄR einfiel, mit den Supertatzen und Superrabatten, da hat man in der Stadt und im Tennisclub seiner Frau plötzlich davon geredet, wie lange das mit dem Graull noch gehen kann ...

Weiter vorne, vor dem italienischen Eiscafé, sieht er den Senior-Chef von Graull, unverkennbar die Handbewegungen, die knapp und bestimmt beschreiben, was die Welt zusammenhält: nämlich ein Winkeleisen aus dem Fachgeschäft. Aber mit wem redet er denn da? Es ist einer der stadtbekannten Eckensteher. Contz wechselt auf die andere Straßenseite und weiß eigentlich nicht, warum er das tut, es gibt keine Situation – oder es sollte keine geben –, der ein ZT-Professional ausweichen müsste.

Aber zusehen, wie der alte Graull seine Zeit mit einem dieser Tagediebe verschwätzt, und das eigene Geschäft steht womöglich auf der Kippe, das kann Contz nicht. Er biegt in die Hafengasse ab und kommt an dem Abbruchhaus vorbei, das aus Gründen des Denkmalschutzes noch immer steht und als Unterkunft für betrunkene Stadtstreicher dient, bis einer von ihnen mit brennender Zigarette eindusseln wird. Contz geht weiter, durch die Toreinfahrt zur Weinhandlung Altwegger, im Hof sind die Kästen mit dem Leergut gestapelt und erfüllen die Luft mit einem Geruch wie sonst der Elferrat am Aschermittwoch. Vor den Stapeln steht ein Kombi, etwas verwundert erkennt er eine von den Elternbeirätinnen des Gymnasiums, die mit rotem Gesicht einen ganzen Karton voller Flaschen schleppt. Er grüßt und will seine Hilfe anbieten, aber da hat die Frau den Karton schon in ihrem Kombi verstaut, und Contz weiß nicht, ob sie seinen Gruß erwidert hat oder nicht, und ob das rote Gesicht von dem Inhalt der Flaschen kommt oder dem Gewicht.

In Altweggers Gewölbe mit den Weinen aus edlen Lagen ist mehr Kundschaft, als Contz es so früh am Morgen erwartet hätte, hinter dem Tresen müht sich das Ehepaar Altwegger gemeinsam ab, auch das ist anders als sonst, und die Flaschen gehen gleich im Sechserpack oder in ganzen Kartons über den Tisch. Er wartet und sieht sich um, die Regale mit den Spitzenweinen aus den besten Lagen Frankreichs und Italiens sehen schon ziemlich abgeräumt aus, die Regale sind mit Drehzugdübeln an den Gewölbepfeilern befestigt, gerührt erkennt Contz die guten alten NZ-35, das war auch bei ihm einer der ganz großen Verkaufsschlager ... Schließlich entdeckt er das Plakat: »Totalverkauf!«, warum haben sie im Tennisclub nicht darüber geredet? Sie reden doch dort sonst über alles, was sie nichts angeht.

Aber vielleicht hat er auch nicht zugehört. In letzter Zeit ist er manchmal in Gedanken, da kann es vorkommen, dass seine Frau ihm etwas erzählt, und erst, wenn sie schweigt und gar nichts mehr sagt und diesen Gesichtsausdruck hat, geht ihm auf, dass er nicht zugehört hat. Wenn sie vom Graull redet, ist das natürlich etwas anderes, der Graull ist Kunde bei ihm, einer seiner ältesten ...

»Von dem Sargasmuskotaly, nicht wahr?« Rosalinde Altwegger spricht ihn an, er schreckt aus seinen Gedanken hoch und nickt.

»Wir hätten da gerade noch einen Karton mit sechs Flaschen«, sagt Rosalinde Altwegger, »sagen wir – für Sie zwanzig Euro?«

Contz runzelt die Stirn. Das ist weniger als die Hälfte des regulären Ladenpreises, aber er kann nicht mit einem Karton Wein im Wagen zur Supervision erscheinen, auf keinen Fall geht das.

»Danke«, sagt er, und noch während er beim Reden ist, findet er es auch schon unangebracht, »nur eine Flasche, Sie wissen schon, ein Geschenk für einen alten Kumpel ...«

Rosalinde Altwegger betrachtet ihn, dann zuckt sie die Achseln und geht zum Regal, findet nichts und muss deshalb ins Lager. Contz wird klar, dass sie mitten im Räumungsverkauf diesen einen letzten Karton anbrechen muss, das ist schon dumm, aber er kann es nicht ändern ...

»Fünf Euro«, sagt Rosalinde, als sie zurückkommt und ihm die Flasche über den Tresen reicht, und Contz zahlt und fragt nicht, ob sie ihm die Flasche als Geschenk einpacken kann, für fünf Euro kann man das nicht verlangen, nicht jetzt, und nimmt die Flasche ...

»Ich hab das gar nicht gewusst, dass Sie aufhören«, sagt er dann, »Sie sind doch fast eine Institution hier ...«

»Ach«, antwortet Rosalinde Altwegger halb über die Schulter und wendet sich dem nächsten Kunden zu, der ein wenig wie einer der Stadtstreicher von der Hafengasse aussieht, »öfter mal was Neues ... Es kommt jetzt ein Optiker hier rein.«

Zurück bei seinem Wagen verstaut er die Flasche Tokajer in seiner Aktentasche. Die Aktentasche ist aus weichem schwarzen Leder und wird von der Flasche ein wenig ausgebeult, so kann er nicht zu Dr. Küblinger ... Aber im Wagen lassen kann er den Wein auch nicht, wenn Supervision ist, dann muss vorher auch der Wagen in der Garage abgegeben werden, es ist ja ein Dienstwagen ...

Nicht dass es ihm geht wie dem alten Dörfler aus Schweinfurt, der einmal mit einem Kratzer an seinem Daimler zur Inspektion kam, den Kratzer hatte Dörfler ausbessern lassen, im Glauben, man merke das nicht, aber dann hat man es doch gemerkt, und der alte Dörfler ist in einem Toyota nach Schweinfurt zurück, der Toyota war cremefarben lila. Aber Dörflers Zahlen waren auch nicht mehr die Besten gewesen. Cremefarben lila eben, hatte Lachenmayr gesagt und gegrinst. Contz mag Lachenmayr nicht, ein Intrigant ist das, einer, der herumschnüffelt, wie hätte er sonst die Geschichte mit dem alten Dörfler erfahren haben können?

Außerdem ist es nicht wahr, dass bei Zainer Technologies nur die Zahlen gelten. »Wir müssen auch die Leistung sehen, die dahinter steht. Die Mühen. Die Rückschläge.« Ferdinand Zainer sen. hat das selbst gesagt, in dem schönen Interview im *Tagblatt*, Contz hat es ausgeschnitten und trägt es jetzt bei sich in seiner Aktentasche, in einer Klarsichthülle ... Auch etwas, das Lachenmayr nicht verstehen würde. Der kennt nur die Zahlen unterm Strich und die PS beim Auto.

Aber es hilft alles nichts, Contz muss noch Geschenkpapier auftreiben, um die Flasche einzuwickeln, dann kann er sie vor dem Gespräch mit Küblinger bei Kuhlebrock vorbeibringen oder zur Not in seinem Sekretariat abgeben, aber eingewickelt muss sie sein. Zum Glück kennt er am Tandelmarkt eine Papeterie, es sind nur ein paar Schritte, aber dummerweise öffnet die Papeterie erst um zehn Uhr, was sind das für Ladenzeiten! Zu spät fällt ihm ein, dass Altweggers eigentlich solche Tragetüten aus verstärktem Papier haben müssten, mit einem hübschen Design und einer Kordel dran ... Aber er hat keine Lust, sich noch einmal bei Altweggers anzustellen. Außerdem beginnt es in seiner Hosentasche zu surren, wie immer dauert es zu lange, bis er das Mobiltelefon aus der Tasche gefingert und sich gemeldet hat. Ohne Vorwarnung hat er plötzlich die Stimme Küblingers und ihren alemannisch eingefärbten Tonfall im Ohr:

»Tut mir Leid, Contz, aber wir müssen unsere Besprechung auf 13.30 Uhr verschieben, dringende Chefkonferenz, Sie kennen das ja ...«

»Kein Problem«, sagt Contz und gibt seiner Stimme den gleichmütig-gelassenen Klang, von dem er weiß, dass er sich auf ihn verlassen kann.

»Den Vormittag können Sie ja sicher gut nutzen«, meint Küblinger, und Contz antwortet, ja sicher, nur sei ja auch sein Wagen für zehn Uhr zur Inspektion bestellt... Irgendwie klingt das nun gar nicht mehr so souverän, was muss Dr. Küblinger da denken? Dass er, Contz, nicht einmal selber mit dem Fuhrpark reden kann?

»Ach so«, sagt Küblinger, »ich lasse der Garage Bescheid sagen, dass Sie erst am Nachmittag kommen, das muss denen reichen.«

Contz schaltet das Mobiltelefon wieder aus. Was tun mit dem Vormittag? Einen Kundentermin vorziehen, kommt nicht in Frage. Nur Dilettanten gehen mit einer Entschuldigung in ein Verkaufsgespräch. Er könnte nach Hause zurück und seine Frau bitten, die Flasche Tokajer als Geschenk einzupacken, aber wird sie ihm denn glauben, dass der Tokajer für Kuhlebrock ist? Ob es heute spät werden würde, hatte sie beim Frühstück gefragt, in diesem merkwürdigen Ton, als ob sie sonst etwas vermuten würde.

Ohne zu merken, was er eigentlich tut, fährt Contz durch das Haynbucher Tor und über den Altstadtring in Richtung Autobahnzubringer, biegt dann aber ab und findet sich unversehens auf der Zufahrt zum Gewerbegebiet West wieder. Die Zufahrt ist neu angelegt, auf der noch kahlen Böschung zittern dünne Bäumchen im kühlen Vorfrühlingswind, eine von hohen weißen Mauern flankierte Einfahrt öffnet sich auf einen weiträumig angelegten Parkplatz, die gekiesten Stellplätze sind mit Trittsteinen abgegrenzt und so breit, dass die Seitentüren zum Beladen weit geöffnet werden können. Contz stellt seinen Wagen ab und sieht vor sich die verglaste und mit Flaggen geschmückte Front des neuen Großhandelsmarktes. Über der Fassade thront ein riesenhafter aufgeblasener Gummibär, dessen von Nylonseilen gehaltene Pranken sich im

Wind unmerklich bewegen, als wolle der Bär die Besucher segnen.

Zur gleichen Zeit steuert Verena ihren kleinen Fiat über den Altstadtring, Kevin sitzt neben ihr, vor einer Stunde hatte die Parfümerie im Drogeriemarkt – Verena arbeitet dort 15 Stunden in der Woche – angerufen: Marietta, eine der jungen Verkäuferinnen, sei krank, ob Verena heute Morgen kommen könne?

Begeistert ist Verena nicht, eigentlich ist das ihr freier Tag, auch deshalb, weil Kevin Nachmittagsunterricht hat und dann in der Schulmensa essen kann, aber sie kann der Chefin nicht einfach so absagen, das wäre wirklich nicht klug. Es sei eine schlimme Geschichte, hatte die Chefin gesagt. Ach, diese jungen Dinger und ihre schlimmen Geschichten ... Also war es wohl ein Unfall, das ist ja auch verantwortungslos, wie die jungen Leute fahren. Mit Sorge denkt Verena daran, weil auch Kevin demnächst den Führerschein machen will, es graust ihr schon jetzt! Schon seit einigen Wochen ist immer wieder die Rede davon, das heißt, es ist Contz, der die Rede darauf bringt und davon erzählt, welche Kinder von welchen Kollegen morgens die Zeitung austragen oder nachmittags in der Autowaschanlage jobben, um das Geld für den Führerschein zusammenzukratzen.

»Lässt du mich am Tandelmarkt raus?«, fragt Kevin, als Verena vor einer roten Ampel halten muss.

»Ich denke, du hast jetzt Mathematik?«

»In zwanzig Minuten«, antwortet Kevin. »Ich möchte noch einen Kumpel treffen, das heißt ...« Er schaut zu ihr hinüber, aber in diesem Augenblick schaltet die Ampel auf grün, und Verena fährt an. »Es ist ...«, fährt Kevin fort, »wenn du versprichst, dass du es ihm nicht weitersagst ...«

Nun schaut Verena doch zu ihm. »Einverstanden«, sagt sie rasch, es ist das ein altes Ritual zwischen ihnen, sie muss es ganz schnell und beiläufig sagen, dann gilt es, und Kevin kann reden. »Ich will noch einen Kumpel treffen«, sagt er, »weil, wir wollen vielleicht eine Band aufmachen, vielleicht fang ich dann auch wieder mit der Gitarre an.«

Warum eigentlich nicht, denkt Verena, als sie den Fiat auf einen freien Parkplatz steuert. »Ich hab das immer schade gefunden, dass du damit aufgehört hast.« Du musst ihm noch etwas zu der Englisch-Arbeit sagen. Dass sie nachgeholt werden muss. Dass er die Versetzung schaffen muss ...

Ja, muss sie das? Wirklich? Wie oft sagt sein Vater ihm das? Da kann doch so ein Kind nur auf Durchzug schalten, da geht doch jede Motivation zum Teufel. Sie holt ihre Handtasche und sucht ihr Portemonnaie heraus.

»Aber du erzählst niemandem davon?«

»Einverstanden«, sagt Kevin, etwas zögernd.

Komisch, denkt Verena, warum zögert er, und dann wundert sie sich, dass in dem Geldbeutel nur noch ein Zwanzig-Euro-Schein ist, sie hätte schwören können, dass es gestern Abend noch zwei waren.

»Ooch«, sagt sie kleinlaut, »ich muss dich enttäuschen, den einen Lappen brauch ich selber ...«

»Macht nichts«, sagt Kevin und steigt aus. Verena setzt den Blinker und löst die Bremse. Während sie langsam aus der Parkbucht fährt, sieht sie im Rückspiegel, wie Kevin auf einen Halbwüchsigen zugeht, der in Hängehosen steckt und eine orangenfarbene Baseballmütze umgekehrt aufgesetzt hat.

Jungen Leuten kann man keine Bekleidungsvorschriften machen, denkt sie. Das war einmal.

»Da gibt es nur eins«, sagt der untersetzte Mann im grauen Kittel, »Sie müssen einen Xylomat-Boden nehmen.« Contz befindet sich in einer hohen, von einem Lichtschacht erleuchteten Halle, inmitten von wandhohen Regalen voller Parketthölzer, Leisten und Platten. Es riecht nach Holz und neuer Farbe.

»Parkett ist schön und gut«, fährt der Mann im grauen Kittel fort, »repräsentativ, verstehen Sie, aber was Sie mir da erzählt haben von Ihrem Sohn und der Allergie, das ist gar nicht so selten, was glauben Sie, wie oft hier Leute kommen und nicht mehr aus noch ein wissen, da ist das mit Ihrem Sohn noch gar nix, manchmal kommen die Leute aus dem Krankenhaus und haben keine Immunabwehr mehr, stellen Sie sich das einmal vor, da darf es überhaupt keinen Staub geben und keinen Keim oder Bazillus, sonst sind die Leute weg, die fallen um wie die Fliegen, kaum dass sie aus dem Krankenhaus sind, und dann sage ich immer, da gibt es nur Xylomat, naturbelassenes Fasermaterial, mit Kunstharz verpresst, mehrschichtig auf der Trägerplatte gelagert, rein schwingungstechnisch jedem anderen Belag überlegen, können Sie unbedenklich nass reinigen und desinfizieren, dabei in sehr ansprechendem Dekor, sehen Sie nur hier, wenn ich's Ihnen nicht sagen würde, würden Sie es für Parkett halten, dabei preislich sehr viel günstiger, Moment ...«

Der Mann holt einen Taschenrechner aus seinem Kittel und macht Contz eine überschlägige Kalkulation, Quadratmeterzahl, Räume, Arbeitszeit. »Sie sollten es nicht selbst verlegen«, sagt er dann, »auch wegen der Haftung, dem Boden macht noch nicht einmal eine Zigarettenkippe was aus, aber haftungsrechtlich muss es eben fachmännisch verlegt sein ...«

Was der Taschenrechner ausspuckt, liegt dann um fast zweitausend Euro unter dem, was sich Contz am Morgen für das Ökologen-Parkett zum Quadratmeterpreis von fünfundvierzig Euro ausgerechnet hat. Was bleibt, ist noch immer ein Haufen Geld, denkt Contz, lässt sich dann aber doch den Zettel mit der Kalkulation geben und Prospektmaterial dazu.

»Wissen Sie«, sagt der Mann im grauen Kittel, »Sie können gerne noch zu anderen Anbietern gehen, machen Sie das nur, ich tät's ja auch, aber Sie werden feststellen, wenn Sie diese Qualität hier haben wollen« – er klopft gegen den Regalrahmen, der Regalrahmen klingt irgendwie blechern –, »dann bekommen Sie nirgends ein günstigeres Angebot. Wissen Sie, bei uns kaufen Sie praktisch wie beim Hersteller selber, im Direktverkauf quasi, also, da sind keine Handelsspannen mehr dazwischen, keine Vertreterprovisionen, Vertreter lassen wir hier gar nicht mehr rein ...«

Minuten später geht Contz durch einen Lichthof, in dem Springbrunnen mit Solarantrieb für Haus und Garten sprudeln, und weiter durch eine Galerie mit Haustechnik, er schaut nicht hin und sieht doch aus den Augenwinkeln die ganze Palette von Zainer Technologies, wer sich darauf versteht, erkennt aus fünfzig Metern Entfernung das Zainer-Design, *Zuverlässigkeit hat unverwechselbare Form: Zainer,* für diesen Spruch hat Bernhard Contz einmal einen zweiten Preis bekommen, vor Jahren war das, als es noch hausinterne Wettbewerbe um den besten Slogan gab ... Er kommt zu den Kassen am Ausgang und zeigt einem Menschen an der Aufsicht die Xylomat-Prospekte, der Mensch trägt kein Namensschild und ist also ein Kaufhausdetektiv und winkt ihn weiter, Contz wendet sich dem Ausgang zu und wird im gleichen Augenblick angerempelt, ein Halbwüchsiger drängt sich an ihm vorbei ins Freie. Contz sieht nur noch eine nach hinten gedrehte orangenfarbene Baseballkappe, dann wird er ein zweites Mal zur Seite gestoßen und wundert sich, wie schnell so ein Bürschchen in diesen herunterhängenden Hosen laufen kann, viel zu schnell, als dass ein angejahrter Kaufhausdetektiv ihm folgen könnte ...

»'tschuldigung«, sagt Contz, als ihm der Detektiv schnaufend und unverrichteter Dinge entgegenkommt, »ich war Ihnen keine Hilfe, aber der war so schnell an mir vorbei ...«

»Es ist sowieso besser, wenn Sie sich da raushalten«, antwortet der Detektiv, »was glauben Sie, da sind welche darunter, die verpassen Ihnen eines mit dem Messer, so schnell können Sie gar nicht gucken ...«

»Wieso ist so einer eigentlich nicht in der Schule?«, fragt Contz, und wieder passiert es ihm, dass er redet und gleichzeitig weiß, dass es dummes Zeug ist. »Ich meine, jetzt sollte doch Schule sein ...«

»Da kann ich nur lachen«, sagt der Detektiv, »die Lehrer danken jeden Morgen dem lieben Gott, wenn sie keinen von denen sehen ...«

»Eine ganze Horde ist über sie hergefallen«, sagt die Chefin, »einer nach dem andern! Ich wusste schon die ganze Zeit, dass das Mädchen nicht den richtigen Umgang hat, aber die lassen sich ja nichts sagen, und wie diese jungen Dinger sich anziehen, nabelfrei, damit man die ganze Wampe sieht, also, das muss doch provozieren, auch wenn frau das nicht laut sagen sollte ...«

Was redet diese Frau?, denkt Verena, das ist ja grauenvoll, nicht einmal Contz redet so ... Und Kevin? Über solche Dinge redet sie mit Kevin nicht, Mädchen sind kein Thema zwischen ihnen, das muss ja nun auch wirklich nicht sein, dass sie sich als Mutter in alles einmischt, ab einem bestimmten Alter haben Kinder doch auch das Recht auf Intimität, auf ein eigenes Gefühlsleben. Aber vielleicht müsste man jungen Männern auf unauffällige, diskrete Weise beibringen, wie sie mit Mädchen umgehen sollen, ein paar Grundkenntnisse hygienischer und biologischer Natur wären sicher hilfreich, vielleicht würde es dann auch nicht zu so schrecklichen Geschichten wie mit dieser Marietta kommen ...

Plötzlich wendet sie sich ab, sie muss lächeln, denn sie stellt sich gerade vor, wie Contz seinen Sohn in die Grundkenntnisse des Sexualaktes einweist, der Weg zum Orgasmus in zehn leichtfasslichen Lektionen ... Nein, Contz hat nichts dergleichen mit seinem Sohn besprochen, das hätte sie tun müssen, warum hat sie es nie getan? Oft hat sie gedacht, wie das wohl sein wird, wenn Kevin seine erste Freundin nach Hause bringt, und was sie tun wird, wenn die beiden sich in seinem Zimmer einschließen ... Komisch, eigentlich wäre es langsam an der Zeit, aber Kevin bringt keine Mädchen mit nach Hause ... Zufall? Manche Jungs brauchen eben ein bisschen länger zu allem, und diese Geschichte, warum er so früh aus England zurückgekommen ist, die hat ja nichts zu bedeuten, Heranwachsende müssen allerhand ausprobieren, eine Spielerei unter der Dusche ... Eigentlich will sie daran gar nicht mehr denken, die Sache ist vorbei und abgehakt, ihrem Mann hat sie vorsichtshalber gar nichts davon gesagt, seltsamerweise sind Männer ausgerechnet in solchen Dingen, die eigentlich nur sie angehen, noch verklemmter als sonst ...

Eine falsche Blondine mit Claudia-Schiffer-Mähne und einem Rettungsring um die Hüften segelt in die Parfümerie und sucht ein Eau de Parfum mit Jasmin und einem Anklang von Tausendschön, und während Verena überlegt, was um Gottes Willen sie dieser Kundin heraussuchen kann, sagt die auch schon mit halblauter Stimme zu ihr:

»Haben Sie diese schreckliche Geschichte gehört, mit diesem Mädchen, hat die nicht hier gearbeitet?«

Die Süd-Autobahn ist frei, Bernhard Contz hat das Autoradio ausgeschaltet und fährt mit seinem gewohnten Reisetempo: zügig, meistens auf der mittleren Spur, er beschleunigt und überholt, wenn es sein muss, aber ohne diese angestochene Aggressivität, mit der die notorischen Linksfahrer ihn und sich selbst und jeden vernünftigen Menschen bedrängen, Contz ist ein Profi, er weiß, wenn er einen Schnitt von 130 fahren kann, dann ist das schon sehr gut, und während der Wagen wie von selbst gelassen und zügig und gelegentlich beschleunigend seine Arbeit tut, muss Contz daran denken, wie oft er schon nach Feichtenmünster gefahren ist, zum Stammsitz von Zainer Technologies, das war schon, als die ZT noch Zainer Eisenwaren KG hieß und noch die Lagerhalle I stand, von der es hieß, sie sei ganz früher einmal nichts weiter als ein Schuppen des Reichsarbeitsdienstes gewesen. Wie oft? Contz gibt es auf, das hochzurechnen. Aber dass er in den ganzen Jahren immer gerne gefahren ist, das kommt ihm nun doch in den Sinn, immer schien die Sonne, nein, nicht immer, einmal war er durch dichtes Schneetreiben zurückgefahren, aber ihm war es vorgekommen wie nach der Weihnachtsfeier der Realschule, wie beschenkt hatte er sich gefühlt, heute noch spürt er, wie Ferdinand Zainer sen., der Alte höchstpersönlich, ihm die Hand auf den Arm legt und sagt:

»Contz, eines dürfen Sie wissen – für Sie werde ich immer ein offenes Ohr haben ...« Und damals, als er auf die Gartenparty eingeladen war ...

Mit hohem, sirrendem Motorengeräusch zieht ein roter italienischer Sportwagen an Contz vorbei, er schüttelt ärgerlich den Kopf und vertreibt die Erinnerung an die Gartenparty, das geht eine kurze Weile gut, dann steht er in seinen Gedanken schon wieder in dem Partyzelt, ein Sektglas in der Hand und irgendwie fremd, irgendwie unbehaglich. Küblinger war damals neu in die Firmenleitung eingetreten und den Mitarbeitern des Außendienstes vorgestellt worden: »Und hier, lieber Dr. Küblinger, unsere Leistungsträger«, hatte der Alte gesagt, »unsere Torjäger ...« Wie lange ist das nun schon wieder her?

»Sehr schön, Ihr Bericht«, hört er eine Stimme neben sich sagen, die Stimme hat diesen freundlich singenden alemannischen Klang, »sehr anschaulich, aber der Cash-Flow ist ein wenig, also mir fällt da gar kein passender Ausdruck ein, wie würden Sie ihn denn selber nennen?«

Contz schaut nicht neben sich, natürlich sitzt Dr. Küblinger nicht neben ihm, aber Contz hat das nun einmal, dass die Leute manchmal neben ihm sitzen und mit ihm reden, von Kindheit an hat er das gehabt, dass er die Leute reden hört, er war ein Einzelkind, da lernt man das, und jetzt rechnet er dem Dr. Küblinger vor, dass die Zahlen gar nicht anders sein können, er solle doch bitte einmal den Wirtschaftsbericht der Fünf Weisen nachlesen, und – bitte sehen Sie hier! – in seinem Bezirk ist der Bestand von Fachgeschäften binnen Jahresfrist um 15 Prozent und im Fünf-Jahres-Vergleich um 35 Prozent zurückgegangen, bei den Handwerksbetrieben ...

»Musjöh«, hört er Dr. Küblinger neben sich sagen, das ist

immer ein Alarmzeichen, wenn Dr. Küblinger ›Musjöh‹ sagt, »glauben Sie, das ist uns nicht bekannt? Natürlich ist Ihr Bezirk keine Insel der Seligen, das wissen sogar wir dummen Leute hier in der Zentrale. Aber was denken Sie denn, was für ein Archipel das ist, den Ihre Kollegen zu beackern haben, glauben Sie, da gibt es keine Fünf Weisen ... ?«

»Gewiss doch«, wird Contz darauf sagen, halt, nein, »Auf keinen Fall«, wird er sagen, »will ich mich gegenüber meinen Kollegen herausstreichen ...« Auch nicht gut. Er hat ja nichts, das er herausstreichen könnte. »Auf keinen Fall will ich die Probleme meiner Kollegen verkennen ...« Woher weiß ich, dass sie überhaupt welche haben? »Sie vergessen ...« Nein. Dr. Küblinger vergisst nichts.

»Ich bitte nur«, wird er sagen und sich dabei nicht unterbrechen lassen, »die Ansiedlung des neuen Großmarkts GMC zu berücksichtigen, der in meinem Bezirk gerade jetzt voll durchgeschlagen hat, Sie wissen sicherlich, dass das GMC direkt von der Zentrale beliefert wird ...«

Wird Dr. Küblinger dies als Vorwurf gegen die Zentrale verstehen? Aber ist es nicht Zainer-Philosophie, dass im internen Gespräch alle Fakten auf den Tisch kommen müssen, ohne Vorbehalt? Sie werden immer ein offenes Ohr finden, hat ihm Ferdinand Zainer sen. gesagt, und wenn man darauf kein Haus bauen kann, auf was kann man dann überhaupt noch bauen?

Es ist schon 12.30 Uhr vorbei, und Verena geht mit raschen Schritten an der Matthäi-Kirche vorbei und auch am Café Eickmeyer, kein Sahnetörtchen mit alten Damen bitte! Über den Tandelmarkt kommt sie in das alte Weberviertel und in die Gasse zum Grünen Meer, seit einigen Monaten gibt es dort die Wüstenblume, das ist ein kleines alternatives Café, ein Lichtblick in dieser Stadt, die Damen aus dem Eickmeyer kommen hier nicht her.

Natürlich ist sie zu spät, diese aufgedonnerte Claudia-Schiffer-Rettungsring-Fregatte hat ihr den halben Vormittag weggequasselt, in der Wüstenblume herrscht um diese Zeit Hochbetrieb, so setzt sie sich auf einen Barhocker am Tresen und bestellt eine Latte Macchiato und arrangiert sich so, dass sie das Café überblickt und dass die Leute im Café sehen, dass sie ihre Beine nicht verstecken muss.

Als Mittagsteller gäbe es Rigatoni mit Tomaten und Zucchini, das muss ja nicht unbedingt sein, vielleicht bestellt sie sich nachher noch einen kleinen Salatteller. Sie sieht sich um, es ist doch ein sehr junges Publikum, das sich an den Tischen drängt, viele von den Nabelfreien darunter, wie soll man es ihnen nur sagen, dass es ihnen nicht steht? Carlo übrigens sitzt an einem Tisch in der Nische, Latzhose, Drei-Tage-Bart, das lange Haar zu einem Zopf gebunden, und doch... Was tut der eigentlich hier? Das ist doch ein gestandener Mann, mit einer Ausstrahlung von gesammelter stiller Kraft, was will der mit dem jungen Gemüse um sich herum? An seinem Tisch sitzt ein Mädchen, allenfalls siebzehn Jahre alt, nicht einmal besonders hübsch, keine Sorge, Kleines, da will ich mich ja wirklich nicht dazwischendrängen, was ist das überhaupt für ein blöder Einfall? Ich will eine seriöse Beratung haben, kompetent und fundiert, wird sich ja zeigen...

Carlo blickt hoch und sieht Verena. Er nickt ihr grüßend zu, sagt etwas entschuldigend zu der 17-Jährigen, steht auf und kommt auf Verena zu:

»Hey«, sagt er, »ich hab Sie erst gar nicht gesehen... Ich hab das mit dem Parkett nicht vergessen. Sagen Sie mir, wann ich zu Ihnen kommen soll, dann mache ich Ihnen einen Kostenvoranschlag...«

»Ach ja«, sagt Verena, »das Parkett! Natürlich... Wenn Sie es einrichten können, kommen Sie doch...« Sie überlegt. Wann Bernhard heimkommt, ist völlig offen. Kevin hat am Nachmittag Kunsterziehung, das bedeutet, er kann gegen vier Uhr zu Hause sein, wird aber sicher eher später kommen... »Es ginge sogar heute Nachmittag, sagen wir – gegen halb vier?«

Carlo nickt und geht zu der 17-Jährigen zurück, die gelangweilt zugesehen hat, und sich, als Carlo sich wieder zu ihr setzt, demonstrativ wegdreht und einen Burschen mit einer Gelhaar-Frisur anquatscht.

Auf der Autobahn kommt das Hinweisschild auf die Ausfahrt Feichtenmünster in Sicht, Contz nimmt den Fuß vom Gaspedal, ordnet sich rechts ein und verlässt die Autobahn. Die Bundesstraße nach Feichtenmünster ist vor Jahren schon dreispurig ausgebaut worden, er fährt ein paar Kilometer durch Wald und über Hügel, dann öffnet sich der Blick auf die beiden Kirchtürme von Feichtenmünster und – davor schon – auf die Pavillons und Hallen, weiß, in Stahl und Glas, umgrünt und von der Sonne beschienen, die nun doch durch die Wolken kommt.

Dann ist er schon beim Tor 1, vor sich sieht er links den Fahnenmast mit der blauroten Firmenfahne, rechts ein großes indianisches Totem, blau und rot und gelb, immer schon hat Ferdinand Zainer sen. die Weisheit der indianischen Völker verehrt, wir sollten von ihnen lernen, hat er einmal gesagt, selbst in der Wüste die Zeichen zu lesen, die der Wind schreibt ...

Contz zeigt seinen Ausweis an der Pforte vor und darf passieren, vorbei an der schmucklosen weißen Mauer mit der Inschrift:

> *wir verbinden*
> *was zusammengehört*
> *zainer technologies*

Er bringt seinen Wagen zum Fuhrpark II, Außendienst, am Empfang muss er etwas warten, Lachenmayr ist vor ihm dran und redet schmierig auf das Fräulein Lilly ein, Contz wundert sich, er würde sich das nicht trauen, oder vielmehr: Er fände das unpassend, dann nickt Lachenmayr ihm zu, »Geht's gut?«, fragt er in einem Ton, den Contz nicht mag ...

»Gut geht's«, antwortet Contz, und Lachenmayr zieht ein wenig die Oberlippe hoch, das heißt, nur gerade den Teil der Oberlippe unter der Nase, das soll ein Lächeln sein, und sagt:
»Wirklich?«
Dann bekommt er von Fräulein Lilly Schlüssel und Papiere und geht an Contz vorbei zum Ausgang, ganz kurz hebt er zwei Finger der rechten Hand und sagt: »Bis die Tage!«
Fräulein Lilly – sie ist klein und untersetzt und trägt seit Jahrzehnten die gleichen blonden Löckchen – sieht jetzt Contzens Fahrzeugpapiere durch und fragt ihn, ohne ihre Augen zu heben:
»Hatten Sie einen Unfall? Oder sonst irgendwelche Beschädigungen?«
»Nein«, sagt Contz.
»Auffälligkeiten am Fahrzeug? Motor, Schaltung, Bremsen?«
»Nichts.«
»Haben Sie alle persönlichen Dinge herausgenommen?«
»Ja.«
Es gehört zum Ritual der Supervision, dass nicht nur alle Papiere, Aufträge und sonstigen Unterlagen zur Prüfung eingereicht werden müssen. Auch der Dienstwagen muss abgegeben werden, als werde er nun ganz selbstverständlich von der Firmenleitung einbehalten. So sind die Rituale, denkt Contz, dabei ist jeder noch mit dem gleichen Wagen zurückgefahren, mit dem er gekommen ist. Fast jeder, korrigiert er sich dann, denn plötzlich muss er wieder an den alten Dörfler denken, was wohl aus ihm geworden ist? Man hat ihn lange nicht mehr gesehen.
Er nimmt seine Aktentasche, die sich anders anfühlt als sonst, erst jetzt fällt ihm wieder ein, dass er noch immer das Fläschchen Tokajer drinnen stecken hat, er hätte doch noch Geschenkpapier besorgen sollen ... Nun ja, denkt er dann und geht über den Kiesweg am Central Office vorbei zum Center III, Planung und Entwicklung, der alte Kuhlebrock wird das

Fläschchen auch ohne Einwickelpapier weggluckern, ohnehin ist dieses Mitbringsel nur ein *Running Gag,* sagt man nicht so?

Die Pavillons im Center III, in einem Fünfeck um eine Grünfläche mit einem Astrolabium aus Edelstahl gruppiert, gehören zum Allerheiligsten von ZT, Außendienstleute zum Beispiel kommen mit ihrer Ausweiskarte dort nicht einmal durch die Eingangstür, und so muss Contz an der Sprechanlage die Nummer von Kuhlebrocks Sekretariat eingeben, gleich wird sich seine kesse Sekretärin melden, wird sie heute rothaarig sein oder blond? Vermutlich hat Kuhlebrock ein kleines Verhältnis mit ihr, vielleicht kippen sie auch den Tokajer zusammen ...

»Bitte?«

»Ja, hier ist Contz ...«

Er wartet auf ein Wort des Erkennens.

»Ja?«

Irgendetwas ist anders als sonst.

»Ich habe nur eine Kleinigkeit für Herrn Kuhlebrock abzugeben, Contz ist mein Name ...«

»Herr Kuhlebrock ist in einer Besprechung«, sagt die Stimme. Es ist noch die gleiche Stimme, aber kess klingt sie heute wirklich nicht. Nein, sie könne nicht sagen, wann die Besprechung zu Ende sei, Herr Kuhlebrock müsse danach aber gleich ins Central Office.

»Ja, dann werd ich ihm das wohl besser zuschicken«, sagt Contz zögernd.

»Ich werde es Herrn Kuhlebrock ausrichten«, kommt die Antwort. »Wie war noch einmal der Name?«

Contz gibt keine Antwort mehr und wendet sich ab, sein Blick fällt auf das große Astrolabium in der Mitte des Platzes, es ist kurz vor 13.30 Uhr, plötzlich wird ihm die Zeit knapp, mit langen Schritten, fast rennend, überquert er den Platz am Astrolabium und kommt zu den Pavillons des Controlling Center, er spürt, wie ihm auf der Stirn Schweiß ausbricht, zum Glück öffnet die Ausweiskarte die Eingangstür zu Pavillon

VII/b, dann ist es doch erst 13.24 Uhr, er hat gerade noch Zeit, auf die Toilette zu gehen und sich mit einem nassen Papiertaschentuch die Stirn abzuwischen. Dort wirft er einen prüfenden Blick in den Spiegel, sein Gesicht ist leicht gerötet, er atmet durch, das wird sich geben, ach ja, der Mitesser! Wenn man es weiß, sieht man ihn, wirklich, er muss ...

Nicht jetzt. Er packt die Aktentasche wieder, ach Gott! Die Flasche Tokajer, er kann nicht in die Besprechung mit Küblinger und seine Akten auf den Tisch legen, und dazwischen rollt die Flasche Tokajer mit dem Altweggerschen rot-weißen Etikett herum. Er sieht sich um, dann nimmt er die Flasche und geht in die Toilettenkabine und stellt die Flasche ab, neben der Klobürste. Gott befohlen! denkt er und verlässt die Toilette mitsamt der Aktentasche und geht an einer Putzfrau vorbei über den Korridor zu Küblingers Büro.

»Mit der Konsole, das ist wirklich ein Scheiß«, sagt Freddie und setzt sich auf die versiffte Matratze, er lässt die eine Saite klirren, die auf der kaputten und eingetretenen Gitarre noch gespannt ist. »Ich hab die falsche gegriffen und will sie schon zurückstellen, da fängt plötzlich eine Schnepfe zu zetern an, weil ich ihr angeblich schon mal abgehauen bin, und ich krieg die Panik und bin nichts wie weg, aber der Aufpasser von denen hat mich gesehen, jetzt kann ich erst mal nicht ins GMC ...« Er holt eine Packung Zigaretten hervor, nimmt sich eine heraus und hält Kevin die Packung hin, aber der schüttelt nur den Kopf.

»Wer nicht will, der hat schon«, sagt Freddie und steckt die Packung wieder ein. »Du kannst mir das Teil nicht holen? Null Risiko. Du bist denen noch nie aufgefallen, stimmt doch? Du sagst doch immer, du weißt, wie es geht, du hast den Dreh raus, sagst du doch immer.«

»Nur weil du Scheiß gebaut hast, geh ich da nicht hin!«, sagt Kevin. »Du hast ja selber gesagt, dass die schrill drauf sind.«

»Wenn du Schiss hast«, antwortet Freddie gleichmütig und versucht, einen Ring zu blasen, »dann hat es sowieso keinen Sinn.«

Er blickt sich in dem Mansardenzimmer um, dessen Tapeten schon halb heruntergerissen sind. Dann nimmt er die orangenfarbene Baseballmütze vom Kopf und klopft damit auf die Matratze.

»Da drauf haben sie am Samstag die Marietta durchgezogen«, sagt Freddie. »Du kennst doch die Marietta? Die war mit uns in der vierten Klasse ...«

»Weiß nicht«, sagt Kevin. »Ist mir egal.«

»Aber klar kennst du die Marietta«, setzt Freddie nach. »Eine Schwarze mit einem Pferdeschwanz, den hat sie jetzt nicht mehr. Zu viert haben sie sie durchgezogen, Chico hat es mir erzählt, immer zwei haben sie an den Armen gehalten.« Er legt sich rücklings auf die Matratze, streckt die Arme aus und spreizt die Beine und windet sich und bäumt sich mit der Hüfte auf.

»Nngnngnn«, stößt er mit zusammengepressten Zähnen heraus.

»Spinnst du jetzt?«, fragt Kevin.

»Nngnngnn«, wiederholt Freddie. Plötzlich bleibt er ganz ruhig liegen und sagt mit normaler Stimme: »Sie haben ihr das Höschen in den Mund gestopft, damit sie nicht schreien kann. Das nächste Mal darf ich mitmachen, hat Chico gesagt, für einen Zehner ...« Er richtet sich auf und blickt Kevin lauernd an. »Willste nicht auch?«

»So was mach ich nicht«, antwortet Kevin.

»Ach so«, meint Freddie. Plötzlich ist ein Lächeln auf seinem Gesicht.

»Was heißt das: ach so?«, fragt Kevin.

»Nix«, sagt Freddie und lächelt noch immer. Bedächtig drückt er die Zigarette auf dem Dielenboden aus.

Kevin steht am Fenster und blickt auf die Hafengasse hinunter. Das Fenster ist von Spinnweben und Staub überzogen, und vom Rahmen ist längst der Lack abgeblättert.

»Was guckst du denn da?«, will Freddie wissen. Kevin schweigt.

»Hat dir das nicht gefallen, wie ich da getan hab, als wär ich die Marietta?«, fährt Freddie fort, mit scheinbar bedrückter Stimme. »Komisch.«

»Was ist komisch?«

Freddie steht auf und tritt hinter Kevin. »Du kennst doch den Michalke? Der ist in einer Parallelklasse von dir, glaub ich, und war auch in England, in diesem Landschulheim... Warum sagst du nichts? Willst du nicht wissen, was der erzählt, warum du nach zwei Wochen zurückgekommen bist?«

»Das ist mir egal, was der erzählt«, antwortet Kevin. »Der Michalke lügt.«

»Ja, tut er das? Aber ich hab dir doch noch gar nicht gesagt, was er so erzählt«, sagt Freddie und greift plötzlich mit beiden Armen von hinten um Kevin und zieht ihn zu sich her. »Bist du einer, der es so mag?« Und er beginnt, mit den Hüften rhythmisch zu stoßen. Kevin reißt sich los, stolpert zwei oder drei Schritte von ihm weg und dreht sich um.

»Warum hast du so ein rotes Gesicht?«, fragt Freddie. »Mir macht das übrigens nichts aus. Ich erzähl's auch nicht weiter ... Aber die Konsole kannst du mir dafür schon holen...«

Dr. Küblingers Kopf mit dem kurz geschnittenen weißen Haar ist über Abrechnungen und Diagramme gebeugt, unbewegt verharrt der Kopf, nur die Hand mit dem Füller gleitet die Zahlenkolonnen und Schaubilder entlang, unterstreicht da etwas, fügt dort ein Ausrufezeichen hinzu, alles in grüner Tinte, keine Fragezeichen, wie Contz bemerkt, der dem Dr. Küblinger eigentlich nicht beim Lesen zusehen will, aber auf den Kopf mit dem unterm weißen Haar rosa durchscheinenden Schädel mag er auch nicht blicken, nicht andauernd... Über dem Schädel sieht er ein farbenfrohes Bild, Acryl auf einem

Blechschild, eine Szene in einem südlichen, nein: in einem afrikanischen Straßencafé mit einer dicken lachenden Wirtin und einem sonnenbebrillten Gast, Ferdinand Zainer sen. sammelt nicht nur indianische, sondern auch afrikanische Volkskunst ...

»Diese Dreirohr-Konverter 67/B-VII«, sagt Küblinger, ohne den Kopf zu heben, »die fallen ja ein wenig aus dem sonstigen Rahmen, wie?«

Aus dem sonstigen Rahmen? »67/B-VII«, antwortet Contz und muss sich räuspern, »haben sich als besonders geeignet für die Einspeisung von Regenwasser erwiesen, wenn Sie es für die Toilette nutzen wollen ... im Landkreis Jauchenburg wird das inzwischen sehr von der Landeswasserversorgung gefördert ...«

Küblinger blickt hoch. »Das hat Sie interessiert, wie?«

Fast körperlich spürt Contz das Anschlagen der Alarmglocken in seinem Kopf. »Mich interessieren alle Anwendungsmöglichkeiten unserer Produktpalette«, antwortet er gefasst. »Umwelttechnologie wird natürlich ein immer interessanteres ...«

»Interessant, Musjöh«, unterbricht ihn Küblinger, »interessant sind die Zahlen, die hinten rauskommen.« Er pocht mit dem Finger auf die Contzsche Schlussabrechnung. »Und das hier sind Zahlen, mit denen kann ich ...« Er unterbricht sich und lehnt sich in seinem schwarzen Schreibtischsessel zurück. »Also, ich weiß wirklich nicht, was ich damit tun soll ... Ich kann diese Zahlen nicht im Central Office vorlegen. Solche nicht, Contz. Beim besten Willen nicht. Soll ich vielleicht hingehen und sagen, das sind die Abschlusszahlen des Kollegen Contz, ich kann es auch nicht ändern, aber der Herr Kollege Contz ist sehr an Umwelttechnik interessiert, soll ich das sagen, Contz?«

»Sie vergessen«, hebt Contz an, und siedend heiß fällt ihm ein, dass es genau das ist, was er nicht hätte sagen sollen.

»Was, Contz, habe ich vergessen?«

»Ich wollte nur sagen«, sagt Contz, »das neue Großmarktcenter bei uns, das schlägt bei mir gerade voll durch, Umstellungsverluste sind das, in einem halben Jahr sieht das ganz anders aus, auch wenn die strukturelle Entwicklung im Fachhandel, 15 Prozent ...«

Küblinger hebt die Hand, und Contz schweigt, plötzlich weiß er, dass es für ihn nichts zu sagen gibt.

»Ich sage nur: 67/B-VII«, sagt Küblinger sanft. »Es sind Ihre eigenen Zahlen, die Sie widerlegen. Wenn Sie sich für ein Produkt interessieren, geht es nämlich. Ganz plötzlich geht es da. Sie selbst haben es gesagt, gerade eben.«

Contz betrachtet das Bild über Küblingers Kopf, erst jetzt sieht er, dass die dicke schwarze Wirtin nicht nur einfach lächelt, sie lacht übers ganze Gesicht, auch der Bimbo mit der Sonnenbrille grinst sich eins, sie lachen sich schief und krumm, ein gewaltiges unhörbares Gelächter schlägt über Contz zusammen, und Küblinger sitzt da und redet, was redet Küblinger eigentlich? Contz weiß es nicht, aber er nickt mit dem Kopf, was soll er sonst tun, er kann doch nicht sagen, dass er nichts versteht, weil die Neger so brüllen vor Lachen, die Neger sind doch nur gemalt, was würde Dr. Küblinger denken? Aber er muss auch gar nichts sagen, es ist Dr. Küblinger, der redet, Dr. Küblinger stellt klar, weist darauf hin, stellt Fragen, auf die eine Antwort von Contz nicht erwartet wird, findet den Ausweg, den Contz gehen wird, weil es sonst keinen anderen geben wird, Contz hat eigentlich nur die Schriftstücke zu unterschreiben, die längst vorbereitet sind ...

Verfolgt von dem Gelächter und den Blicken der beiden Neger stolpert Contz aus Küblingers Büro, und in das Gelächter mischt sich Küblingers alemannischer Tonfall:

»Und morgen melden Sie sich bei Lachenmayr ...«

Ja doch, denkt Contz, morgen, was weiß ich, was morgen sein wird! Er schließt die Tür und wendet sich dem Ausgang zu und geht den Korridor hinunter, an der Herrentoilette vorbei, aus der Herrentoilette kommt die Fachkraft vom Room

Service und hält die Flasche mit Altweggers weiß-rotem Tokajer: »Du haben vergessen ...«

Am Nachmittag ist die Sonne mit voller Kraft durchgekommen, aber weil die Heizung noch läuft, ist es fast zu warm im Haus. Verena hat sich für die leichte braune Seidenbluse entschieden und den weiten beigen Rock, unter der Bluse trägt sie den schwarzen Büstenhalter mit der durchbrochenen Spitze. Während sie an ihrem Augen-Make-up arbeitet, fällt ihr ein, dass der weite Rock vielleicht unpassend ist. Wenn frau den Bodenleger empfängt, sollte sie Jeans tragen, alles andere wäre overdressed, aber ist es die Seidenbluse dann nicht auch? Das weiße T-Shirt mit den chinesischen Schriftzeichen fällt ihr ein, sie holt es und probiert es an, offenbar ist das T-Shirt bei der letzten Wäsche eingegangen, es sitzt nun wirklich sehr knapp, so dass der BH darunter aufträgt ... Sie betrachtet sich im Spiegel und überlegt und denkt: Warum eigentlich nicht? Also zieht sie das T-Shirt aus und den BH auch und zieht das T-Shirt wieder an, ohne was drunter, und schaut wieder in den Spiegel. Geht doch, denkt sie.

Dann hört sie draußen einen Wagen, sie nimmt noch einen winzigen Tupfer von dem Eau de Parfum, das die Drogeriekette gar nicht erst im Sortiment hat, und will in ihre Hausschuhe schlüpfen. Es klingelt, gerade als sie entdeckt, dass ihre Pantöffelchen nun wirklich nicht zu Jeans und T-Shirt passen, und so rennt sie barfuß zur Tür und zwingt sich, die letzten Schritte zu gehen, und öffnet.

Vor der Tür steht Carlo, warum auch nicht, denkt sie, er ist eben pünktlich, aber sonst sind das Handwerker eigentlich nie, er steht etwas seitlich zur Haustür, einen schweren, in Leder gebundenen Katalog im Arm, das kurzärmlige, karierte Hemd spannt über dem Bizeps, die dunklen Augen wenden sich ihr zu und gleiten über ihren Körper und bleiben an ihren Brüsten hängen oder den Schriftzeichen darauf.

»Oh – Sie sind das«, sagt sie, »ich hatte noch nicht mit Ihnen gerechnet...«

Carlo entschuldigt sich und sagt, sie hätten sich doch für halb vier verabredet, »oder geht meine Uhr vor?«

»Nein, sicher nicht«, meint Verena, »ich seh es Ihnen auch an, Sie sind einer, der zur richtigen Zeit kommt... Aber so kommen Sie doch rein.«

Er geht an ihr vorbei, ganz leicht streift seine Schulter ihre Brust, es ist eigentlich gar keine Berührung, sondern nur die Andeutung davon... Stark, fast betäubend aber ist der Geruch, den sie wahrnimmt, dieser Geruch nach einem durchtrainierten, kompakten Männerkörper. Sie schließt die Tür und geleitet Carlo ins Wohnzimmer und zur Sitzgruppe, wo Carlo den in Leder gebundenen Band neben die Vase mit den Osterglocken legt, die sie noch am Mittag auf dem Tandelmarkt gekauft hat.

»Diese Schriftzeichen«, sagt Carlo, der sich jetzt umgedreht hat und auf ihre Brust schaut, »darf man fragen, was die bedeuten?«

Ein bisschen direkt, denkt Verena. »Yin und Yang«, antwortet sie und deutet zuerst mit dem Zeigefinger der linken Hand auf die linke Brust, dann mit dem der rechten Hand auf die rechte Brust. »Yin ist das weibliche Prinzip und Yang das männliche.« Einen Augenblick bleibt sie so stehen, die Fingerspitzen der beiden Zeigefinger auf ihre Brustwarzen gelegt, und lächelt Carlo an. »Das eine kann nicht ohne das andere bestehen, wissen Sie? Yang ist zwar das harte Prinzip, aber hart ist es nur durch das Weiche...« Sie lässt die Hände sinken. »So jedenfalls hab ich es verstanden...«

»Ja, so«, sagt Carlo und fährt sich mit einem blauweißen Taschentuch über die Stirn.

Bernhard Contz geht mit ruhigen Schritten zum Fuhrpark II, gelassen, zielstrebig, ohne zu hasten. Er wird nicht stolpern und nicht gegen eine der Leuchtkonsolen laufen, in seinem

Gesicht wird ein Entgegenkommender nichts anderes lesen als die freundliche, wache Aufmerksamkeit eines ZT-Professionals ... Morgen bei Lachenmayr? Darüber wird er später nachdenken, wird es später von allen Seiten betrachten, jetzt ist das kein Thema, wenn es ein Problem sein sollte, ist es das *jetzt* nicht, jetzt quittiert er den Empfang von Wagenschlüssel- und Papieren, dankt freundlich, als Fräulein Lilly sagt: »Der Wagen steht bereit, draußen rechts.«

Er geht zu der Glastür, die sich automatisch öffnet, wenn auch mit einer kurzen Verzögerung, und wäre fast hineingelaufen, weil die Verzögerung einen Bruchteil länger dauert, als er gedacht hat, oder weil er gar nichts gedacht hat. Draußen sieht er den blauen Daimler und wendet sich nach links und holt den Fahrzeugschlüssel und will auf den elektrischen Türöffner drücken, aber der Schlüssel liegt anders in der Hand als gewohnt, irgendetwas ist da falsch, er sieht sich den Fahrzeugschlüssel an, na klar, Fräulein Lilly hat ihm den falschen Schlüssel gegeben, das ist der Schlüssel für sonst etwas, aber nicht für einen Daimler. Er geht zum Service Point zurück und ist schon an der Glastür, als er doch noch innehält und die Papiere heraushölt, die Fräulein Lilly ihm gegeben hat, und bevor er den Kraftfahrzeugschein aus seiner Hülle nimmt, fällt sein Blick auf das Auto, das rechts vom Eingang geparkt ist, es ist ein kleiner Japaner, und er ist gelb lackiert.

»Kiefer muss nicht sein«, sagt Carlo, »natürlich gibt es sehr schöne Parkette in Kiefer, das will ich gar nicht in Abrede stellen, aber nur, weil die Decke aus Kiefer ist, dasselbe dann fürs Parkett zu nehmen, das würde ich Ihnen nicht raten, das wäre zu eintönig, die Decke sollte sich doch absetzen, gerade in den modernen Wohnräumen, die doch niedriger sind, was ja auch ganz richtig ist, schon wegen der Energiebilanz ...«

Verena hört zu und sieht ihn an, er sitzt ihr am Couchtisch gegenüber und hat den Kopf halb über sein Musterbuch gebeugt. Ist das eigentlich ein griechisches Profil? Diese gerade

Nase, die steil zwischen den ausgeprägten Nasenflügeln hochragt? Ich darf ihn nicht so anschauen, denkt sie dann, er wird ganz verlegen.

»Außerdem ist es ganz unmöglich«, fährt Carlo fort, »dass wir die Tönung genau treffen, das heißt, Sie würden immer sehen, dass das Parkett später gelegt worden ist ...«

Verena nickt und betrachtet Carlos Hände, während er das Musterbuch durchblättert, die Hände sind kräftig und doch die eines Künstlers, in der Volkshochschule gibt Carlo einen Kurs über Intarsienarbeit, so kräftige Hände! Und die Intarsien so zierlich, zart fast ...

Schluss, denkt Verena. Wofür muss er mich denn halten, wenn ich die ganze Zeit nur dasitze und seine Hände anglotze?

»Nehmen wir also Eiche, aber diese ganz helle Tönung«, sagt sie entschlossen, »ich brauche Licht, Helligkeit, das Gefühl, aus all dem Muff herauszukommen, mich wieder frei bewegen zu können ...«

Sie wirft einen forschenden Blick auf Carlo, ist sie jetzt zu weit gegangen? Aber Carlos Augen halten sich an seinem Taschenrechner fest, in den er gerade Preise und Abmessungen und Arbeitszeiten eingibt ...

»Und Sie wollen das Parkett nur hier im Wohnzimmer?« Zögernd löst sich der Blick vom Display des Rechners. Ist er womöglich schüchtern? »Sie hatten gesagt, Ihr Sohn ...«

»Aber nein«, fällt sie ihm ins Wort, »wir brauchen unbedingt auch oben einen neuen Boden, im Zimmer meines Sohnes, da vor allem, aber nicht nur dort, es hat ja keinen Sinn, wir legen in der einen Ecke Parkett, und in der anderen fängt er sich diesen Hausstaub wieder ein ...« Sie steht auf und geht ihm voran zur Treppe nach oben, sie weiß noch nicht, ob sie Carlo zeigen soll, dass sie und ihr Mann getrennte Schlafzimmer haben, das heißt ... Eigentlich ist es genau das, was er sehen soll, aber beiläufig muss es geschehen, irgendwie unbeabsichtigt, und so führt sie ihn zuerst in Kevins Zimmer, obwohl das nun wirklich nicht aufgeräumt ist, nie ist es das.

»Guter Musikgeschmack«, sagt Carlo und sieht sich in dem Zimmer um, in dem nicht nur T-Shirts und Pullover und schmutzige Socken herumliegen, sondern das auch noch vollgehängt ist mit Postern von Musikern und Konzert-Plakaten.

»Ach?«, sagt Verena überrascht, »ich hab mit den Sachen, die er so hört, noch nie viel anfangen können, da bin ich wahrscheinlich zu alt dafür.« Vorwärtsverteidigung, denkt sie, bloß nicht so tun, als wolle ich es nicht zugeben ...

»Da sind welche dabei, die leg ich mir auch auf«, sagt Carlo und beginnt, das Zimmer zu vermessen. Verena lehnt an der Tür und sieht ihm zu und ist plötzlich irgendwie enttäuscht. Sie weiß auch nicht, warum.

»Diese Schrankwand da«, fragt Carlo, »die ist nicht eingebaut, das sieht nur so aus?«

»Ich glaube nicht«, antwortet Verena zögernd, denn der Sockel der Schrankwand ist mit einer Leiste des Teppichbodens verkleidet.

»Könnten Sie den Schrank gerade mal aufmachen«, fragt Carlo, »oder ist das tabu?«

»Tabu ist es schon«, meint Verena und geht zur Schrankwand, »unter normalen Umständen jedenfalls, aber das ist ja jetzt eine besondere Situation.«

Sie schließt die Tür auf, sie klemmt ein wenig, und sie muss daran ziehen, polternd stürzen Stapel von CDs und Kassetten und Spielkonsolen, viele von ihnen noch in ihrer Verpackung, aus dem Schrank und auf den Boden.

»Aber hoppla!«, sagt Carlo. »Sie haben ja einen ganzen Großhandel im Haus ...«

Da schlägt die Hausklingel an, laut und fordernd.

Die Schaltung ist leichtgängig, aber die Kupplung kommt zu schnell, und das Motorengeräusch ist viel zu laut. Das ist doch kein Auto, denkt Bernhard Contz. Kuhlebrock fällt ihm ein, für weniger als vierzigtausend Mark kann man keine Autos bauen, sondern nur Blecheimer, hat der einmal gesagt, typisch für Kuhlebrock, dieses Geschwätz.

Was ist das eigentlich für ein Schlitten vor ihm? Ein Ami-Wagen? Die bauen doch gar keine solchen Kutschen mehr ...

Zu dicht ist er an der Karosse, überholen will er auch nicht, der Wagen gewinnt Abstand, Contz sieht das Nummernschild, und bevor er es richtig gelesen hat, überzieht ein Frösteln seine Hände. Warum ist ihm das Kennzeichen FZ-1 nicht gleich ins Auge gesprungen? Außerdem: Wer sonst könnte hier einen Maybach fahren, das sagt doch alles, hätte ihm alles sagen müssen, denkt Contz und lässt sich noch weiter zurückfallen. Das muss ja nicht sein, dass ihn Ferdinand Zainer sen. in diesem gelben Auto sieht, was wird er denken?

Eine Seitenstraße taucht vor ihm auf, Contz blinkt und biegt ab und stellt seinen Wagen an den Fahrbahnrand und muss erst einmal nachdenken. Wieder spürt er die Hand von Ferdinand Zainer sen. auf seinem Arm, sie sind auf der Weihnachtsfeier im Großen Foyer, der Alte hat die erfolgreichsten seiner Außendienstleute eingeladen, zum Abschluss jenes Superjahrs, als der Klemmverschluss Z 104 seinen ganz großen Durchbruch hatte: »Contz, eines dürfen Sie wissen – für Sie werde ich immer ein offenes Ohr haben ...«

Hat der Alte das einfach so dahingesagt? Im weihnachtlichen Überschwang? Weil Contz damals ein Auftragsplus von sagenhaften 33,5 Prozent hatte? Sicher, das musste ihm damals erst einmal einer nachmachen. Aber das: die Hand auf dem Arm, das Versprechen, dieses: »Für Sie immer ...« – nur wegen 33,5 Prozent? »Zahlen allein zählen nicht.« Auch das hat der Alte gesagt. »Wir müssen die Leistung sehen, die dahinter steht. Die Mühen. Die Fehlschläge.« Alles Wortlaut Ferdinand Zainer sen., es stand im *Tagblatt*, Contz muss den Artikel nur aus seiner Aktentasche herausholen ... Einfach so dahingesagt? Niemals. Weihnachtlicher Überschwang? Lachhaft.

Contz startet den Wagen wieder und wendet. Die Villa Zainer liegt im Westen von Feichtenmünster, Contz war zuletzt auf einer Gartenparty dort, das ist nun schon Jahre her ... Inzwischen ist eine neue Umgehung gebaut worden, trotzdem nimmt Contz den Weg durch die Innenstadt, weil er sich so besser orientieren kann, aber dann wird er an einer Fußgängerzone vorbeigeleitet und steht vor einer Ampel und dann einer zweiten. Sicher hat es seither wieder Gartenpartys gegeben, aber er war zu keiner mehr eingeladen worden, das hat ihn ... – na ja, er hat sich das nie so richtig bewusst gemacht, aber irgendwo im Hintergrund war da so ein merkwürdiges Gefühl, er hatte das Thema Gartenparty einfach ausgeblendet, wollte es nicht hören. Wenn irgendjemand anderes, Verena zum Beispiel, von einer Gartenparty sprach, gab es ihm einen Stich ...

Die Ampel schaltet auf grün, Contz findet die Allee, die zur Villa führt, damals waren die Alleebäume noch kleine Bäumchen gewesen, gestiftet von der Ferdinand-Zainer-Aktion Gemeinsinn und frisch gepflanzt, jetzt sind es richtige Bäume, dahinter erkennt er dann auch schon die Mauer, die die Villa Zainer abschirmt. Zwischen zwei Bäumen findet sich jeweils ein Parkplatz, Contz stellt seinen Wagen ab, bleibt aber noch einen Augenblick sitzen.

Noch einmal drängt sich Kuhlebrock in seine Gedanken. »Gute Verkäufer sind wie Sumo-Ringer. Es genügt nicht, dass du alle Griffe drauf hast. Du musst den richtigen bringen, und du musst dafür genau den einen einzigen Bruchteil einer Sekunde erwischen, in dem er das ist: der richtige Griff ...«

Unsinn. Kuhlebrock-Gerede. Er wird Ferdinand Zainer sen. nichts verkaufen. Der Alte wird ihn anhören, wie er es ihm versprochen hat, und Contz wird ihm seine Situation schildern. Er wird ihm erklären, wie das war, nachdem der neue Großmarkt GMC eröffnet wurde, und dass das GMC direkt in Feichtenmünster ordert, dass das Aufträge sind, die sonst über seine Bücher laufen würden, und dass er natürlich schon einige Monate braucht, um das aufzufangen ... Ferdinand Zainer sen. wird ihn anhören und dann seine Entscheidung treffen, und diese Entscheidung wird richtig sein, und er wird sie ertragen, wie immer sie ausfällt.

Er steigt aus und nimmt seine Aktentasche mit und geht zum Eingangstor, er muss ja dem Alten belegen können, was er ihm vorträgt ...

Contz blickt durch die matt schimmernden Stahlstäbe die Einfahrt hoch. Der Zainersche Garten ist ein Park geworden, gerade, dass auf dem Hügel zwischen Baumwipfeln das geschwungene Dach der Villa zu sehen ist. Du willst hier klingeln?, fragt sich Contz, bist du verrückt? Sie werden dich abwimmeln und anschließend bei Küblinger anrufen ... Nein! Das tut der Alte nicht, es wird schlimmer sein, viel schlimmer: Er wird Contz rufen lassen, schweigend wird man ihn in das Privatbureau führen. Einen entsetzlichen Augenblick lang stellt sich Contz vor, wie er vor Zainers Schreibtisch steht und der Alte seinen Blick auf ihn richtet, was wird Contz da sagen? Worte ballen sich in seinem Gehirn, Großmarktcenter, Direktverkauf, Handelsrabatt, Strukturkrise, Wirtschaftsgutachten, vorübergehender Einbruch, die Fünf Weisen, Regenwasser-Konverter, ein paar Monate nur ... Weg hier, denkt Contz, weg!

»So, wollten Sie vielleicht zu mir?«, sagt eine Stimme in seinem Rücken, eine freundliche Stimme, vom Dialekt anheimelnd eingefärbt, Vertrauen erweckend, eiskalt läuft es Contz den Rücken herunter. Er dreht sich um, ein hoch gewachsener Mann steht vor ihm, das gepflegte weiße Haar gescheitelt, noch immer brauchen die klaren blauen Augen keine Brille ... Er hätte es wissen müssen. Wenn das Wetter nicht zu schlecht ist, geht Ferdinand Zainer sen. die letzte Wegstrecke zu Fuß, er lässt den Chauffeur den Wagen nach Hause bringen und spaziert durch die Allee, die die Zainer-Stiftung hat anlegen lassen, dem Alten liegt am Herzen, dass man sich an solchen Dingen freuen kann ...

»Das ist ja der Herr Contz«, sagt Zainer und reicht Contz

die Hand, »machen Sie auch einen kleinen Spaziergang? Das ist gescheit, bewegt den Körper und entspannt Geist und Seele ... Vor allem auch die Seele, das ist wichtig, Herr Contz! Oder haben Sie etwas auf dem Herzen? Das sollten wir aber dann nicht hier draußen besprechen, da kommen Sie dann doch bitte mit rein, wenn Sie schon mal hier sind.«

»Danke, nein«, sagt Contz, »eh! Spaziergang, ja, gewissermaßen ... ich wollte mir die Allee ansehen, wie die Bäume gewachsen sind seit dem letzten Mal, wahrscheinlich erinnern Sie sich nicht ...«

»Ja, warten Sie mal«, antwortet Zainer, »wann waren Sie das letzte Mal hier? Das war meine Gartenparty, als wir den NZ-35, unseren Drehzugdübel, vorgestellt haben, nicht wahr? Wir hatten noch viel Freude daran ...«

»Ganz richtig«, sagt Contz und fingert nach dem Verschluss seiner Aktentasche, »Sie haben ein bewundernswertes Gedächtnis, genau, es war der NZ-35 ...« Irgendwie öffnet sich seine Aktentasche, und das erste, was er sieht, ist die Flasche Tokajer, auch Zainer muss sie sehen, was wird er sich denken? Contz ist ein Trunkenbold geworden, wenn er die Aktentasche aufmacht, kullern die Flaschen mit dem Fusel heraus ...! »Eben deswegen bin ich auch hier«, fährt Contz entschlossen fort, »ein Kunde von mir – eine Weinhandlung, die Weinhandlung Altwegger, ein bestens eingeführtes Haus, hatte ein Problem mit der Lagerung des Leerguts, das ist ja lästig, wenn das einfach so im Hof herumsteht, das riecht auch nicht besonders gut ...« Mein Gott, denkt Contz, was rede ich da, und holt Luft und fährt fort: »... und als Alternative stand nur ein altes Gewölbe zur Verfügung, aber bei uns in Jauchenburg steht ja praktisch die ganze Altstadt unter Denkmalschutz, das ist schon schlimm genug, aber wenn die Denkmalschützer ein altes Gewölbe finden, dann rasten sie vollends aus, ich sage Ihnen, kein Haken darf da in die Wand geschlagen werden, weil das die Statik beeinträchtigen könnte ... Aber lange Rede, kurzer Sinn, ich hab den Altweggers eine Problemlösung anbieten können, beziehungsweise ihrem Architekten, der hat mit Hilfe des NZ-35 eine Regalkonstruktion in das Gewölbe eingebaut, dass die Denkmalschützer nur noch den Hut ziehen konnten ...«

»Das ist aber schön«, sagt Zainer. »Und Sie sind auch Kunde bei diesen – wie sagten Sie? – Altweggers?«

»Nein, nicht wirklich«, antwortet Contz, »die Altweggers sind Kunde bei uns, das heißt, ihr Architekt ist es, aber Sie wissen, dass die Regale nur durch die NZ-35 möglich waren, und weil sie neulich im *Tagblatt* diesen Artikel über Sie gelesen haben, Sie wissen, wo Sie über den Begriff der Leistung gesprochen haben, da haben mich die Altweggers also in der Stadt angesprochen und ...« – er greift in seine Aktentasche – »mir diesen Tokajer mitgegeben, es ist ein Sargasmuskotaly, die Altweggers haben da einen ganz besonderen Draht nach Ungarn, geradezu aufgedrängt haben sie ihn mir ... Ich kann das nicht annehmen, hab ich gesagt, und die Rosalinde Altwegger hat geantwortet, das soll ich auch gar nicht, der Wein sei ja gar nicht für mich, sondern er sei für Sie, ganz persönlich für Sie, als kleines Dankeschön dafür, dass Sie den Menschen wieder Mut vermittelt hätten, unternehmerischen Mut ...« Er hält Zainer mit der einen Hand die Flasche mit dem rotweißen Etikett hin und wischt sich mit dem Handrücken der anderen über die Stirn.

»Ein Muskateller«, sagt Zainer höflich und betrachtet das Etikett, den Kopf ganz leicht zurückgelegt, ohne die Flasche an sich zu nehmen. »Das ist sehr nett von diesen Altweggers, grüßen Sie sie sehr freundlich von mir, aber sagen Sie ihnen, dass ich das Präsent leider nicht annehmen kann, der Arzt hat es verboten, nicht einmal ein ganz herber Weißer ist mir erlaubt, und ich muss leider auf ihn hören, ich bin nicht mehr der Jüngste.«

Noch immer hält Contz die Flasche in der Hand, er weiß, er müsste jetzt etwas sagen, aber die Worte lassen ihn im Stich, nichts will ihm mehr einfallen, aber dann kommt ihm in den

Sinn, dass dieses Dastehen, dieses Schweigen, so verstanden werden könnte, als warte er auf eine Einladung ins Haus ...

»Ja, das ist aber schade«, bringt er heraus und verstaut den Tokajer hastig in der Aktentasche, »dann werde ich den Altweggers Ihre Grüße übermitteln, sehr gerne werde ich das tun ...«

»Schön«, sagt Zainer, »aber wollen Sie nicht doch ...?« Er deutet auf das Tor, dessen Flügel sich inzwischen geöffnet haben.

»Sehr freundlich«, antwortet es aus Contz, »aber ich möchte Ihre Zeit auf keinen Fall länger in Anspruch nehmen, es ist ja auch schon spät, ich muss ...«

Und er verabschiedet sich und verbeugt sich und geht rückwärts und wäre im Rückwärtsgehen fast gegen das gelbe Auto gelaufen.

Aber da haben sich auch schon die Torflügel hinter Zainer geschlossen.

Verena zieht die Strickjacke enger um sich. Fröstelt sie? Sie weiß es nicht. Warum nur hat sie dieses hautenge T-Shirt angezogen, dieser Polizist mit den kalten grauen Augen muss sie ja für sonst was halten ... Was will er eigentlich von ihr? Warum geht er nicht, lange genug ist er schon da und diese anderen Männer, die das ganze Haus durchsucht haben und diese ganzen Kartons aus Kevins Zimmer weggetragen haben, was weiß sie denn, wie dieses Zeug dort hingekommen ist.

»Ich habe Ihnen hier eine Kopie gemacht«, sagt der Polizist und reicht ihr einen Durchschlag über den Couchtisch, »das ist die Liste der Gegenstände, die wir beschlagnahmt haben. Zugleich ist es eine Quittung für Sie, vielleicht gehen Sie die Liste mit Ihrem Sohn durch, ob es im einen oder anderen Fall eine Erklärung gibt ...«

Widerstrebend nimmt Verena den Durchschlag.

»Was für eine Erklärung?«

»Wie Ihr Sohn dazu gekommen ist.«

»Bleibt er denn ... ?« Erst als sie die Frage stellt, wird ihr klar, dass sie die ganze Zeit gedacht hat, Kevin würde von der Polizei mitgenommen werden. Dass er eingesperrt würde, zusammen mit Mördern und Sexualverbrechern in einer Zelle, unfassbar, so etwas auch nur zu denken.

»Ein Haftbefehl wird in solchen Fällen meist nicht angeordnet«, antwortet der Polizist. »Sie sollten sich aber darauf einstellen, dass die Vernehmungen Ihres Sohnes noch nicht abgeschlossen sind. Sie werden auch Besuch bekommen von der Jugendgerichtshilfe ...« Der Polizist beugt sich vor und sieht ihr in die Augen. »Wenn ich Ihnen einen Rat geben darf – es wäre für Ihren Sohn hilfreich, wenn diese Gespräche sehr offen und kooperativ geführt werden könnten.«

Mein Gott, denkt Verena, jetzt hat der Bub einmal der Versuchung nicht widerstehen können, das ist doch eine alltägliche Geschichte, was machen die für einen Aufstand darum!

Die Wohnungstür geht auf. Ohne dass sie sich umdreht, weiß sie, dass ihr Mann nach Hause gekommen ist. Sie hätte es schon an der duckmäuserischen Art hören müssen, wie er die Haustür geschlossen hat.

»Guten Abend«, sagt Bernhard Contz. »Ich sehe, wir haben Besuch, Verena – es gibt sicher einen Grund dafür?«

Der Polizist steht auf und stellt sich vor, Bernhard Contz nickt und nennt seinen Namen und stellt seine Aktentasche auf einem Stuhl neben dem Esstisch ab.

»Was kann ich für Sie tun?«, fragt er den Besucher, und Verena denkt, dass sie das nicht aushält, nicht diesen Ton, als ginge es um die DIN-Norm für ein Winkeleisen. Dann bleibt sie doch sitzen und hört zu, wie der Polizist alles noch einmal erklärt und wie Bernhard sagt, dass er sich da erst einmal setzen muss. Dann setzt er sich und der Polizist auch, Verena nimmt es wahr, als ginge sie das alles nichts mehr an, das tut es ja auch nicht, und teilnahmslos hört sie, wie Bernhard weiterredet:

»Im GMC war das, sagten Sie? Ich werde mich noch heute« – er blickt auf die Uhr – »nein, morgen werde ich mich mit der Geschäftsführung dort ins Benehmen setzen und den finanziellen Schaden regulieren, der dort entstanden ist ...«

»Das ist sicherlich für Ihren Sohn von Vorteil«, sagt der Polizist. »Ich muss Sie nur darauf aufmerksam machen, dass die Geschäftsleitung des GMC einen erheblichen Verlust geltend machen wird. Uns gegenüber ist von organisiertem, geradezu gewerbsmäßigem Diebstahl gesprochen worden, und da wir bei Ihrem Sohn Kevin doch erhebliche Mengen an Diebesgut sichergestellt haben, Ihre Frau kann Ihnen das bestätigen, na ja, Sie wissen schon ...« Er nickt Verena zu, als erwarte er ihren Beifall, dann kehrt sein Blick zu Bernhard Contz zurück. »Ich würde Ihnen deshalb empfehlen, auf jeden Fall eine anwaltliche Beratung einzuholen, auch zur Klärung der zivilrechtlichen Ansprüche, die auf Sie zukommen werden. Was die strafrechtliche Seite betrifft – ich sagte schon Ihrer Frau, dass sehr viel von Ihrem Sohn selbst abhängt. Davon, wie kooperativ er sich verhält. Was er über Hintermänner oder Auftraggeber sagt.«

Bernhard Contz schweigt und starrt auf den Couchtisch. Der Polizist steht auf. »Ich darf mich jetzt entschuldigen. Sie sollten diese Fragen jetzt am besten unter vier Augen klären. Oder unter sechs.«

Dann geht er. Endlich, denkt Verena.

»Wo ist Kevin?«, fragt Bernhard Contz.

»Oben«, antwortet Verena.

Contz steht auf, bleibt einen Augenblick stehen und wendet sich dann zur Treppe.

Die Schrankwand in Kevins Zimmer steht offen, die Regale sind leer, auf dem Teppichboden liegen Jeans, T-Shirts, Pullover und Unterwäsche, alles durcheinander mit Schulbüchern, Heften und zerlesenen Comic-Bänden. Wo ist Kevin? Er liegt auf seinem Bett, mit dem Gesicht zur Wand.

»Kevin«, sagt Contz, »ich bin hier. Dein Vater.«

Keine Reaktion.

»Wir müssen reden«, fährt Contz fort. »Über das, was hier passiert ist. Und warum. Wie es weitergehen soll.«
Schweigen.
Contz geht zum Bett und packt Kevin am Arm.
»Du tust mir weh.« Kevin hustet und wendet sein Gesicht wieder zur Wand.
»Sieh mich an!«, sagt Contz. »Steh auf. Erklär mir, was du gemacht hast. Warum war die Polizei da?«
Kevin zuckt die Schultern.
»Du hast geklaut. Sie haben dich im GMC erwischt«, sagt Contz. »Geklaut hast du nicht nur einmal, sagt der Polizist.«
»Wenn du mit dem geredet hast, was fragst du mich dann noch?«, fragt Kevin.
Contz greift ihm mit der Hand unters Kinn und dreht seinen Kopf zu sich her, bis er Kevins Augen sieht. Sie sind grün und unbewegt.
»Du hast uns ruiniert, weißt du das?«
»Lass mich los«, antwortet Kevin. »Mir ist nicht gut.« Er hustet, während Contz ihn noch immer am Kinn gepackt hält.
»Du hast alles kaputt gemacht, wofür wir gearbeitet haben«, sagt Contz und tritt einen Schritt zurück. »Wir werden womöglich das Haus verkaufen müssen.«
»Darf ich mich wieder hinlegen?«
Noch einmal versucht Contz, in den Augen seines Sohnes eine Antwort zu lesen, eine Erklärung oder sonst ein Zeichen. Doch die blicken nur grün und starr.

Noch immer sitzt Verena vor dem Couchtisch, in ihre Strickjacke gehüllt. Sie wartet, aber sie weiß nicht, worauf. Sie hört, wie Contz die Treppe herunterkommt. Dann ist er im Wohnzimmer und geht zum Esstisch und vom Esstisch zum Fenster und bleibt dort stehen, nicht lange, dann dreht er sich wieder um und läuft – ja, wohin läuft er eigentlich? Wieder zum Esstisch ... Ich muss etwas sagen, denkt sie.
»Und – hast du mit ihm gesprochen?«

»Nein«, antwortet Contz. »Ich habe es versucht. Es geht ihm nicht gut, sagt er. Er hat uns ruiniert, aber er kann nicht mit mir sprechen.«

Verena sieht ihren Mann an. Sie zwingt sich zu einem Lächeln.

»Das alles ist schlimm genug«, sagt sie, »aber dramatisier es bitte nicht. Andere Kinder klauen auch. Davon ist niemand ruiniert...«

»Entschuldige«, sagt Contz und setzt sich ihr gegenüber an den Couchtisch, »niemand ist ruiniert, natürlich nicht. Es ist nur so, dass meine Provisionen ein bisschen weggebrochen sind, das weißt du doch? Das hat Konsequenzen, ich bin herabgestuft worden, das bedeutet, dass mein Provisionssatz um ein Drittel reduziert wird, von allem anderen abgesehen, was es sonst noch bedeutet...«

Er steht wieder auf und geht zum Esstisch und zieht die Schublade auf.

»Warum ist hier kein Korkenzieher?«

»Was?«, fragt Verena zurück.

»Warum hier kein Korkenzieher ist?«

»Weil er in der Küche ist«, antwortet Verena, und Contz geht in die Küche und zieht Schubladen auf und zu. Er weiß nicht einmal, wo der Korkenzieher ist, denkt Verena, und schließlich kommt er zurück mit einer Flasche mit einem weißroten Etikett und zwei Gläsern.

»Magst du auch einen Schluck?«, fragt er. »Ich brauch es gerade.«

»Was ist das für ein Wein?«, fragt Verena. »Ein Werbegeschenk?«

»Nein. Ich hab ihn vom Altwegger.«

Verena lacht. Das Lachen ist nicht besonders froh. Ich hätte es mir denken können. Das Leben aus dem Sonderangebot. Das Glück ist ein Schnäppchen.

»Was lachst du?« Der Korken bricht ab.

»Ach, nichts«, sagt Verena.

Bernhard Contz setzt den Korkenzieher ein zweites Mal an und hält ihn dabei etwas seitlich. »Wir müssen uns die nächsten Tage zusammensetzen und überlegen, was wir tun können.« Behutsam zieht er den bröckelnden Rest des Korkens aus dem Flaschenhals.

»Wie du meinst«, antwortet Verena. »Gibt es Anwälte im Sonderangebot?«

Bernhard Contz nimmt die Flasche und will einschenken. Seine Hand zittert. Er stellt die Flasche wieder ab.

»Ich versuche«, sagt er bedächtig und atmet tief durch, »ich versuche, diese Dinge hier am Laufen zu halten. Das Haus abzuzahlen. Unseren Lebensstandard zu halten. Vermutlich gelingt mir das nicht. So wie das heute gelaufen ist, kann ich es mir nicht vorstellen. Wir werden Einbußen haben. Aber was möglich ist, das soll ermöglicht werden, und ich glaube, dass ich sogar weiß, wie wir das Problem mit dem Teppichboden lösen ...«

»Ach ja?«, fragt Verena und hat plötzlich ganz schmale Augen.

»Was ist?«, fragt Bernhard Contz zurück. »Ich hab dir ja gesagt, dass Parkett nicht geht, und da wusste ich noch nicht einmal, was der Tag heute bringen wird. Aber es gibt da etwas, das nicht nur günstiger ist, sondern auch von Gesundheitsexperten ausdrücklich empfohlen wird, Xylomat, das ist ...«

Überrascht hält er inne. Verena ist aufgestanden und geht zum Fenster. Sie geht nicht, sie läuft. Sie dreht sich um. »Du hast also entschieden, dass du das zu entscheiden hast? Was wir wollen, was ich will, woran ich denke, was ich mir aussuchen möchte, das hat keine Bedeutung, das ist nur das dumme kleine Frauchen, das sich Flausen in den Kopf gesetzt hat, das wäre ja gelacht, wenn das Frauchen entscheiden dürfte, wie es zu leben hat und zu arbeiten, und wie das Haus aussehen soll, das Frauchen in Ordnung zu halten hat! Der Herr des Hauses hat ja anderes zu tun, der muss großmächtig in der Welt herumkutschieren, um dann heimzukommen ...« Verena sieht, wie Contz aufsteht, die Flasche in der Hand, irgendwie hält er sie merkwürdig, »... um heimzukommen und zu sagen, es reicht nicht, er hat es nicht geschafft, man hat ihn heruntergestuft, warum tröstet ihn das dumme Frauchen nicht und bewundert ihn trotzdem, wie er so alles entscheidet und ihr sogar das Denken abnimmt ...«

Ein klirrender Schlag lässt Glas aus Glas splittern, Scherben spritzen über den Glastisch, gelbliches Zeug breitet sich in einer Lache aus und tropft vom Tisch, Bernhard Contz steht vor seiner Frau, den abgebrochenen Flaschenhals in der Hand, mit einem Gesichtsausdruck, den Verena Contz noch nie an ihrem Mann gesehen hat. Sie weicht zurück zum Fenster, er kommt noch einen Schritt auf sie zu, plötzlich ist seine Hand rot, wieso rot?

Unvermittelt lässt Contz den Flaschenhals fallen und hält sich die Hand. Er horcht. Schritte auf der Treppe? Nein. Noch immer strömt das Blut aus dem vom Glas aufgeschnittenen Handballen und tropft auf den lindgrünen Teppichboden.

»Ich habe mich geschnitten«, sagt er. »Entschuldige.«

Halders Ruh

Mein Wagen holperte über eine Nebenstraße, die vor einigen Jahren wohl nur deshalb geteert worden war, weil das Tiefbaudezernat noch rasch seinen Etat hatte ausschöpfen müssen. An Hecken und Weiden vorbei kam ich zu einem Bahnübergang, dessen Halbschranken sich gerade senkten. Ich hielt an und stellte den Motor ab. Vor mir sah ich einen Saum von Bäumen, deren ausladende kahle Kronen sich scharf gegen das Wasser abzeichneten. In der beginnenden Dämmerung kam mir der See grau vor und doch heller als der Himmel. Ich tastete nach dem Briefumschlag in der linken Brusttasche meines Jacketts. Der Umschlag war dick, ziemlich genau so dick wie der zweite, den ich deshalb in die rechte Tasche gesteckt hatte.

Hatte ich noch Fragen?

Nein.

Ein Regionalzug kroch an mir vorbei, zwei rote Waggons, dazwischen ein grüner, an den Fenstern zwei oder drei Fahrgäste im Profil. Die Halbschranken klappten wieder hoch, ich fuhr weiter und auf das hohe, allein stehende Walmdachhaus zu, das die Reihe der Bäume unterbrach. Ein einzelnes Fenster war erleuchtet, ebenso die schmiedeeiserne Lampe über der Eingangstür.

Ich parkte meinen Wagen auf einem der Plätze, die für die Gäste der Pension »Halders Ruh« reserviert waren. Es stand kein anderer Wagen dort. An der Hauswand waren Stapel von

Brennholz aufgeschichtet. Ich stieg aus und nahm meine Reisetasche und meinen Trenchcoat vom Rücksitz. Vom See her wehte mir der Geruch nach Wasser und Moder ins Gesicht. Zu der Haustüre führten drei Stufen hinauf, sie öffnete sich in einen niedrigen Raum mit einem mahagonifarbenen Empfangstresen und einer mit Leder bezogenen Sitzgruppe. An den Wänden hingen gerahmte Schwarzweiß- und Farbfotografien, die Dampfloks unterm Himmel der Ruhr zeigten oder Bergbahnen auf ihren Viadukten.

Ich stellte meine Reisetasche vor den Tresen. Noch ehe ich auf die Klingel gedrückt hatte, erschien eine kleine, hagere Frau, das grau durchsetzte schwarze Haar in Löckchen gelegt, mit Falten um den Mund, als halte sie ständig die Lippen zusammengepresst. Ich nahm an, dass sie Gudrun Halder war.

»Ich habe vorhin angerufen«, sagte ich.

»Haben Sie gut hergefunden?«, fragte sie und griff – ohne auf meine Antwort zu warten – den Block mit den Anmeldeformularen. »Ach!«, sagte sie dann und ließ den Block wieder sinken, »das eilt ja nicht.« Sie nahm einen Schlüssel vom Bord und legte ihn vor mich hin. »Zimmer sieben. Mit Blick auf den See und eigenem Bad.« Sie beugte sich nach vorne und verzog ihren Mund zu einer Art Lächeln. »Sie kommen aus München, nicht wahr?«

Ich gab keine Antwort, sondern fragte, ob ich noch etwas zu essen bekommen könne. »Ein belegtes Brot vielleicht?«

Sie hielt ihren Blick auf mich gerichtet, bis sie sich langsam abwandte und auf eine Glastür wies, die offenbar zum Gästezimmer führte. »Wir haben eine Abendkarte.« Sie tippte auf die Glocke, etwas ärgerlich, wie mir schien, und rief: »Daniela!«

Ein etwa sechzehn oder siebzehn Jahre altes Mädchen erschien. Sie bewegte sich mit einer Langsamkeit, von der ich nicht wusste, ob sie provozierend wirken sollte oder nur eine Folge von gewohnheitsmäßiger Trägheit und Übergewicht war. Daniela war schwarz gekleidet, blass und trug eine silberne Kette um den Hals mit einem Kreuz, das aber falsch aufgehängt schien – mit dem Querbalken nach unten. Meine Reisetasche betrachtete sie etwas unschlüssig, bis sie sie schließlich aufnahm und sich zur Treppe wandte. Ich folgte ihr.

»Eine Bitte noch«, hörte ich die Stimme von Gudrun Halder in meinem Rücken. »Geben Sie Daniela kein Trinkgeld. Wir haben unsere Gründe. Und seien Sie auf der Treppe vorsichtig. Sie ist frisch gebohnert.«

Mein Blick war auf das Mädchen gerichtet. Für einen Augenblick hatte sie innegehalten, ihr runder Rücken schien sich um ein Unmerkliches weiterzukrümmen, gleich – so dachte ich – wird sie die Reisetasche mir und ihrer Arbeitgeberin und der ganzen Welt zu Füßen werfen.

Aber nichts davon geschah.

Die Treppe schien tatsächlich frisch gebohnert zu sein und die Stufen zudem ein wenig abgetreten. Mein Zimmer wirkte hell und freundlich, über dem Doppelbett hing ein in zartblauen Tönen gehaltenes Aquarell, das diesmal keine Lokomotive, sondern eine Uferlandschaft im Winter zeigte. Ich ging zu dem breiten Mansardenfenster und öffnete einen Flügel. Von Westen her hatte sich ein rötlicher Widerschein über den Himmel geschoben, und der See spiegelte das letzte Licht des Tages. Die Farbe am Fensterrahmen blätterte ab.

Daniela war an der Tür stehen geblieben. »Soll ich Ihnen zeigen, wie der Fernseher geht? Oder das Telefon?«

»Danke«, sagte ich. »Ich brauche keines von beiden.«

»Oder das Bad?« Sie machte einen Schritt auf mich zu und sah mich mit einem Ausdruck an, von dem ich vermutete, dass er eine Art Lächeln sein sollte, so, als sei das Bad der Ort, noch andere Dienstleistungen zu erbringen.

Ich gab das Lächeln – falls es eines war – auf Verdacht zurück, holte aus meinem Geldbeutel einen Zehner heraus und drückte ihr den zusammengefalteten Schein in die Hand. Sie griff sofort zu, ließ aber für einen Augenblick ihre Hand in der meinen.

»Wenn der Service okay ist«, sagte ich und deutete auf ihre Hand, »dann kriegt der Zehner noch Kollegen.«

Sie machte eine Bewegung, die wie ein Knicks aussah. Vermutlich war er ironisch gemeint. Oder es sah nur so aus, weil sie ihn weniger plump nicht hinbekam.

Der Speisesaal war niedrig und mit hellem Kiefernholz getäfelt. Links neben der Türe befand sich die Theke, vier mit braunem Leinen gedeckte Tische waren rechts entlang der Fenster zum See angeordnet, auf den Tischen standen kleine Blumengestecke mit Kerzen. Am Ende des Saales befand sich neben einem Zigarettenautomaten eine weitere Tür. Von den tief über die Tische gehängten Lampen waren nur die drei vordersten eingeschaltet. Ich setzte mich an den zweiten Tisch und warf einen Blick auf die handgeschriebene Abendkarte, als sich am Ende des Gästezimmers eine Tür öffnete und ein mittelgroßer Mann eintrat. Er hatte einen runden Kopf, nach hinten gekämmtes dünnes aschblondes Haar und aufgeworfene Lippen mit einem borstigen Schnurrbart. Unter einer Wollweste sah man breite Hosenträger. Er kam auf mich zu und stellte sich vor.

»Ich bin Otfried Halder, aber halten Sie mich bitte nicht für den Chef, der Chef hier ist meine Frau, ich mach bloß die Buchführung ... Haben Sie schon etwas ausgesucht? Die Seeforelle kann ich Ihnen empfehlen, die ist etwas Besonderes.«

Er erklärte mir, dass es die Seeforelle erst wieder gibt, seit an den Staustufen der Zuflüsse Laichtreppen gebaut werden. »Was glauben Sie, was das für ein Geschrei der Kraftwerksbetreiber war! Auf einmal ging es dann doch. Aber Sie wissen, wie das ist ...«

Ich sagte, dass sich die Seeforelle gut anhöre, und bestellte einen gespritzten Weißen dazu.

»Sie sind also nicht der Chef, das wundert mich«, sagte ich, als er die Bestellung aufgegeben hatte und sich am Tresen mit dem Wein zu schaffen machte. »Halders Ruh, das klingt wie Fridericus Rex und Sanssouci.«

»Sanssouci!«, antwortete er und schnaubte durch die Nase. »Wer kann schon sagen, er hat keine Sorgen in diesen Zeiten. Das Anwesen hier hat meine Frau geerbt, und ich – ich hab meine zwei Bausparverträge eingebracht. Flötenkonzerte veranstalten Sie keine damit.«

»Dafür haben Sie Ihre Ruhe. Ist es immer so still bei Ihnen?«

»Die Saison ist vorbei«, antwortete er. Er brachte den Gespritzten. »Zum Wohl.« Er blieb am Tisch stehen. »Sie sind auf der Durchreise?« Vorsichtig sah er sich um und beugte sich vor. »Sie kommen aus München?«

Ich nahm einen Schluck vom Gespritzten. »Wenn Sie nicht der Wirt sind«, fragte ich, mehr zur Ablenkung, »was sind Sie dann, ich meine: von Haus aus?«

»Von Haus aus bin ich ein freier Mensch.« Er lachte. »Wenn Sie erlauben, setze ich mich einen Augenblick zu Ihnen.« Er ließ sich mir gegenüber nieder. Auf seinem Gesicht war noch immer ein Abklatsch seines Lachens. »Der Mensch ist frei geschaffen, ist frei, und würd' er in Ketten geboren, sagt der Dichter, aber ich, ich bin als junger Mann bei Vater Staat untergekrochen, und wie ich diese Ketten glücklich abgeschüttelt hab, hat's mich vom Regen in die Traufe verschlagen, und ich bin Ehemann geworden ... So ist Freiheit nur in dem Reich der Träume! Auch das sagt der Dichter.«

»Bei der Eisenbahn«, fragte ich, »waren Sie aber nicht?«

»Nein«, antwortete er und sah mich verwundert an. »Wie kommen Sie denn darauf?«

»Die Fotos draußen«, antwortete ich. »Die muss ein Liebhaber aufgehängt haben. Ein Eisenbahn-Fan. Beamte sind keine Fans von ihrem Beruf.«

»My dear Watson«, sagte Halder und lachte pflichtschuldig. »Aber Sie befinden sich im Irrtum. In unserem Club – wir haben hier am See einen kleinen Verein von Freunden der Modelleisenbahn – finden Sie jede Menge Eisenbahner. Das sind die, die schon als Junge Lokomotivführer werden wollten. Aber es ist ja weit verbreitet, dass man den Beamten nachsagt, sie schliefen vor lauter Pflichteifer am Schreibtisch ein.« Er hob die Hände kurz an und ließ sie wieder auf den Tisch fallen. »Ich mach Ihnen keinen Vorwurf. Unsereins lebt damit.«

»Und womit haben Sie sich wach gehalten?«

»Sie werden lachen.« Er hielt den Kopf ein wenig schief. »Mit Leidenschaft. Das ist ein großes Wort, ich weiß. Aber damit hab ich mich wach gehalten. Wissen Sie, ich hab mich um Kinder kümmern müssen, und zwar um Kinder, um die sich sonst niemand gekümmert hat.« Er machte ein merkwürdiges Geräusch, als ob er durch die Nase schnaubte. Vielleicht war es ein Lachen. »Ohne Leidenschaft sind Sie in einem solchen Job verratzt und verloren. Und wissen Sie was? Sie haben ja ganz richtig erkannt, dass die Eisenbahn meine andere, meine sozusagen geheime Leidenschaft ist. Aber ich habe beides zusammengebracht, Pflicht und Neigung, was glauben Sie, wie das war, wenn die Weihnachtszeit kam ...«

Durch die Schwingtür, die von der Küche in den Saal führte, kam Gudrun Halder und brachte mir schweigend Besteck und einen kleinen Beilagensalat. Auch Otfried Halder verstummte. »Ja, da wünsche ich Ihnen einen guten Appetit«, sagte er nur, stand auf und ging den Saal hinunter zu dem Raum, aus dem er gekommen war.

Ich bin kein Kenner, und so weiß ich nicht, ob die Forelle frisch war oder direkt aus der Tiefkühltruhe. Sensationell war sie jedenfalls nicht, aber Sensationen sollte man als einziger Gast am Ende der Saison vielleicht auch nicht erwarten.

Nach dem Essen und der langen Autofahrt davor wollte ich noch ein paar Schritte auf dem Uferweg gehen. Die leichte Brise bewegte das Wasser nur wenig, unter den von einem eiligen Mond angeleuchteten Wolkenfeldern lag der See schwarz glänzend und still. Im Schutz der überhängenden Böschung dösten Enten, die Schnäbel im Gefieder versteckt. Die Lichterketten des anderen Ufers funkelten über die Wasserfläche hinweg, zum Greifen nah. Ich schlenderte weiter, bis ich zu einer Landspitze mit alten hohen Bäumen kam, von wo aus ich einen beleuchteten Pavillon oder Kiosk sah. Vermutlich gehörte er zu dem benachbarten Campingplatz. In »Halders Ruh« brannten nur noch wenige Lichter: einmal im Obergeschoss, zum anderen unten, dort, wo ich Otfried Halder vermutete, über die Abrechnungen gebeugt für eines langen Tages einzigen Gast.

Ich ging bis zu der Böschung, die an der Landspitze aufgeschüttet war, mit großen flachen, merkwürdig rechteckigen Steinen, die im fahlen Mondlicht bleich aussahen. Wo kommen die her, fragte ich mich: so groß, so rechteckig? Ich stieg die Böschung hinunter und tastete die Steine mit der Hand ab. Aber die Inschriften waren schon längst von den Wellen abgeschliffen.

»Das sind Grabsteine«, sagte eine Stimme über mir. Ich blickte hoch und sah Daniela an der Landspitze stehen, in einen dunklen Mantel gehüllt. »Wenn die Gräber aufgemacht werden, nach fünfzig Jahren oder so, schmeißen sie die Grabsteine einfach weg oder nehmen sie hier für den See.«

»Danke«, sagte ich und stieg vorsichtig, von einer Grabplatte zur andern, die Böschung hinauf.

»Das sieht komisch aus, wie Sie da hochklettern!« Ihre Stimme klang belustigt. »Graust es Ihnen vielleicht?«

»Sollte es mich?« Ich war oben bei ihr angelangt. Im Mondlicht sah ihr Gesicht noch blasser aus.

»Weiß ich nicht«, antwortete sie abweisend. »Mir würde es gefallen, wenn sie auch die Knochen dazu getan hätten. Und wenn die Leute vom Campingplatz mit ihren Kindern kämen und ihren Schaufeln und Schwimmflügelchen, und da lägen plötzlich überall die Totenschädel herum.«

Ich deutete auf ihre Kette. »Was bedeutet das, wenn das Kreuz falsch herum hängt?«

»Stört es Sie?«
Ich schüttelte den Kopf. »Wollen Sie einen Vorschuss?«
»Vorschuss?«
»Vorschuss auf guten Service.«
»Und dieser Service – was für einer soll das sein?«
»Setzen wir uns doch«, sagte ich und ging zu der Bank unter den Bäumen an der Landspitze. Sie folgte zögernd und nahm nur widerstrebend Platz, auf der äußersten Kante der Bank, als rechne sie darauf, dass ich gleich näher rücken würde.
»Zuhören«, sagte ich. »Der gute Service ist Zuhören. Ich möchte Ihnen eine Geschichte erzählen – es ist keine Belehrung dabei und keine Moral – und Ihnen eine Frage stellen, nichts weiter. Ist das okay?«
Sie sagte nichts, und ihr Gesicht zeigte keine Reaktion.
»Dabei ist es nicht einmal eine richtige Geschichte, nur eine Momentaufnahme in einer Vorstadtkneipe, und es ist auch schon ein paar Jahre her, irgendwann spät an einem Novemberabend, die Leute trinken Bier und gucken Fußball oder spielen Skat, so eine Kneipe ist das. Und da ist plötzlich ein Kind in der Kneipe, ein Junge, fünf oder sechs Jahre alt, in einem dünnen Trainingsanzug, und der Junge läuft zwischen den Tischen herum und bettelt ...«
Das Mädchen wollte aufstehen, ich hatte damit gerechnet und packte es am Arm. »Nicht vergessen: Es geht um einen Zehner.« Ihr Arm – etwas zu dick, etwas zu weich – hatte sich unter meinem Griff verkrampft, dann löste sich die Anspannung, und sie sackte wieder auf die Bank zurück, die Trägheit war größer als der Widerwille.
»Also, da läuft der Junge herum«, fuhr ich fort, »von einem Tisch zum andern, aber er bettelt nicht um Geld, sondern um etwas Essen, und die Leute werden aufmerksam und rufen nach der Wirtin, aber die Küche hat schon zu, und so findet man nur altes Brot, und die Leute stehen um den kleinen Jungen herum und gucken ihm zu, wie der das alte Brot kaut und gar nicht genug bekommt und immer noch ein Stück haben

will und mit den Augen rollt und von einem zum andern schaut, ob die Leute es auch lustig finden, wie er das Brot kaut, damit sie ihm weiter welches geben ... Haben Sie von dieser Geschichte schon einmal gehört?«

Sie zuckte mit den Achseln. »Warum sollte ich davon gehört haben? Das sieht man ja oft, dass Kinder betteln. Oder Mütter mit kleinen Kindern. Wenn ich betteln ging, würd ich das auch so machen. Das heißt, ich würd eine Puppe nehmen und so tun, als wär's ein Baby. Außerdem ist das keine Geschichte, was Sie da erzählen. Gar nichts ist das.«

»Dabei war das Kind gar nicht fünf oder sechs Jahre alt«, sagte ich, »es sah nur so aus, in Wirklichkeit war es bereits neun. Eine Mangelerscheinung, verstehen Sie? Er hatte noch einen Bruder, der war noch schlimmer dran. Die Zeitungen haben sich gefragt, wie so etwas nur möglich sein kann in unserem Land ... Gelesen haben Sie auch nie etwas darüber?«

»In den Zeitungen stehen doch nur Lügen.«

»Na gut«, sagte ich und hielt ihr den Zehner hin. »Wenigstens haben Sie zugehört.« Sie griff sich den Schein und war auch schon in der Dunkelheit verschwunden.

Es war kühler geworden, mich fröstelte, und ich kehrte zum Haus zurück. Die beiden Fenster im Erdgeschoss – eines nach Westen, eines zur Seeseite – waren noch immer erleuchtet. In der Rezeption war nur die Notbeleuchtung eingeschaltet. Auch der Gastraum war dunkel. An den Tischen entlang ging ich zu der Tür am Ende, durch deren Fugen Licht drang. Aus dem Zimmer hörte ich ein leises Rasseln, das abbrach, als ich klopfte. Ein Vorhang wurde zugezogen, dann fragte eine Stimme: »Bitte?«

Es war Halders Stimme, aber durch die Türe hindurch klang sie fremd, wie verzerrt.

Ich bat, die Störung zu entschuldigen. Ob ich noch ein Bier bekommen könne?

»Aber selbstverständlich«, antwortete Halder. Er schloss

die Türe auf und öffnete sie. »Sie müssen entschuldigen«, sagte er, »aber bei uns sind Privatsphäre und Gastronomie streng getrennt.«

Da er zur Seite trat, ging ich in sein Büro. Neben seinem Schreibtisch mit einem Computer auf dem Beistelltisch war ein Bett aufgeschlagen, an der Wand neben der Türe standen ein Aktenschrank mit Rollverschluss und ein altmodischer Kühlschrank. Die zweite Hälfte des Raumes war mit einem grünen Vorhang abgetrennt.

»Ein Bier, das ist keine schlechte Idee«, sagte Halder, nahm einen Schlüsselbund aus seiner Hosentasche, schloss den Kühlschrank auf und holte zwei Flaschen heraus. In dem Kühlschrank waren nicht nur Getränke, sondern auch Konserven und andere Lebensmittel verstaut. »Das sieht ja noch ganz gut sortiert aus«, bemerkte er dann. »Was hätten Sie denn gern? Ein Weizen oder ein Pilsner? Oder einfach ein Helles?«

Ich bat um ein Helles. »Ein Glas ist nicht nötig.«

Er holte zwei Flaschen heraus und gab mir eine davon. Dabei schaute er mir beiläufig, als wolle er einen Anflug von Verlegenheit überspielen, ins Gesicht. »Sie wundern sich gewiss über den abgeschlossenen Kühlschrank«, sagte er. »Aber wir müssen wegen Daniela vorsichtig sein. Sie gibt sich sehr viel Mühe, ihrer Mutter zu helfen. Aber sie hat leider einen Hang zum süßen Wein, das soll ja in den besten Familien vorkommen.« Er öffnete seine Flasche, ich folgte seinem Beispiel, wir prosteten uns zu und tranken.

»Sie sind geschäftlich hier am See?«, fragte er dann.

»Ja«, antwortete ich. »Geschäftlich.«

»Wissen Sie«, sagte er und sah mich über die Bierflasche an, »mit den Jahren lernt man ja seine Kundschaft ein wenig kennen. Man muss nicht hingucken und sieht doch, in welcher Branche einer arbeitet, ob er selbstständig ist oder auf Provision arbeitet. Aber bei Ihnen ...«

»Montage«, sagte ich. »Selbstständig. Keine Provisionen.«

»Und gerade jetzt? Ein Auftrag bei der Zahnradfabrik vielleicht? Entschuldigen Sie meine Neugier, aber wir haben öfter Gäste von dort.«

»Es gibt überall etwas zu richten«, antwortete ich. Mit der Bierflasche deutete ich auf den zugezogenen Vorhang. »Was für eine geheime Schönheit haben Sie denn da verborgen?«

Er warf mir einen prüfenden Blick zu, dann ging er zu dem Vorhang, zog ihn zurück und legte eine weiträumige Modelleisenbahnanlage frei. Ich erkannte die Nachbildung des Stuttgarter Hauptbahnhofes, vollgestellt mit Zügen aus der Zeit vor der Erfindung des Intercity, auf Gleis 7 zog ein blau lackierter TEE-Fernzug den Blick auf sich, ein von einer Dampflok gezogener Güterzug wartete auf Einfahrt, auf halber Höhe zu einem Spielzeug-Fernsehturm hatte die Degerlocher Zahnradbahn angehalten, zwischen plastikfarbenen Ziegeldächern stand ein Schienenbus, auf dem Bahnsteig neben ihm Menschlein in adrett gebügelten Hosen und Hawaii-Hemden ...

»Die fünfziger Jahre!«, sagte ich. »Sie sollten eine Rudi-Schuricke-Platte dazu auflegen oder Catherina Valente ... Aber fährt das auch alles?«

Halder ging zu einem seitlich angebrachten Steuerpult, Lichter flackerten auf, der Güterzug bekam sein Einfahrtsignal, die Zahnradbahn ruckelte zum Fernsehturm, der Schienenbus ließ die Hawaii-Menschlein stehen und fuhr in die weite Welt nach Esslingen oder Plochingen, der TEE rollte am Modell des Neckarstadions vorbei – Männlein im weißen Dress mit rotem Brustring standen gegen Männlein im blauschwarz-gestreiften Trikot.

Halder drückte auf einen weiteren Knopf. »Schuricke wäre eine gute Idee, aber ich hab leider keine Scheibe von ihm. Vielleicht tut es das auch.« Aus Lautsprechern, von denen einer so klang, als sei er im Dachgeschoss des Bahnhofsturms untergebracht, stampfte der *Chattanooga Chou Chou*. »Oder hätten Sie lieber *Auf der Schwäb'sche Eisenbahn* ...?«

»Ist schon recht«, sagte ich.

Der TEE rollte eine von grünem Moos behangene Steigung hoch. »Das ist jetzt sozusagen schon die Geislinger Steige«, erklärte Halder. »Die TEE-Baureihe ist ja nichts Besonderes, die gehört zur Standard-Ausrüstung der 50er Jahre. Aber die Dampflok hier, das ist nahezu einmalig, ein Henschel-Kondens-Tender, Baureihe 52 K, hat schon in den 40er Jahren das Dampfkondensat recycelt, als es den Ausdruck noch gar nicht gab.« Lok, Tender und Güterwaggons verschwanden in einem Tunnel, der TEE überquerte einen Alpenviadukt, der ziemlich nahtlos an die Geislinger Steige anschloss, der Schienenbus hielt in Degerloch, von wo aus die Zahnradbahn wieder hinabkletterte in den Stuttgarter Kessel ...

»Seit wann arbeiten Sie daran?«, fragte ich.

Er hob abwägend die rechte Hand. »Dreißig Jahre? Mindestens ... Aber warten Sie.« Er warf einen Blick auf seine Armbanduhr, eine Omega, wie ich bemerkte. »Jetzt.« Die beiden Tore eines Schuppens öffneten sich, und eine militärbraune Krokodil-Lok der Schweizer SBB schob sich auf das Gleis nach Esslingen: »Das ist eine Ce 6/8, eine Gelenklokomotive, wurde nur bis 1952 gebaut, danach kam das Nachfolgemodell, das war zehn Stundenkilometer schneller. Ich hab noch ein paar andere Antiquitäten. Aber die halte ich unter Verschluss, es gibt ...« Er brach ab und machte eine entschuldigende Handbewegung. »Das sagte ich Ihnen ja schon, dass wir hier leider bei Wertgegenständen vorsichtig sein müssen. Oder sagte ich Ihnen das nicht? Sie sollten es jedenfalls auch sein. Vorsichtig, meine ich.«

Er drückte auf mehrere Schalter, der TEE fuhr in einer weiten Schleife an Echterdingen vorbei, und das SBB-Krokodil schob drei Tankwaggons vor sich her. »Ich war ja oft unterwegs, natürlich nicht mit dieser Anlage und auch nicht mit den Raritäten. Die Kinder hätten das ja auch nicht so zu schätzen gewusst, verstehen Sie?«

»Ihre Kinder?«

»Ja, meine Kinder«, antwortete er. »Ich war Dienststellenleiter im Jugendamt, sagte ich Ihnen das nicht? Es hat aber nichts zu bedeuten, wer glaubt, dass ein Dienststellenleiter eine Dienststelle leitet, der glaubt auch, dass ein Zitronenfalter Zitronen faltet.« Wieder drückte er ein paar Tasten. In einem Bahnhof, der nach Reutlingen aussah, fuhren in Gegenrichtung der Schienenbus und die SBB-Lok ein, hielten und ließen auf dem dritten Gleis den TEE hindurchrauschen. »Aber auf meine Kinder hab ich nichts kommen lassen. Die in den Heimen, verstehen Sie? Wenn Weihnachten kam, da hab ich Tag und Nacht gearbeitet, bis im Gemeinschaftssaal eine richtige Modelleisenbahn aufgestellt war, nicht bloß so lieblos eine, die einmal im Kreis um den Weihnachtsbaum fährt, sondern eine mit drei oder vier Zügen und Weichen und Bahnhöfen und allem, was dazugehört. Jedes Jahr hab ich das gemacht, jedes Jahr in einem anderen Heim, und wo immer ich hinkam, haben mich die Kinder angebettelt, Onkel Halder, wann kommt die Eisenbahn wieder zu uns ... Ja, den Arsch hab ich mir aufgerissen dafür, aber glauben Sie, das wird einem gedankt?«

»Das hört sich an, als hätten Sie am Ende noch Ärger gehabt«, sagte ich.

»Ärger?«, echote Halder. »Ich weiß nicht, ob ich das so nennen will. Wie nennen Sie das, wenn Intrigen gegen Sie laufen? Wenn falsche Anschuldigungen gestreut werden? Hämische Zeitungsartikel erscheinen?«

»Das weiß ich nicht, wie ich das nennen soll«, sagte ich. »Aber Sie sprechen von Zeitungsartikeln. Da klingelt etwas bei mir. Helfen Sie mir drauf, was da gewesen war? Wenn es Ihnen nichts ausmacht.«

Der TEE fuhr wieder in den Hauptbahnhof ein, und das Krokodil kroch eine alpine Gleisspirale hoch. Halder hatte sich von mir abgewandt. »Ich weiß nicht, ob das hierher gehört. Aber bitte. Ich hab nichts zu verbergen. Es war eine schlimme Geschichte, aber wir waren nicht zuständig. Das ist nie beachtet worden. Nie. Die Zuständigkeit hatte das Jugendamt in Fürth. In Mittelfranken ist das. Die Familie war nach Baden-Württemberg gezogen, aber die Betreuungszuständigkeit lag noch immer in Fürth. Was sollten wir da tun? Wir wussten gar nicht, dass da die Frage einer Befassung überhaupt zu prüfen gewesen wäre ...«

Der Schienenbus erklomm das Viadukt, das Krokodil verschwand in einem Tunnel, die Tür zu Halders Zimmer/Büro öffnete sich, und Gudrun Halder sagte mit leiser, alarmierter Stimme: »Ich will ja nicht stören – aber hat jemand Daniela gesehen?«

»Ich hab ihr nichts gegeben«, antwortete Halder. »Wirklich nicht.«

Seine Frau betrachtete ihn mit einem Gesichtsausdruck, der mir erklärte, woher sie die Falten um den Mund hatte. »Warum kannst du mir nicht einfach sagen, ob du sie gesehen hast?«

»Ich fürchte«, sagte ich, »der Sündenbock bin ich. Ich hatte es so verstanden, dass ich ihr kein Trinkgeld zu geben brauche, und da dachte ich – warum eigentlich nicht? Sie ist ja eine gefällige Person.« Ich blickte Gudrun Halder an. »Tut mir Leid.«

»Dann hat sich die Sache ja geklärt«, meinte Otfried Halder, »vielleicht sollten wir einfach beim Polizeiposten anrufen und Bescheid sagen?«

Die beiden Eheleute sahen sich an. »Nicht schon wieder«, meinte seine Frau schließlich, »vielleicht geht es wenigstens einmal ohne Krawall ab.« Sie wandte sich wieder mir zu. »Wie viel haben Sie ihr denn gegeben?«

Ich sagte es ihr, und wieder verzog sie missmutig den Mund.

»Das reicht zum Anheizen«, kommentierte Otfried Halder, und seine Stimme klang fast vergnügt.

»Wenn Sie auf Daniela warten müssen«, meinte ich, »würde ich Ihnen gerne Gesellschaft leisten. Falls es Ärger mit der Polizei gibt, könnte ich ja versuchen, den guten Leuten den Sachverhalt zu erklären.«

Suchend blickte sie in dem Zimmer um sich. Aber es gab

sonst keine Sitzgelegenheit, und offenbar hatte sie keine Lust, sich auf den mit einem filzigen Kissen ausgelegten Schreibtischstuhl zu setzen. »Na gut«, antwortete sie, »aber nicht hier.« Sie ging in den Gastraum zurück und schaltete das Licht über dem vordersten Tisch an. Ich folgte ihr und – nach einigem Zögern – auch ihr Mann. Gudrun Halder setzte sich mir gegenüber, ihr Mann nahm an der Stirnseite des Tisches Platz. Wie beiläufig hatte er zwei Gläser mitgebracht und stellte sie vor sich und mich hin. Es gehörte sich nicht, im Gastraum aus der Flasche zu trinken. Vielleicht gehörte es sich auch in der Gegenwart seiner Frau nicht. Die niedrig hängende Lampe warf einen engen Lichtkreis auf das Tischtuch.

»Was ist denn das für ein Krawall, in den Ihre Tochter geraten könnte?« Ich blickte von Gudrun Halder zu ihrem Mann, doch der schüttelte abwehrend den Kopf.

»Es ist nicht meine Tochter.« Er deutete auf seine Frau. »Ihre ist es.«

»Ja«, antwortete sie, »vor allem, wenn es mal nicht ganz einfach ist.« Sie wandte sich mir zu. »Daniela ist da an ein paar junge Leute geraten, die wir nicht gerne sehen und die hier auch Hausverbot haben. Manchmal treffen sie sich drüben, in der Cafeteria des Campingplatzes. Das ist keine gute Adresse. Und manchmal ... Ach, das hat keine Bedeutung.«

»Und manchmal treffen sie sich auf dem Friedhof«, vervollständigte Otfried Halder den Satz. »Es hat schon ein paar Anzeigen wegen Störung der Totenruhe gegeben.«

»Ach«, sagte ich tröstend, »wer will das schon wissen, ob sich die Toten wirklich stören lassen. Manche wollen vielleicht gar keine Ruhe haben. Und schon gar nicht Ruhe geben. Fast hätte ich gesagt: Manche der Toten wollen das ums Verrecken nicht ...«

Das Gespräch verstummte. Schließlich fragte ich, ob ich noch einen Kaffee bekommen könne. Gudrun Halder nickte und stand auf. »Ich könnte auch einen brauchen«, sagte sie und ging zum Tresen. Ihren Mann fragte sie nicht.

»Ich muss noch immer an Ihre Modelleisenbahn denken«, sagte ich zu ihm. »Wie steuern Sie eigentlich die ganzen Abläufe? Ich meine, gerät Ihnen auch einmal der Fahrplan durcheinander, so wie bei der richtigen Deutschen Bundesbahn? Oder dass zwei Züge so richtig aufeinander rumsen, weil beide grünes Licht ...«

»Ausgeschlossen«, unterbrach mich Halder, »da hätte dann einer von beiden keinen Fahrstrom. Sie dürfen mir glauben, mein Lieber, die Anlage ist so geschaltet, wenn da kein Stromausfall kommt und keiner böswillig an der Schaltung herumfuhrwerkt – dann läuft die in drei Monaten noch, so, wie Sie's gesehen haben ...«

Seine Frau wollte wissen, ob ich Milch oder Zucker zum Kaffee nehme, und ich sagte, dass ich ihn schwarz trinke.

»Na ja«, wandte ich mich an Halder, »im wirklichen Leben kommt das ja mal vor, dass einer einen Zug ins Rollen bringt, und der andere tut es auch, und dann kann keiner mehr abspringen, und das Unheil nimmt seinen Lauf ...«

»Das mag schon sein«, antwortete er, »aber eben darum hab ich das hier ›Halders Ruh‹ getauft. Bei mir fahren die Züge, wie ich das Signal stell, da pfuscht mir kein Sozialdezernent rein und kein Zeitungsschreiber. Und meine Frau lässt von meiner Anlage schön die Finger.«

Vom Tresen kam seine Frau, ein Tablett in den Händen, für einen Augenblick blieb sie neben ihm stehen. Sie schien ihn anzusehen, aber ihr Gesicht war außerhalb des Lichtkreises, und ich konnte den Ausdruck darauf nicht erkennen.

Sie stellte die Kaffeetasse vor mich hin und setzte sich dann. Ich wollte nach der Tasse greifen, als vom Nebenzimmer her ein leiser Aufprall und dann ein metallisches Rasseln zu hören war.

Gudrun Halder lachte schrill auf.

Halder zuckte hoch, stand hastig auf und lief ins Nebenzimmer.

Der Kaffee war stark und heiß. »Nichts ist vollkommen«, sagte ich. »Alles, was schief gehen kann, geht einmal schief.«

»Ja«, antwortete sie, »und manches gibt es, das geht nur schief.« Sie betrachtete mich. »Sind Sie verheiratet?«

»Nein«, sagte ich.

»Dann können Sie gar nicht mitreden. Seien Sie froh.«

»Bin ich wohl«, antwortete ich vorsichtig und nahm noch einen Schluck. Aus dem Nebenzimmer hörte ich leises Fluchen. Gudrun Halders faltiger Mund spannte sich zu einem kleinen boshaften Lächeln.

»Jetzt weiß ich es wieder«, sagte ich. »Diese Geschichte, warum Ihr Mann vor Zeitungsleuten seine Ruhe haben will. Kann ich gut verstehen, dass man die nicht gern sieht.«

Sie sah mich an, wachsam. Das Lächeln war verschwunden.

»Das war die Geschichte mit der Familie«, fuhr ich fort, »die zwei Geschwister zur Pflege hatte und alles Essen an die eigenen Kinder verfütterte ...«

»Damit hatten wir nichts zu tun.«

»Warum sagen Sie: *wir*? Ich denke, ihr Mann wäre der zuständige Beamte gewesen. Also der, der sich um den Fall hätte kümmern müssen?«

»Mein Mann konnte sich um den Fall nicht kümmern, weil er nichts von ihm gewusst hat.« Sie holte eine Packung Lucky Strike und Streichhölzer aus ihrer Wolljacke und nahm sich eine Zigarette heraus. »Stört es Sie ...?«

»Nein«, antwortete ich und holte ein Feuerzeug heraus, um ihr Feuer zu geben.

»Der Fall betraf eine Familie, die aus Bayern zugezogen war«, sagte sie schließlich und blies den Rauch von sich weg. »Ich weiß das, weil ich damals seine Sekretärin war. Es hat uns niemand in Kenntnis gesetzt. Wir waren nicht befasst. Verstehen Sie: *nicht befasst*.«

Sie brach ab, im Türrahmen erschien Otfried Halder: »Entschuldigt mich einen Augenblick, aber da hat sich durch Induktionsstrom, vermut ich mal, eine Weiche verstellt ...« Er verschwand wieder.

»In irgendeiner Zeitung stand«, sagte ich, »da hätte es einmal einen Anruf gegeben. Einen Anruf im Jugendamt. Einer der Buben war abends ausgebüxt und in einer Kneipe erschienen und hatte um Brot gebettelt, und einem der Gäste war aufgefallen, dass der Bub aussah wie ein Biafra-Kind, und der Mann hat sich zeigen lassen, wo es wohnt, und hat dann ...«

»Das ist eine Lüge«, unterbrach sie mich. »Das hat damals jemand behauptet, nur um in die Zeitung zu kommen. Wahrscheinlich haben die ihm sogar Geld dafür gegeben.« Sie drückte die kaum angefangene Zigarette aus und wischte mit dem Stummel im Aschenbecher herum, als müsse sie alle Lügen dieser Welt austilgen.

»An den Buben, der in der Kneipe gebettelt hat, erinnern sich mehrere Zeugen.«

»Was geht das überhaupt Sie an?«, fuhr sie mich an. »Wer gibt Ihnen das Recht, hierher zu kommen und mir solche Fragen zu stellen?«

Ich gab keine Antwort, sondern sah sie nur an. Sie versuchte, den Blick zurückzugeben, wandte sich dann aber ab, fast so, als sei sie erschrocken.

»Es macht Ihnen doch niemand einen Vorwurf«, sagte ich nach einer Weile. »Sie waren nicht befasst. Niemandem ist wirklich etwas passiert. Ich meine: niemandem, der wirklich wichtig ist. Gut, die Pflegeeltern kamen in den Knast. Die Zeitungen haben sich ein bisschen aufgeregt. Aber Ihr Mann? Kein Strafprozess, kein Disziplinarverfahren, *er war ja nicht befasst.* Haben Sie nicht auch als Zeugin vor Gericht aussagen müssen?«

Sie zündete sich eine zweite Zigarette an. »Ja«, antwortete sie gleichgültig. »Wegen dieses angeblichen Anrufs. Aber es hat niemand angerufen. Es hätte sonst ein Vermerk gemacht werden müssen. Mindestens. Er ...« – mit dem Daumen zeigte sie zu Halders Büro – »hat immer Vermerke gemacht. Und Aktennotizen. Wenn er nicht sein Eisenbahnspielzeug poliert hat, hat er Vermerke diktiert. Was nicht in den Akten steht, das gibt es nicht, hat er immer gesagt. Das glauben Sie nicht, dass ein Mensch so sein kann. Stur wie seine Spielzeugeisenbahn. Auf ganz kleiner Spur, aber immer den Vorschriften entlang. Jeden Tag bin ich mit einer Kassette aus dem Büro, da hat er mir die Vermerke und Aktennotizen und Verfügungen drauf diktiert, die ich zu Hause noch hab abtippen müssen. Aber von diesem Anruf, diesem angeblichen Anruf, war nichts da, kein Vermerk, keine Aktennotiz ...«

»Redest du mir wieder mal übel nach?« Von ihr unbemerkt war Otfried Halder an den Tisch gekommen. Er setzte sich. »Wenn du schon von diesen alten Geschichten anfängst, solltest du auch ein kleines bisschen von der Wahrheit übrig lassen.«

»Wie du meinst«, antwortete sie. »Ich hab dem Herrn nur erklärt, wie das damals war, diese Geschichte, du weißt schon. Aber wenn das nicht die Wahrheit ist, sag es ihm ruhig.«

»Hören Sie«, sagte Halder und wandte sich an mich. »Ich weiß nicht, warum Sie nach diesen Dingen fragen, aber da Sie es nun einmal getan haben, sollen Sie auch wissen, wie es wirklich war. Dass sie« – er deutete auf seine Ehefrau – »immer wieder mal Arbeit mit nach Hause genommen hat, das ist schon richtig. Und es ist auch richtig, dass der Schriftverkehr im gesamten Verwaltungsbereich enorm zugenommen hat. Das ist auch so eine Sache, die einem die Zornesröte ins Gesicht treibt: Alle prügeln auf die Beamten ein, aber niemand redet von den Politikern, die ohne Unterlass neue Gesetze auf die Bürger loslassen, ohne Sinn und Verstand. Trotzdem. Meine teuerste Gattin sollte Ihnen auch sagen, warum sie die Arbeit mit nach Hause genommen hat. Und wann. Nämlich immer dann, wenn das Töchterchen Daniela ein Problem hatte. Wenn sie angerufen hat, weil das Mittagessen in der Mikrowelle verkohlt war. Weil sie mit den Hausaufgaben nicht klar kam. Weil sie wieder mal einen Brechanfall hatte ...«

»Ich glaube nicht«, sagte seine Frau, »dass das diesen Herrn hier interessiert. Dass er wirklich wissen will, wie wenig Verständnis der ehemalige Leiter eines städtischen Jugendamtes für Kinder hat. Wie er sich hinter Akten und Vermerken verkrochen hat, um nur ja keines wahrzunehmen, um kein Kindergeschrei zu hören, keinen Kummer mit einer Heranwachsenden zu erleben ...«

»Was sagst du da!«, unterbrach sie Halder. »Mein ganzes Leben ...«

»Dein ganzes Leben waren Aktenvermerke und Spielzeugeisenbahnen«, sagte seine Frau. »Nichts sonst. Weil du nie erwachsen geworden bist ...«

»Es heißt nicht Spielzeugeisenbahn«, sagte Otfried Halder. »Es heißt Modelleisenbahn.«

Ich sah zu ihm. »Und Sie sind also ganz ohne Grund in die Zeitungen gezerrt worden? Warum? Wer tut so etwas?«

Er hob beide Hände leicht an und ließ sie wieder fallen. »Im Jugendamt machen Sie sich keine Freunde. Sie müssen Entscheidungen übers Sorgerecht treffen, über Heimeinweisungen, was glauben Sie, wie oft ich da schon bedroht worden bin!« Er lachte kurz auf. »Mehr als einmal hab ich gedacht, jetzt ist es soweit, jetzt rammt mir einer das Messer in den Bauch ...«

»In Wahrheit«, warf seine Frau ein, »hat er sich hinter seinem Schreibtisch versteckt. Und hinter den unglücklichen Frauen in seinem Vorzimmer. Nie ist ihm etwas passiert, nicht einen Kratzer hat er jemals abbekommen ...«

Wieder glitt ihr dieses kleine boshafte Lächeln übers Gesicht. »Und wollen Sie wissen, wie sein Ärger begonnen hat? Oder soll ich es dem Herrn nicht erzählen, Otfried? Ist es dir vielleicht peinlich?«

»Bitte, Liebes«, antwortete Halder, »tu dir keinen Zwang an.«

»Als es – als es passiert war«, sagte sie, »und dieses eine Kind gestorben war, da hat man ihn nicht erreicht, dabei hatte er gar keinen Urlaub, er war bloß weg, mit einer Spielzeugeisenbahn spielen ...«

»Ich habe keine Zeit, mit einer Modelleisenbahn zu spielen«, unterbrach sie ihr Mann, »und damals erst recht nicht. Sondern ich habe eine solche in einem Heim aufgebaut, dem ich es schon lange versprochen hatte.«

»Und ich«, sagte seine Frau, »ich musste der Polizei erklären, dass der Herr Amtsvorstand leider nicht zu erreichen sei. Glauben Sie, das war lustig? Da kommen Kripo-Leute und stehen im Büro herum und reden von einem Kind, das verhungert ist, und wollen wissen, was das Jugendamt gewusst und getan hat, und der Jugendamtsleiter spielt irgendwo mit der Spielzeugeisenbahn ...«

»Wir waren mit dieser bedauerlichen Sache nicht befasst«, sagte Otfried Halder. »Vergiss das bitte nicht.«

»Sicher«, sagte sie. »Entschuldige. Natürlich waren wir nicht befasst. Ich hatte nur die Kripo am Hals.«

»Sie waren damals noch nicht verheiratet?«, fragte ich.

»Nein«, gab er zurück. »Geheiratet haben wir erst, als ich in den Ruhestand trat. Vom Regen in die Traufe ...«

»Sie haben die Situation damals ja ganz gut gemeistert«, fuhr ich fort. »So etwas gibt doch für jede Ehe eine schöne, eine stabile Grundlage ab ...«

»Worauf wollen Sie hinaus?«, fragte Gudrun Halder ärgerlich und streifte die Asche von ihrer Zigarette ab.

»Es war ja eine glückliche Fügung, dass Sie damals noch nicht verheiratet waren«, sagte ich statt einer Antwort. »So waren es zwei Aussagen. Und beide haben bestätigt, dass es diesen Anruf nicht gegeben hat, Sie wissen schon, diesen angeblichen Anruf wegen des bettelnden Kindes ...«

Gudrun Halder stand auf, blieb dann aber am Tisch stehen. »Ich verstehe immer noch nicht.«

»Wenn Sie damals verheiratet gewesen wären«, erklärte ich, »wären die beiden Aussagen vielleicht nur als eine gewertet worden.«

Halder trank sein Bier aus und wischte sich mit dem Handrücken den Schaum vom Mund. »Warum reden Sie eigentlich ständig über Dinge, die es nie gegeben hat und die Sie nichts angehen?«

»Sie haben Recht«, sagte ich, »es hat keine Bedeutung. Der Fall von damals ist abgeschlossen, Sie wurden ein Paar – bis dass der Tod euch scheidet! – und leben nun friedlich in Halders Ruh. Möge sie ungestört bleiben. Und ich darf sagen, es gefällt mir sehr gut bei Ihnen. Diese Stille. Man kann in aller Ruhe tun, was einem aufgegeben ist. Ich fürchte nur, bei der kurzen Saison hier am See ist es für Sie nicht ganz einfach, auf Ihre Rechnung zu kommen.«

»Das braucht nicht Ihre Sorge zu sein«, antwortete Gudrun Halder.

Sie war langsam zum Tresen zurückgegangen, schaltete die Kaffeemaschine aus und leerte den Filter.

Ich bat um Entschuldigung. »Ich will Ihnen auch nicht zu nahe treten. Aber mir scheint, als könnte die Pension eine kleine Geldspritze gut gebrauchen. Eine Versicherung zum Beispiel, die jetzt ausbezahlt würde ... «

»Mein lieber Freund und Kupferstecher«, sagte Halder, »Sie nehmen den Mund ziemlich voll für einen, der hier zu Gast ist.«

»Ich dachte«, antwortete ich, »Sie hätten beide schon mal so einen Gedanken in der Brust bewegt. Vielleicht haben Sie in Ihrem Bekanntenkreis jemanden entdeckt, der jemanden kennt ... Aber vermutlich irre ich mich. Es ist nicht die gemeinsame Lebensversicherung. Nicht allein.« Ich drehte mich zu Gudrun Halder um. »Es ist die Erinnerung, nicht wahr? Die unerträgliche Erinnerung an das Kind, das noch leben könnte ...«

Gudrun Halder starrte mich an. Auf ihren Wangen hatten sich kreisrunde rote Flecken gebildet. Ich ließ ihren Blick los und sah zu ihrem Mann. Er hatte sich nach vorne gebeugt und betrachtete mich mit leicht geöffnetem Mund.

»Das ist ein komisches Spiel, das Sie hier spielen«, sagte er schließlich. »Hören Sie auf damit.«

Von der Seite seiner Frau kam ein leises, knisterndes Geräusch. Es waren die Lucky Strike. Sie hatte die Packung in der Hand zusammengeknüllt.

»Kein Spiel«, antwortete ich. »Wäre dies ein Spiel, würden wir uns etwas vormachen. Wir würden versuchen, uns über unsere Absichten zu täuschen. Aber jetzt müssen wir uns nichts mehr vormachen. Alle drei nicht.«

»Worüber, bitte, müssen wir uns nichts mehr vormachen?«, fragte Halder.

Ich sagte nichts.

»Wollen Sie Geld von uns?«, fragte seine Frau. »Wir haben keins. Und es gibt nichts, womit Sie uns erpressen ...«

»Das ist richtig«, unterbrach ich sie. »Sie haben kein Geld, keines mehr, schließlich hatten Sie zuletzt erhebliche Ausgaben. Sie beide hatten diese Ausgaben, verstehen Sie?«

Das Gesicht von Gudrun Halder war blass geworden. »Ich glaube, dass mich unser Gespräch jetzt doch etwas langweilt«, sagte sie und wich einen Schritt zurück, so dass sie mit dem Rücken zum Gläserschrank stand.

»Von welchen Ausgaben reden Sie?«, fragte ihr Mann.

»Sie haben morgen einen Vereinsabend«, sagte ich statt einer Antwort. »Damit Sie unbesorgt ein paar Bier trinken können, werden Sie mit dem Rad fahren. Dabei werden Sie den Weg über den Campingplatz nehmen, an der Landspitze vorbei. Sie werden, wie immer, ein oder zwei Bier zu viel trinken. Sie werden stürzen, und weil Sie keinen Schutzhelm tragen, sich an den Steinen der Böschung den Schädel einschlagen.«

»Was, Menschenskind, reden Sie da?«

»Ein passender Tod«, finde ich. »Die Steine an der Böschung sind ausgediente Grabsteine. Ihre Frau hat sich das so für Sie ausgedacht.«

Gudrun Halder hatte sich von ihrem Platz am Gläserschrank gelöst. »Sie entschuldigen mich.« Sie ging einige Schritte rückwärts zur Tür, den Blick starr auf mich gerichtet.

»Geben Sie auf die Treppe acht«, sagte ich. »Sie ist wirklich rutschig. Ihr Mann hat das andere auch schon wissen lassen. Morgen Abend, wenn er im Dorfkrug sitzt und sich ein Alibi mit einem guten Dutzend Zeugen antrinkt – morgen Abend also werden Sie die steile und rutschige Treppe zu Ihrem privaten Appartement hinaufgehen und schon ein wenig müde sein, und oben wird Ihnen ein Einbrecher einen Stoß versetzen, und Sie werden ins Straucheln kommen und hinterrücks die Treppe hinabstürzen und sich das Genick brechen.« Ich hob die Stimme. »Was glauben Sie eigentlich, wie mir diese Vorschläge blutiger Dilettanten auf den Geist gehen!«

Gudrun Halder stand an der Tür, den Blick noch immer auf mich gerichtet, und tastete mit der Hand nach der Klinke. Auch ihr Mann erhob sich. Er schien einen Entschluss gefasst zu haben. »Hören Sie auf mit diesem Geschwätz«, sagte er. »Sagen Sie, was Sie wollen und warum Sie hier sind, oder scheren Sie sich zum Teufel mit Ihren verdammten Reden!«

»Aber Sie wissen doch«, sagte ich, wieder freundlicher, »warum ich gekommen bin. Sie haben mich doch hierher bestellt. Sie beide, auch wenn der eine vom anderen nichts gewusst hat.« Ich holte mein Notizbuch aus der Jackentasche. »Am 5. Oktober waren Sie in der Stadt. Sie und Ihre Frau. Sie haben sich dann getrennt, gingen aber beide in die Städtische Bibliothek am Zeppelin-Platz. Freilich nicht zur gleichen Zeit, aber doch so, dass Sie sich fast die Klinke in die Hand gegeben hätten – das heißt, so viel ich weiß, hat die Stadtbibliothek eine Drehtür.« Nun stand auch ich auf und ging einen Schritt auf Gudrun Halder zu. »Sie erinnern sich doch? Sie haben mit der Frau gesprochen, die man dort im Lesesaal manchmal treffen kann...«

»Bleiben Sie mir vom Leib!«, schrie sie. Abrupt wandte sie sich um und rannte davon, mit schnellen trippelnden Schritten in spitzen Schühchen.

Ich ging ihr nach, für den Fall, dass sie telefonieren wollte. Zwar hielt ich das für unwahrscheinlich, aber man kann nie wissen. Doch dann war sie schon in der unbeleuchteten Rezeption verschwunden, Absätze klapperten über das Parkett und hasteten die Treppe hoch, ein Schritt klang anders als die anderen, eine Stimme schrie gellend auf, ein Körper polterte die Treppe hinunter.

In der erleuchteten Tür hinter mir erschien Otfried Halder und schaltete die Beleuchtung ein. Das Licht fiel auf Gudrun Halder. Sie lag am Fuß der Treppe, rücklings und seltsam verrenkt, mit hochgeschobenem Rock.

»Ist sie ...?«, fragte Halder und fuhr sich mit der Hand über den Mund.

»Nein«, sagte ich und machte eine Handbewegung, dass er schweigen solle.

Wir hörten ein Wimmern. Stöhnend tastete Gudrun Halder nach dem rechten Fußknöchel. Ich beugte mich über sie.

»Weg!«, schrie sie auf. »Gehen Sie weg, wagen Sie es nicht...« Sie hatte eine kräftige, gellende Stimme. Hilferufe schrillten durch das Haus.

Halder war neben mich getreten. Das heißt, nicht direkt neben mich. Ich glaube, er wollte zur Haustür. Jedenfalls packte ich ihn am Arm. »Sie werden mir helfen müssen.«

Keine Antwort. Aber er blieb stehen, und so ließ ich ihn wieder los. Seine Frau hatte zu kreischen aufgehört. Halb auf der Treppe liegend, starrte sie mich aus aufgerissenen Augen an.

»Hören Sie«, sagte ich zu ihr. »Sie brauchen Hilfe. Aber es gibt jetzt nur mich und Ihren Mann, die Ihnen helfen können. Niemand sonst.« Während ich es sagte, musste ich daran denken, dass es vermutlich auf der ganzen Welt keinen einzigen Menschen gab, von dem sie sich in diesem Augenblick weniger gern helfen ließ als von uns beiden. Aber man kann es sich nicht immer aussuchen. Ich kniete mich neben sie und nahm behutsam das Bein in beide Hände. Sie erstarrte, weil sie den Schmerz in dem Knöchel fürchtete.

»Lassen Sie mich«, flüsterte sie, »haben Sie denn überhaupt kein Mitleid? Bitte, rufen Sie einen Arzt...«

»Ach, Mitleid!«, antwortete ich. »Das lassen wir mal aus

dem Spiel.« Ich untersuchte den Knöchel, ich nahm an, sie hatte ihn verstaucht. »Und ob Sie wirklich einen Arzt brauchen, sollten wir vielleicht erst einmal klären.«

»Hören Sie«, sagte Halder, »Sie könnten doch ...« Dann sprach er nicht weiter.

»Ja?«

Er machte eine Bewegung, als wolle er auf seine Frau deuten. Ich schüttelte den Kopf. »Wir bringen sie jetzt nach oben«, sagte ich und ging zwei Schritte die Treppe hoch, um Gudrun Halder unter den Achseln aufzunehmen. Noch bevor sie meine Berührung spürte, krümmte sie sich und presste die Arme vor ihrem Körper zusammen.

Ich blickte Halder an. »Nehmen Sie sie an den Knien auf. Aber vorsichtig.«

»Ich weiß nicht, ob ich das tun soll«, antwortete er. »Ob das klug ist.«

»Sie sollten etwas mehr um das augenblickliche Wohlergehen Ihrer Frau besorgt sein«, erklärte ich. »Wenn ihr etwas zustößt, dann sind doch Sie dran. Für heute haben Sie nämlich kein Alibi.«

Widerstrebend bückte er sich, und wir hoben sie hoch. Sie war nicht schwer, aber bis wir sie die Treppen hoch zu dem Appartement im ausgebauten Dachstock getragen hatten, war Halders Gesicht rot angelaufen. Vor einer Glastür mit einem Sicherheitsschloss blieben wir stehen.

»Das ist ihr Appartement«, sagte Halder schnaufend. »Es wird abgeschlossen sein.« Wir setzten seine Frau ab, und ich bat um den Schlüssel.

»Ich will nicht ...«, sagte sie. Ich hielt ihr die Hand hin, und schließlich holte sie einen Schlüssel aus einer Rocktasche und gab ihn mir. Ich schloss auf, und wir trugen Gudrun Halder in ein Appartement, dessen Wohnraum im Schein einer indirekten Beleuchtung blau und silbern schimmerte. Ein französisches Bett stand mit aufgeschlagener rosenfarbener Decke da. Kaum hatten wir sie dort abgelegt, ging Halder rasch ein paar

Schritte zurück, schien sich dann aber eines anderen zu besinnen und blieb neben der Tür stehen.

»Holen Sie Handtücher für einen kalten Umschlag«, sagte ich. »Und Eiswürfel.«

Er sah mich nur an.

»Worauf warten Sie?«

»Handtücher sind hier im Bad. Aber Eiswürfel kann ich holen.«

Widerstrebend trollte er sich. Ich ging in das Bad, das lindgrün gekachelt war, nahm mir zwei Handtücher und hielt eines davon unters kalte Wasser.

»Bitte«, hörte ich eine kleine zaghafte Stimme sagen. Ich ging mit den Handtüchern zu Gudrun Halder zurück. Sie winkte mich näher zu sich heran, und ich beugte mich über sie.

»Sagen Sie mir, wenn Sie mehr Geld brauchen ... Ich hab noch ein Sparbuch.«

Ich schüttelte den Kopf. »Ich arbeite mit festen Tarifen. Und Sie haben schon bezahlt.«

Halder kam mit einer Schale Eiswürfel zurück. Gemeinsam legten wir Gudrun Halder einen Umschlag an, sie ließ es geschehen, wieder in dieser Erstarrung, als könne sie unsere Berührungen eigentlich nicht ertragen. Nur einmal, als ich den Knöchel berührte, schrie sie auf. Als wir fertig waren, trat Halder zwei oder drei Schritte zurück, bis er an der Türe war.

Seine Frau folgte ihm mit ihrem Blick. »Könntest du jetzt bitte mein Zimmer wieder verlassen?«, fragte sie dann mit klarer, normaler Stimme.

»Sicher«, antwortete er, rührte sich aber nicht.

»Geh!«

»Ja doch«, kam es von der Tür. »Gleich geh ich. Sag mir nur erst, was du mit diesem Mann da bereden willst.«

»Gar nichts«, sagte sie. »Nichts, was dich beunruhigen müsste. Dass er mich einen Arzt anrufen lässt.«

»Und da kann ich nicht dabei sein?«, fragte er. »Entschuldige, aber da muss ich lachen, das heißt, zum Lachen ist das eigentlich überhaupt nicht.« Er löste sich von der Tür und ging wieder zwei oder drei Schritte ins Zimmer hinein. »Mir kommt es erst jetzt, was hier eigentlich abgeht. Du warst bei dieser Frau, du hast diesen Menschen« – er deutete auf mich – »bestellt, du hast ihn engagiert, ja? Um mich umzubringen ... mich zwischen diesen Grabsteinen totschlagen zu lassen ...«

»Und du?«, fragte seine Frau mit sanfter Stimme. »Wen hast du bestellt?«

»Das ist ein Missverständnis«, sagte Halder eilig, »ich wollte jemand, der mir behilflich ist ...«

»Wobei?«

»Der mich berät«, sagte Halder entschlossen. »Das geht ja so nicht weiter. Ich wollte jemand, der herausfindet, wie das damals wirklich war, damals, als du mich hereingelegt hast mit dieser verschwundenen Aktennotiz ...«

Ich stand am Fenster, das einen weiten Blick nach Westen bot. Man sah den erleuchteten Himmel über der nächsten Stadt und die Lichter einer Lok, die über die Gleise der Eisenbahnlinie kroch. Die Waggons waren dunkel, ein später Güterzug.

»Ach ja, hereingelegt hab ich dich?«, hörte ich Gudrun Halder fragen. Plötzlich wurde ihre Stimme schrill. »Am Arsch wärst du gewesen, wenn ich mich nicht hingestellt und sieben Eide geschworen hätte, dass da kein Anruf war!«

»Plötzlich erinnerst du dich?«

»Damit du es weißt: Ich hab diesen Anruf nie vergessen!« Sie richtete sich auf. »Sonst sollte ich ja solche Leute abschütteln und fernhalten vom Herrn Dienststellenleiter, aber der Anrufer damals, der ließ sich nicht abschütteln, und so hab ich ihn durchgestellt, und wenn du nicht ein so seelenloser Bürokrat wärst, dann hättest du dich hinters Telefon geklemmt oder wärst selbst hingefahren und hättest jedenfalls etwas unternommen, aber nein!« Sie lachte. »Du hast ja deine Spielzeugeisenbahn aufstellen müssen. Muss man ja auch verstehen.«

»Wahr ist«, sagte Halder bedächtig, »dass ich sofort eine Aktennotiz diktiert habe. Eine Aktennotiz über das Gespräch und weiter eine Anweisung an die zuständige Sachbearbeiterin, die angegebene Adresse zu überprüfen.« Er sah zu mir. »Sofort zu überprüfen, ich erinnere mich genau, dass ich dem Vorgang höchste Priorität beigemessen habe.« Er kam einen Schritt auf mich zu und zeigte mit einer fast kumpelhaften Geste auf seine Frau. »Sie hat es versaubeutelt. Weil ich am nächsten Tag dienstlich unterwegs war, hätte sie die Aktennotiz und die Anweisung unterschreiben sollen und herausgeben ... Aber nichts ist geschehen, absolut nichts, als hätte ich ins Leere gesprochen.«

»Toll«, sagte sie, »du hast eine Aktennotiz diktiert. Das hast du zwar ständig getan, *aber nicht nach diesem Anruf*. Wenn du es wirklich getan hättest – warum hast du dann nicht nachgehakt? Da fragt man doch nach, wer ist jetzt zu der Adresse gegangen, und was ist mit diesem Kind? Da geht man doch nicht einfach darüber hinweg ...«

»Was soll ich denn tun, wenn es keinen Vermerk gibt, keine Aktennotiz, nichts?«, fragte er. »Es war kein Vorgang da, verstehst du? Du hast das einfach verschwinden lassen, hast keine Lust gehabt, was weiß ich! Der merkt es ja nicht, der Trottel, hast du dir gedacht ...« Wieder wandte er sich mir zu. »Dabei hat sie ja Recht gehabt, ich bin der Trottel, eingedeckt bis oben hin mit Vorgängen und Eingaben und Gutachten ...«

»Die Spielzeugeisenbahn nicht zu vergessen«, warf seine Frau ein.

»Eingedeckt mit Arbeit bis oben hin«, fuhr Halder ungerührt fort, »und wenn ein Vorgang dann plötzlich verschwindet, sich in Luft auflöst – sagen Sie doch, was soll unsereins da tun? Ohne Vorgang – da sind Sie hilflos, wie gelähmt, da sind Sie der Trottel, zu dem Sie die eigene Sekretärin gemacht hat.«

Aus dem Fenster sah ich, wie sich das Scheinwerferlicht eines Wagens durch die Hecken und Weiden entlang der Zufahrtsstraße schob. Am Bahnübergang blendete das Licht auf und wippte wieder herunter.

»Erwarten Sie Besuch?«, fragte ich.

Beide, Gudrun und Otfried Halder, sahen mich ratlos an.

»Dann ist es vielleicht die Polizei, die Ihre Tochter zurückbringt. Wenn es Ihnen recht ist, werde ich sie in Empfang nehmen.«

»Ich komm mit«, sagte Halder eilig.

»Auf keinen Fall«, fuhr sie hoch. »Das würde dir so passen – ich liege hier oben, krank, verletzt, mit gebrochenem Knöchel, und du kannst da unten der Polizei deine Lügengeschichten erzählen.«

»Ich halte das auch für keine besonders gute Idee«, sagte ich und holte aus meinem Jackett einen der beiden Umschläge heraus, die ich mitgenommen hatte. »In diesem Umschlag befindet sich das Geld, das Herr Halder für die Beratung gezahlt hat, wie er es nennt. Ein Einzahlungsbeleg mit seiner Unterschrift ist beigefügt.« Ich holte den zweiten Umschlag hervor und zeigte mit ihm auf Gudrun Halder. »Und das ist das Geld, das Sie einbezahlt haben. Ebenfalls samt Beleg. Anstiftung zum Mord bringt Ihnen mindestens fünf Jahre ein. Jedem von Ihnen.«

Ich ging zur Tür. »Überlegen Sie es sich gut, bevor Sie mit der Polizei reden wollen«, fügte ich hinzu und steckte die Umschläge wieder ein. »Wer den Knast nicht gewohnt ist, für den ist er eine fürchterliche Erfahrung.«

Halder war mir im Abstand einiger Schritte zur Tür gefolgt, mit einem merkwürdigen Ausdruck im Gesicht. Für einen Moment überlegte ich, ob er den Einfall hatte, mich anzuspringen und mir das Geld – oder jedenfalls das, das er gezahlt hatte – wieder abzunehmen. Abrupt drehte ich mich um und machte einen Schritt auf ihn zu. Erschrocken zuckte er zurück, das Gesicht plötzlich kalkweiß.

Ich verließ das Appartement, zog die Türe hinter mir zu und wandte mich zur Treppe. Hinter mir hörte ich das Einrasten der Türverriegelung. Es klang hastig, und ich stellte mir vor, wie Halder mit dem Rücken an der Tür lehnte, als hätte er nun alles Unheil ausgesperrt.

Heißt es nicht bei der kirchlichen Trauung, die Eheleute sollten sein wie *ein* Fleisch und einander beistehen in guten wie in schlechten Tagen?

Na also, dachte ich, stieg die Treppe hinunter, bückte mich hinter den Tresen der Rezeption und zog den Stecker der Telefonanlage heraus. Draußen hörte ich ein Auto vorfahren, ich ging hinaus und blieb unter der eingeschalteten Außenbeleuchtung stehen.

Es war ein Streifenwagen, er rollte aus und hielt direkt vor mir.

Ein Beamter stieg aus und legte grüßend die Hand an die Uniform-Mütze.

»Guten Abend – von den Eheleuten Halder ist niemand da?«

»Die haben sich schon zurückgezogen«, sagte ich. »Ein kleiner Unfall. Die Dame des Hauses hat sich den Knöchel verstaucht. Bringen Sie uns Daniela?«

Ich warf einen Blick in das Innere des Wagens. Eine dunkle Gestalt saß zusammengesunken auf dem Rücksitz.

»Ich bin übrigens sozusagen an allem schuld«, fuhr ich fort. »Ich hätte heute auf sie aufpassen müssen. Hat sie größeren Ärger gemacht?«

»Es geht«, sagte der Beamte. »Sie war mal wieder mit dieser Clique unterwegs, die sich auf dem Friedhof herumtreibt. Diesmal haben sie dort ein Feuer gemacht.«

»Das wird ja wohl noch ein Nachspiel geben.«

»Ja, das wird es.«

»Vielleicht lernt sie was daraus«, sagte ich. »Brauchen Sie meine Personalien?«

»Muss nicht sein«, antwortete der Beamte. »Wir haben heute schon genug Protokolle aufgesetzt. Es gibt Lustigeres, wissen Sie!« Er öffnete die Tür zum Fond des Streifenwagens und zog Daniela heraus. Sie wandte den Kopf ab, als sie mich sah. Vorsichtig berührte ich ihren Arm und schob sie ins Haus. An der Tür warf ich dem Beamten noch einen Blick zu.

»Ich wünsche Ihnen noch eine ruhige Schicht.«

»Danke«, sagte er, tippte wieder mit dem Finger an die Mütze und stieg ein. Der Streifenwagen wendete und fuhr auf der Zufahrt zurück.

Ich blieb mit Daniela in der Rezeption. Offenbar hatte sie Angst. Sie setzte zu einer Frage an, schwieg dann aber doch. Ihr Gesicht war rußverschmiert und die Augen auffallend groß.

»Kein Problem, nirgends«, sagte ich. Aus meiner Jacke holte ich meine Brieftasche und zeigte ihr einen Fünfziger. »Dafür will ich einen Kaffee und dass Sie mir noch einmal zuhören.«

Wir gingen in das Gastzimmer, wobei ich sie noch immer am Arm hielt, weil ihr Gang unsicher und schwankend war.

»Kaffee kann ich schon machen«, sagte sie mit verwaschener Stimme. Wir blieben an der Theke stehen, und ich sah ihr zu, wie sie sich fahrig an der Kaffeemaschine zu schaffen machte. »Ihnen auch eine Tasse«, sagte ich, als sie nach einigen Schwierigkeiten den Einsatz mit dem frischen Kaffeepulver in die Maschine eingepasst hatte. »Oder besser eine ganze Kanne.«

Ich stand am Fenster, während Daniela klirrend zwei Tassen aus dem Geschirrschrank heraussuchte. Der Vorhang war nicht zugezogen. Es war nachtfinster draußen, aber wenn ich mich näher an die Fensterscheibe beugte, sah ich die Lichterkette am anderen Ufer des Sees. Daniela sagte noch immer nichts. Irgendein Geräusch war merkwürdig. »Moment«, sagte ich und ging in die Rezeption und dort zur Treppe.

»Halder!«, rief ich nach oben.

Nichts.

Mit Schritten, die drei Stufen auf einmal nahmen, lief ich die Treppe hoch. Noch bevor ich auf halber Höhe war, huschten über mir leise Schritte zurück, eine Tür fiel zu und wurde hastig verriegelt. Ich blieb stehen und hörte, wie ein schwerer Gegenstand über den Teppichboden gestoßen oder geschleppt und gegen die Tür gewuchtet wurde. Halder war dabei, sich und seine Frau in dem Appartement zu verbarrikadieren.

Es war mir recht. Schweigend kehrte ich um und ging in den Gastraum zurück. Zischend lief die Kaffeemaschine warm. Daniela stand davor und wartete.

»Warum wollen Sie nicht, dass der runterkommt?«

»Wenn er Ihnen fehlt«, antwortete ich, »kann ich ihn ja holen.«

»Muss nicht sein.«

Das merkwürdige Geräusch war noch immer da. Schließlich begriff ich es.

»Wenn der Kaffee soweit ist, bringen Sie ihn mir in sein Büro. Ich will mir noch mal seine Eisenbahn ansehen.«

»Das hat er aber gar nicht gern.«

Ich antwortete, dass es darauf nicht mehr ankomme.

Ich ging in Halders Büro. Er hatte die Anlage ins Laufen gebracht und nicht wieder ausgeschaltet. Blausilbern rollte der TEE an Plieningen vorbei, das Krokodil der Schweizer Bundesbahn schob seine Beute durchs Neckartal, und die Zahnradbahn stieg von Degerloch nach Heslach hinab. Ich setzte mich ans Steuerpult und sah mich um. Neben mir stand ein wandhohes Regal mit sorgfältig aufgereihtem Werkzeug, mit Ersatztransformatoren, Lötkolben, mit Reinigungsspiritus, Klebstoff und Lackdosen. Außerdem gab es ein Kassettendeck mit integriertem CD-Player. Eine Weile lang studierte ich das Steuerpult, dann versuchte ich es und brachte glücklich den TEE zum Halt in Esslingen, und den roten Triebwagen aus den fünfziger Jahren schickte ich die Geislinger Steige hoch und weiter über die Alpenviadukte.

»Das wird ihn aber freuen, was Sie da treiben«, sagte Daniela, die in der Türe erschienen war, das Tablett mit zwei Portionen Kaffee in den Händen. »Wo soll ich den Kaffee hinstellen?«

»Hier neben das Pult. Und holen Sie sich einen Stuhl.«

Der Triebwagen schraubte sich durch eine Tunnelserpentine. Daniela war stehen geblieben, ihre Kaffeetasse in der Hand. Jetzt war es das SBB-Krokodil, das sich die Geislinger Steige hochschob.

Der Kaffee war ein wenig schwächlich geraten. Aber wenigstens war er heiß. Ich trank einen Schluck, Daniela nippte nur an ihrer Tasse.

»Wo ist eigentlich meine Mama?«

»Zu Bett«, antwortete ich. »Ich sagte doch, sie hat sich den Fuß verstaucht.«

»Und warum ist der da oben?« Sie machte eine Geste mit der Hand, als wolle sie das Büro und seinen Bewohner in eins nehmen.

»Hält ihr das Händchen. Das tun Eheleute so, wenn einer von ihnen leidend ist.«

Sie kicherte. »Sie sind ein komischer Vogel. Wie ist das mit Mama passiert?«

»Sie ist auf der Treppe ausgerutscht. Das kann passieren, wenn man es ein wenig eilig hat.«

Sie nippte wieder an ihrer Tasse und behielt sie in beiden Händen, als ob sie sich daran wärmen wollte.

»Wie haben Sie ihn vorhin genannt?« Mit dem Daumen deutete ich zu Halders Schreibtisch. »Einfach: der da?«

»Ich soll Vati zu ihm sagen«, antwortete sie.

»Aber das tun Sie nicht?«

»Er ist es ja auch nicht.«

»Aber mit Ihrer Mutter ist er schon länger zusammen? Länger, als sie verheiratet sind?«

Sie sah mich ablehnend an. »Wozu wollen Sie das wissen?«

»Sie haben Recht«, sagte ich. »Es geht mich nichts an.« Aus meinem Jackett holte ich die beiden Umschläge heraus, legte sie auf das Pult und nahm aus einem davon einen Hunderter.

Ich überlegte kurz, dann schob ich ihn unter das Gleis des Alpenüberganges, das sich an dieser Stelle leicht von der Unterlage anheben ließ.

»Was soll der Scheiß?«

»Ist mein Geld«, erklärte ich. »Kann ich mit machen, was ich will.«

Das Krokodil Ce 6/8 näherte sich dem Alpenpass. Ich holte mein Feuerzeug hervor und zündete den Hunderter an.

»Spinnen Sie jetzt?«

Eine kleine bläuliche Flamme leckte den Schein entlang und auf das Gleis zu. Ce 6/8 hatte die Passhöhe erreicht. Das Feuer war fast am Gleis angelangt, dann sackte die Flamme zusammen und erlosch. Das Krokodil rollte darüber hinweg und wieder hinab auf die Filder.

»Hat nicht funktioniert«, sagte ich und holte den nächsten Schein aus dem Umschlag.

»Hören Sie«, sagte Daniela. »Bevor Sie das Geld da abfackeln, können Sie doch mir was davon geben.« Ich sah sie an. Ihr Gesicht war fleckig, auf den Wangen hatte sich eine unregelmäßige Röte ausgebreitet.

»Wenn Sie wollen, bin ich dann auch ganz nett ...«, setzte sie an und ließ eine Reihe unregelmäßiger Zähne sehen, »ich meine, sagen Sie halt, was Sie dafür wollen.«

Ich knüllte den nächsten Schein zusammen und legte ihn auf den Esslinger Bahnsteig, neben den wartenden TEE und ein einsames Menschlein, das eine Aktentasche trug.

»Hören Sie doch!«, sagte Daniela und zupfte mich am Arm.

»Wie war das mit deiner Mutter und mit Halder?«, fragte ich.

»Ich war noch in der vierten Klasse«, antwortete sie, »da war er zum ersten Mal bei uns, an einem Sonntag, und meine Mutter war ganz fickrig deshalb, und ich hab eine lilafarbene Schleife im Haar haben müssen, das werde ich ihr nie vergessen. Und dann kam er immer öfter, und an Weihnachten hab ich sollen Vati zu ihm sagen.«

Ich holte einen weiteren Schein hervor und schob ihn ihr zu. »Wann hat das angefangen, dass deine Mutter Arbeit mit nach Haus gebracht hat?«

Sie verzog das Gesicht. »Sie war schon immer so panisch. Ich glaub einfach, sie ist im Büro nicht klar gekommen. Deshalb.«

Die Degerlocher Bergbahntrasse sah ein wenig kahl aus. Die Fünfziger haben ein Rot, das mich an irgendwelche Sträucher erinnert, die im Frühjahr blühen, und so steckte ich die Scheine, einen nach dem anderen, neben die Gleise der Zahnradbahn.

»Und die Arbeit, die sie mitgebracht hat – das waren Tonbandkassetten, die abgetippt werden mussten?«

Daniela sagte nichts. Sie starrte auf den Stuttgarter Fernsehturm.

Ich hatte begonnen, den Platz davor aufzufüllen.

»Und kam es dann vielleicht vor, dass beim Abhören der Kassetten ein Fehler passiert ist? Dass eine davon vielleicht gelöscht wurde?«

Keine Antwort.

»Vor ein paar Jahren, glaube ich, hast du mal Ärger gehabt. Und zwar Ärger wegen einer solchen Kassette. Du hast sie überspielt. Als es herauskam, hat deine Mutter ziemlich herumgetan. Es wird wohl ein wenig schrill gewesen sein.«

Noch immer starrte sie auf den Platz vor dem Fernsehturm, der sich weiter mit Geldscheinen füllte.

»Oder wer sonst hat die Kassette gelöscht?«

Ihr Blick löste sich widerwillig von den Geldscheinen. »Welche Kassette?«

Mir kam ein Gedanke. »Womit hast du's denn überspielt?«

»Weiß ich nicht mehr«, sagte sie gleichgültig. »Das ist Ewigkeiten her. Zwölf oder dreizehn war ich damals.«

Ich nahm den Hunderter, den ich gerade auf der Geislinger Steige platzieren wollte, und steckte ihn ihr zu. Sie nahm ihn gleichgültig.

172

»Das hat ja wohl nicht so besonders funktioniert mit dem Überspielen«, sagte ich dann. »Hast du dir das Teil dann später im Laden besorgt?«

Sie zuckte mit den Achseln. »Kann sein. Was machen Sie mit all dem Geld? Zünden Sie es an?«

»Hol mir die Platte«, antwortete ich. »Oder die CD. Ich will sie hören.«

»Der dreht hohl, wenn Sie das tun.« Sie kicherte.

»Holst du sie jetzt?«

»Sie wird Ihnen nicht gefallen.« Sie stand schwerfällig auf und ging in den Gastraum und weiter. Und während der Triebwagen und das SBB-Krokodil weiter ihre Kreise zogen und die Zahnradbahn von Degerloch nach Heslach hinabstieg und von Heslach nach Degerloch hochkletterte, verteilte und drapierte ich auch das Geld aus dem zweiten Umschlag. Gudrun Halder hatte – wie es eigentlich von beiden verlangt worden war – nur gebrauchte Scheine einbezahlt. Sie ließen sich auch besser zerknüllen.

»Ich hab's gefunden«, sagte Daniela. Sie lehnte am Türrahmen, eine CD mit einem dunklen, fast schwarzen Cover in der Hand. »Aber warum wollen Sie es hören? So Leute wie Sie können doch damit nichts anfangen. Spielen Sie doch lieber mit der Eisenbahn.«

»Gib sie schon her«, antwortete ich. Zögernd brachte sie sie mir.

»Ich hab dir von dem Buben erzählt, der an einem Novemberabend in einer Kneipe betteln ging«, fuhr ich fort und legte die CD ein. »Einer der Gäste hat dann das Jugendamt angerufen. Und weißt du, mit wem er gesprochen hat? Mit dem guten Onkel Halder hat er gesprochen, und der Onkel hat einen Vermerk diktiert, auf Band ...«

»Hören Sie auf«, unterbrach sie mich. »Sie nerven bloß. Ja. Ja. Ja. Ich war's. Ich hab das blöde Band gelöscht. Kommen Sie sich toll vor, wenn Sie mir das auf die Nase binden? Dass meine Mama mich mit dem Kleiderbügel geschlagen hat, bis er abgebrochen ist, davon reden Sie nicht, das interessiert keine Sau ...«

»Wann war das?«

»Weiß ich nicht mehr ...«

»Gleich danach oder wann?«

Sie lachte verächtlich. »Erst hat sie's ja gar nicht gemerkt. Aber irgendwann ist sie Mittags schon aus dem Büro gekommen und in mein Zimmer, mit einem Gesicht, als ob sie nicht mehr gescheit ist, und hat meine Sachen und meine Platten und meine Kassetten durcheinander geworfen und geschrien, in einem fort geschrien ... Irgendwann hat sie dann die eine Kassette gefunden.« Sie schniefte durch die Nase. »Aber dann war sie so gestört, dass sie sie erst gar nicht in den Rekorder gebracht hat. Und wie dann bloß die Musik drauf war, ist sie vor Wut mit dem Kleiderbügel auf mich los, das vergess ich ihr auch nicht, und als der Bügel abgebrochen war und sie nicht mehr schlagen konnte, weil ihr der Arm wehgetan hat und sie doch immer Sehnenscheidenentzündungen bekommt, da hab ich schwören müssen, dass ich niemand jemals etwas von dem Band erzähl, schon gar nicht dem Halder, auf den Knien hab ich das schwören müssen ...«

Ich startete den CD-Player. Aus der Spitze des Bahnhofsturms, unter dem sich drehenden und leuchtenden blauen Stern, erklang eine Art Trauermusik, süßlich und synthetisch zugleich, dann hörte ich eine helle kühle Frauenstimme:

»Wer reitet so spät durch Nacht und Wind?
Es ist der Vater mit seinem Kind;
Er hat den Knaben wohl in dem Arm,
Er fasst ihn sicher, er hält ihn warm ...«

Ich habe den Erlkönig noch nie leiden können, und so drehte ich den Ton leiser.

»Ich sagte Ihnen doch, dass es Ihnen nicht gefallen wird«, sagte Daniela. Plötzlich lachte sie. Eigentlich war es nur ein abgewürgtes Kichern. »Wissen Sie, was ich jetzt am liebsten täte? Am liebsten würd ich das hier anzünden und zusehen, bis es richtig brennt und alles abgefackelt wird, dass diese ganze Scheißpension mit draufgeht ...«

»Reicht der tote Junge nicht?«

»Ich will das nicht hören.« Sie hielt sich die Ohren zu. »Immer diese Mitleidsgeschichten. Von dem Schreihals, der um Brot bettelt. Was geht mich dieses Gör an? Oder das andere?« Sie nahm die Hände wieder von den Ohren. »Meinen Sie, ich lese nicht auch Zeitung? Oder wir hätten auf dem Schulhof nicht darüber gesprochen?« Sie verzog das Gesicht, als ob sie jemanden nachäffen wolle. »Hey du, deine Alte schafft doch auch beim Jugendamt, wo sie die Kinder verhungern lassen ...« Die Grimasse verschwand. »Okay, das eine Kind war richtig tot, und das andere auch nur noch halb am Leben, als man es gefunden hat. Wie viele Kinder verhungern jeden Tag in Bangladesh? Außerdem mag ich keine Kinder. Je mehr verrecken, desto besser für sie. Dann sind sie aufgehoben. Dann kann ihnen keiner was.«

Ich stand auf. »Das Geld da gehört dir«, sagte ich. »Steck es ein oder lass es stecken, wie du willst. Du kannst es auch deiner Mutter bringen oder dem Halder oder beiden. Sie sind ja oben, und wenn ich weg bin, werden sie dir irgendwann aufmachen, dann seid ihr wieder zusammen, eine glückliche Familie im Haus am See.«

Ich warf noch einen Blick auf die Anlage, die Züge zogen ihre Kreise, und aus dem Lautsprecher wehte die kühle Stimme:

»... Erreicht den Hof mit Müh und Not;
In seinen Armen das Kind war tot.«

Ich holte mein Gepäck und horchte noch einmal nach oben. Aber aus Gudrun Halders Appartement war nichts zu hören. Schweigend vereint, hinter der mit dem Toilettentisch verbarrikadierten Türe, warteten die Eheleute darauf, dass ich das Haus verließ.

Eine halbe Stunde später hielt mein Wagen mit laufendem Motor auf den Anhöhen über dem See. Tief unter mir kroch ein später Zug durch die Nacht. Dahinter sah ich noch einmal »Halders Ruh«. Die Fenster im Erdgeschoss und im Treppenhaus waren hell erleuchtet. Es war ein rotes, ein unruhiges Licht.

Ich tastete nach meinem Feuerzeug und fand es nicht. Ich hatte es wohl an Halders Steuerpult liegen gelassen.

Ich stieg wieder in meinen Wagen und startete. Aus dem Seitenfenster sah ich, wie das rote Licht in »Halders Ruh« aus dem Treppenhaus schlug und zum Dachgeschoss hochleckte.

Ein Herz für Moldawien

Die Schatten sind länger geworden, aber noch immer ist es frühsommerlich warm. Im Nachbargarten schrappt ein Rasensprenger, und von der Villa unten an der Bürg hört man die dumpf hallenden Aufschläge eines Tennisspieles. Heidelinde steht gebückt am Westhang unterhalb der Kiefer, eine verbeulte Aluminiumkanne am linken Arm baumelnd, und sucht unter den Sträuchern und Gräsern des Hanges nach Erdbeeren. Es sind Walderdbeeren, kleine rote Punkte, halb verborgen unter dem dunklen Grün der gezackten Blätter, sie haben sich ganz ohne ihr Zutun in den letzten Jahren ausgebreitet. Vielleicht auch haben die Amseln dafür gesorgt, manche der Beeren sehen ziemlich mitgenommen aus, wie von Schnabelhieben traktiert, überhaupt kann man nur staunen, wie sich die Amseln auf dem Grundstück breit machen, zweimal im Jahr brüten sie unter dem Dachvorsprung der Gartenterrasse, zornig zeternd, wenn Heidelinde es trotzdem wagt, dort den Frühstückstisch zu decken.

Nicht alle Beeren sind schon reif, und in der Kanne bedecken sie gerade den Boden. Aber für eine Schale mit Milch wird es reichen, Patrick mag das, er hat es immer gemocht. Er muss inzwischen gekommen sein, vorhin hat sie das schleifende Geräusch gehört, mit dem das Garagentor geöffnet und geschlossen wurde. Nur das war zu hören, kein Motorengeräusch. Also kann es nicht ihr Mann sein. Außerdem hat Christoph eine Sitzung des Verwaltungsrats und wird erst spät zurückkommen.

Im Badezimmer der Dachwohnung wird die Dusche angestellt. Zu dumm, denkt Heidelinde, ich hätte ihn fragen sollen, ob er mit mir schwimmen geht, nur ein paar Bahnen im Jordanbad ... Ja, ich weiß. Ergeben blickt sie zur Kiefer hinauf. Wenn er erst eine feste Freundin hat, ist das alles sowieso kein Thema mehr. Außerdem muss sie heute Abend noch zu der jungen Frau in der Sternberg-Siedlung. Wenn das nur wieder keine Sperrmüll-Entsorgung gibt!

Sie geht einen Schritt weiter den Hang hinauf, schiebt die buschigen Äste kleinwüchsiger Koniferen zur Seite und hebt behutsam die Ranke eines Wildrosenbuschs. Viel zu dicht ist das alles gepflanzt, wie oft hat sie das schon gedacht! Sie hat zwar zwei Männer im Haushalt, aber damit darf sie keinem von beiden kommen.

Zwischen dem Gebüsch findet sie nur noch wenige Erdbeeren, und die meisten davon sind nicht reif, sie hatten zu wenig Sonne hier oben. Sie tritt ein wenig zur Seite und bückt sich noch einmal, eine Beere leuchtet rot und verlockend, sie greift zu und fährt dann entsetzt zurück, kupferbraun zuckt etwas und ringelt sich unter den Blättern und verschwindet.

»Die Mutsch hat sich erschreckt?«

Heidelinde dreht sich um. Noch immer spürt sie den Kälteschauer, der ihr über die Arme gekrochen ist.

Patrick steht unterhalb des Hangs, er trägt Jeans und ein frisches weißes Hemd und trocknet sich die Haare ab.

»Du hast geschrien, weißt du das?«

»Hab ich das?«, fragt Heidelinde zurück. »Peinlich. Aber da war so etwas, so ein braunes und glänzendes Ding« – wieder schaudert es sie –, »das kroch unter den Blättern davon, wir werden doch keine Schlangen im Garten haben?«

»Mutsch!«, antwortet Patrick und schüttelt sich die langen dunklen Haare. »Was du gesehen hast, ist eine Blindschleiche gewesen, warte mal ...«

Er steigt langsam den Hang hoch, mit suchendem Blick.

»Untersteh dich!«, sagt seine Mutter heftig. »Du bringst mir dieses Tier nicht an, und aus der Nase ziehst du es mir auch nicht!«

Patrick dreht sich zu ihr. »Blindschleichen stehen unter Naturschutz, weißt du das nicht? Das wäre ganz sicher verboten, wenn ich sie dir aus der Nase ziehen würde.« Er macht einen Schritt auf sie zu und hebt seine Hand, als wolle er ihr Gesicht berühren. Über seiner Nasenwurzel hat sich eine scharfe Falte gebildet, seine Augen sind dunkel, prüfend, nachdenklich. Der Magier, denkt seine Mutter und versucht, kein zu erwartungsvolles Gesicht zu machen.

Er zeigt ihr seine offene Hand. Sie ist leer. »Dabei hätte ich dir so gerne etwas mitgebracht ... Aber du siehst, ich habe leider nichts.« Ein paar Mal dreht er die Hand hin und her. Sie ist noch immer leer.

»Jetzt keine Blindschleichen, bitte!«

Das kam etwas zu schrill, sagt sich Heidelinde und betrachtet die Hand ihres Sohnes, diese langen Finger mit den schmutzigen Nägeln, die irgendwie die Form eines Spatels haben, diese Hand, die keine Kinderhand mehr ist und noch nicht die eines erwachsenen Mannes. Sonst mag sie es, wenn er ihr seine kleinen Zaubertricks zeigt, auch wenn sie längst weiß, wie jeder einzelne funktioniert.

»Ich hab vergessen, dir was mitzubringen«, antwortet Patrick. »Oder doch nicht?« Er schließt die Hand und öffnet sie wieder. Ein schon etwas vertrocknetes blassblaues Blümchen liegt darin. »Ein Vergissmeinnicht. Ich glaube, es ist aus dem Wald.«

»Oh!«, sagt Heidelinde und gibt ihrer Stimme einen überraschten Klang, »das ist aber lieb von dir. Weißt du, manchmal denke ich, weil ich so viel nörgeln muss, wirst du mich eines Tages noch in einen Drachen verwandeln.« Noch immer fühlt sie sich ein wenig unsicher, als stecke ihr ein Nachhall des Schreckens von vorhin noch in den Knochen.

»Ach, da hab ich noch gar nicht dran gedacht«, sagt Patrick und tut erstaunt. »Aber weißt du, Drachen speien Feuer, und vielleicht hast du das dann nicht so ganz unter Kontrolle, wenn du zum Beispiel den Herrn Leitenberger siehst oder den Pfarrer Nöhl ... und dass Pa und ich Ärger mit der Feuerwehr und der Polizei bekommen, das kannst du doch auch nicht wollen ...«

Heidelinde muss lachen. »Da kannst du allerdings Recht haben. Ich wäre als Drächin nicht gut zu haben.«

Patrick löst den Blick von ihr. »Übrigens – wenn ich das mit dem Drachen erst mal zurückstelle, wäschst du mir dafür meine Bermudas und das T-Shirt? Die sehen ziemlich übel aus, und ich übrigens auch.« Er schiebt den linken Ärmel seines Shirts zurück, über den Unterarm ziehen sich zwei Schrammen. »Ich bin in eine Brombeerhecke gefallen. Lustig, was?«

»Um Gottes Willen!«, meint Heidelinde. »Was treibt ihr eigentlich im Storchennest? Muss ich da auch noch nach dem Rechten sehen?«

»Das tust du sowieso, und zwar andauernd«, antwortet Patrick. »Aber es ist nicht dort passiert. Die haben mich um drei nach Hause geschickt. Ich war noch mit dem Bike im Wald, das Kräutlein Vitzliputzli suchen.« Er sieht sie wieder an, ernsthaft, wieder mit der scharfen Falte über seinen Augenbrauen. »Ich war nicht sehr erfolgreich, glaube ich.«

Drinnen im Haus schlägt das Telefon an.

»Ich geh schon«, sagt Patrick. Seine Mutter sieht ihm nach, wie er bedächtig, nach vorne gebeugt, zum Haus zurückläuft. Noch immer hat sie das abgeblühte Vergissmeinnicht in der Hand. Dass er sich aufrechter halten und die Schultern zurücknehmen soll, sagt sie schon lange nicht mehr. Vielleicht kann einer, der so hoch aufgeschossen ist, gar nicht anders durchs Leben gehen – immer auf der Hut, nicht mit dem Kopf gegen den Türrahmen zu stoßen.

Sie sieht noch einmal in die Aluminiumkanne. Die Ausbeute ist wirklich bescheiden. Aber für heute muss es genug sein. Außerdem will sie den Besuch am Sternberg hinter sich bringen. Im Nachbargarten wird der Sprenger verstellt, so dass er nun die Bäume am Hang besprüht. Unten am Bach haben sie mit dem Tennisspiel aufgehört, Zeit für einen Drink und das Klirren der Eiswürfel. Von der Umgehungsstraße hört man ein Martinshorn. Vermutlich ein Unfall an der Haynbucher Steige.

Patrick kommt auf die Terrasse zurück, das tragbare Telefon in der Hand, und geht schweigend über den Rasen auf sie zu. Als er ihr den Hörer gibt, zieht er eine Grimasse.

»Gabler«, meldet sich Heidelinde.

»Ja, hier ist der Störenfried«, sagt eine Stimme, in der ein Anklang von Schnupfen sich unangenehm mit Augsburger Schwäbisch mischt, »ganz sicher sitzen Sie gerade beim Kaffee, auf der Terrasse, nicht wahr? Ich hab's dem Herrn Sohn an der Stimme angehört ...«

»Guten Tag, Herr Leitenberger«, antwortet Heidelinde ruhig, »wir sitzen nicht beim Kaffee, und Sie haben sicher einen Grund, warum Sie anrufen.«

»Es ist so«, fährt Leitenberger fort, »es hat sich da eine glückliche Fügung ergeben ...«

Die glückliche Fügung besteht darin, dass Leitenberger ein gebrauchter amerikanischer Transporter angeboten worden ist, ein Pick-up ...

»Keine achtzigtausend auf dem Tacho, sehr guter Zustand, also, es ist genau das, was Antonescu immer haben wollte, um zum Markt nach Chisinau ...«

»Ich weiß, was unser Freund Antonescu will«, antwortet Heidelinde nicht ohne Schärfe, »er ist mir auch lang genug damit in den Ohren gelegen. Aber erstens können wir der Genossenschaft keinen Transporter schenken, und wenn wir ihn ihr schenken würden, könnte die Genossenschaft das Benzin oder den Diesel gar nicht bezahlen, die Handelsspanne wirft das nicht ab.«

Sie bricht ab und atmet durch. Diesen Ton schlägt sie nur ungern an, aber manchmal muss es sein. Von ferne hört sie noch immer das Martinshorn, so, als ob es aus dem Dorf käme.

»Ja, das dachte ich schon, dass Sie das sagen«, fährt Leitenberger fort, »aber mit dem Pick-up wären sie zwei Stunden früher auf dem Markt, sie könnten ganz frische Ware anbieten, und überhaupt könnten sie das Auto als Sammeltaxi einsetzen, wenn einer ins Bezirkskrankenhaus muss, so was ist doch auch ein Stück Lebensqualität, dass man die Angehörigen besuchen kann...«

»Sicher wäre es das«, unterbricht ihn Heidelinde, »aber unsere Hilfsaktion kann nicht einfach ein Auto finanzieren, und im Augenblick haben wir auch kaum mehr Sachen, die wir mitgeben könnten... Und Sie – Sie waren ja erst vor drei Wochen unten, da können Sie sich doch auch nicht schon wieder beim Arbeitsamt abmelden?«

»Ach«, meint Leitenberger, »glauben Sie wirklich, wenn ich eine Woche weg bin, da prügeln sich die Leute plötzlich um einen arbeitslosen Bauingenieur? Wenn Sie mit meiner Sachbearbeiterin reden, geht das schon in Ordnung...«

»Das war schon beim letzten Mal etwas merkwürdig«, antwortet Heidelinde, »die wollte nämlich wissen, ob das eine Art feste Beschäftigung ist, diese Fahrten nach Moldawien.« Sie gibt sich einen Ruck. »Jedenfalls kann ich Ihnen im Augenblick überhaupt keine Zusage machen, nichts, worauf Sie sich berufen können. Ich muss erst mit Pfarrer Nöhl sprechen, und überhaupt: Was soll dieses Auto denn kosten?«

Leitenberger murmelt etwas von zwölftausend.

»Zwölftausend Euro, ja? Und was kommt an Überführungskosten und Spesen dazu? Also, mein lieber Herr Leitenberger, das ist mir im Augenblick völlig schleierhaft, wie sich das finanziell darstellen soll. Ich ruf Sie wieder an.«

Sie schaltet das Telefon aus und steckt es in die Tasche ihres Jeansrocks.

»Du sollst dem armen Mann sein Geschäft nicht ruinieren«,

sagt Patrick, der einige Schritte abseits gewartet hat. »Der hat sonst nichts.«

»Was für ein Geschäft?«

»Seinen Gebrauchtwagenhandel«, antwortet Patrick. »Die Autos, mit denen er die Hilfslieferungen nach Moldawien karrt, verkauft er erst euch. Da unten verscherbelt er sie dann das zweite Mal. Auf dem Schwarzmarkt. Für ihn ist das wie eine Lizenz zum Gelddrucken.«

»Du sollst nicht so hässlich daherreden«, sagt Heidelinde und geht über den Rasen zum Haus zurück. »Wenn er Autos verkauft hat, war der Erlös für die Genossenschaft bestimmt, und bei diesem Ding, diesem Transporter, wäre es jetzt auch so.«

»Du willst sagen, dass der Transporter für den Sekretär Antonsowieso bestimmt ist«, erwidert ihr Sohn. »Klar, dass Leitenberger mit dem teilen muss ... entschuldige, wenn ich mitgehört habe.«

»Ich entschuldige viel, aber nicht, dass du so schlecht über andere Menschen redest«, gibt Heidelinde zurück. »Ich habe auch so meine Probleme mit dem Herrn Leitenberger, aber ohne ihn hätten wir nicht so helfen können, wie wir's getan haben.« Auf der Terrasse bleibt sie kurz stehen. »Die Erdbeeren zum Abendbrot, ist das okay?«

Patrick hat schon ein paar seiner kleinen bunten Jonglierbälle in der Hand und beginnt, sie einen nach dem anderen hochzuwerfen und wieder aufzufangen. Doch schon der dritte fällt ihm auf den Boden.

Sonst passiert ihm das nicht, denkt Heidelinde.

Das Haus am Sternberg ist einer von den Bungalows, die der Bauunternehmer Rothermel dort hingestellt hat und von denen Heidelinde Gabler vermutet, dass er sie um mindestens 100 000 Euro zu teuer verkauft hat. Die Frau, die Heidelinde herbestellt hat und ihr jetzt beim Einladen hilft, ist eine von diesen großen blonden Frauen, deren Gesicht früh einen harten Zug bekommt. Ein kleines Mädchen sieht misstrauisch zu, das ebenfalls blonde Haar in der Mitte gescheitelt und zu zwei Zöpfen zusammengebunden, die links und rechts des Kopfes abstehen.

»Auch Kindersachen?«, fragt Heidelinde und blickt etwas zögernd auf den Stapel frisch gewaschener und gebügelter bunter Baumwollhemdchen und Schlüpfer, den die blonde Frau ihr hinhält.

»Für Angela ist das alles schon wieder zu klein«, sagt die junge Frau, »Sie glauben ja nicht, wie die im letzten Vierteljahr gewachsen ist, und zum Wegwerfen ist es wirklich zu schade, sehen Sie doch selbst ...«

Gebrauchte Hemdchen und Schlüpfer, Ladenpreis neu 3,95 ... das lohnt den Transport eigentlich nicht, denkt Heidelinde, beim besten Willen nicht. Aber ist das nicht ziemlich arrogant? Eine junge Mutter in Moldawien ist vielleicht froh um den Stapel, außerdem gibt es das Kinderheim in der Bezirkshauptstadt, auch wenn Heidelinde dort nur ungern hingeht, vielleicht zögert sie deshalb. Aber Spenden weist man nicht ab, selbst bescheidene nicht, es sei denn, es klafft bereits die schiere Unverschämtheit aus abgelaufenen Schuhen und fadenscheinigen Mänteln.

»Doch«, sagt sie und nickt, wie abwägend, »wir finden sicher jemand, der dafür dankbar ist ...«

Mit Hilfe von Angelas Mutter verstaut sie den Stapel im Laderaum ihres Kombi, über den Winterpullovern, die nach Après-Ski von vor drei Jahren aussehen, neben einem nicht mehr ganz neuen Trenchcoat, frisch aus der Reinigung. Außerdem hat die junge Frau – sie ist mit einem der Schröttinger-Ingenieure verheiratet – sich von einigen Prêt-à-porter-Kreationen getrennt, schweren Herzens, wie Heidelinde vermutet, und erst, als gar keine Hoffnung mehr bestand, jemals wieder in eine davon hineinzukommen.

»Wir danken Ihnen sehr«, sagt Heidelinde, als sie die Heckklappe herunterdrückt, »auch im Namen unserer Schützlinge.« Sie lächelt die junge Frau an. »Wissen Sie, was wir da machen, ist sicher nur ein Tropfen auf den heißen Stein. Aber wenn wir Frauen es nicht in die Hand nehmen, dann geht ja gar nichts voran auf dieser Welt ...«

Angelas Mutter erwidert das Lächeln, aber es sieht ein wenig ratlos aus.

»In 14 Tagen wollen wir in der Kirchengemeinde einen Abend über unsere kleine Hilfsaktion machen«, fährt Heidelinde fort, »ein paar Dias, nicht zu viele, zwanzig Minuten, ein kleiner Imbiss ... Es würde mich freuen, wenn Sie dazukämen.«

»Sie müssen wissen«, antwortet die junge Frau, »wir haben es nicht so mit der Kirche. Aber diese Hilfsaktion, die finden wir richtig. Und ich kenn Sie ja vom Kindergarten, vom Storchennest. Ihr Sohn macht jetzt dort seinen Zivildienst, nicht wahr? Angie ist sehr beeindruckt von ihm, ich glaube, manchmal hat sie sogar ein bisschen Angst vor seinen Zaubertricks, dabei macht er das ja ganz reizend ...«

Heidelinde hat aufgehorcht. In dem Gerede der jungen Frau ist ein Unterton, der ihr nicht gefällt.

»Ja, ich bin gar nicht so glücklich darüber«, antwortet sie vorsichtig. »Aber verstehen Sie – ich bin vom Kirchengemeinderat zur Vorsitzenden des Kindergartenausschusses bestellt worden, und dass wir einen Zivi bekommen, darauf sind wir wirklich angewiesen, sonst sind die jetzigen Gebühren nicht zu halten. Und sagen Sie selbst – wenn nur eine einzige Bewerbung vorliegt, soll ich da sagen, nein, das ist mein Sohn, den können wir nicht nehmen?«

»Ich bitte Sie!«, antwortet Angelas Mutter, »es schwärmen ja alle von Patrick, er hat wirklich ein Geschick, mit Kindern umzugehen, ganz bestimmt, er sollte das zu seinem Beruf machen ...«

Ein Handy jault auf, die junge Frau holt es aus ihrer Hosentasche und meldet sich. Aus dem Hörer dringt ein Wortschwall, die junge Frau sagt nichts, nur ihre Augen – die noch auf Heidelinde gerichtet sind – werden groß und starr. Dann wendet sie sich zu ihrer Tochter und nimmt sie an der Hand, mit der anderen noch immer das Mobiltelefon am Ohr.

»Ja«, bringt sie schließlich heraus, »hoffentlich ... ich werde aufpassen, was glaubst du denn ...« Dann steckt sie das Handy weg. »Entschuldigen Sie bitte einen Augenblick«, sagt sie zu Heidelinde, »ich bring nur mal Angela nach oben, da ist ...« Und zu ihrer Tochter: »Komm jetzt bitte mit!« Sie verschwindet mit Angela im Haus.

Heidelinde zuckt mit den Schultern, schließt die Ladetür und geht zum Fahrersitz. Im Tal unten sieht sie das Dorf, die braunroten geflickten Dächer der alten Bauernhäuser, die sich um den Kirchturm mit seinen glasierten Ziegeln gruppieren, und wiederum darum ausgebreitet die leuchtend roten Ziegeldächer der Neubauten, die sich die Hänge um den Dorfkern herum hinaufziehen, und die Baumreihe, die sich entlang der Bürg nach Westen schlängelt, bis Baumreihe und Fluss im dunklen Grün des Hardtwaldes verschwinden. Auf der Umgehungsstraße zuckt schon wieder Blaulicht, nähert sich und biegt zum Dorf ab, es ist einer dieser Einsatzwagen der Polizei, von denen Patrick sagt, sie hießen Wannen.

Heidelinde will gerade einsteigen, als sie hinter sich noch einmal Angelas Mutter hört. »Entschuldigen Sie, dass ich so abrupt weggelaufen bin ...« Sie kommt an den Wagen. »Aber ich wollte vor Angela nichts sagen«, fährt sie flüsternd fort, »da ist nämlich ein Kind verschwunden, die Julia, sie ist aus der gleichen Kindergartengruppe wie Angela ... Ist es nicht schrecklich? Ich hab sofort an das Mädchen denken müssen, das vor einem Jahr oder zweien in Haynbuch verschwunden ist. Man hat es nie gefunden.«

Julia?, überlegt Heidelinde. Ihres Wissens gibt es mindestens drei Julias im Storchennest. »Sie wissen nicht den Nachnamen?«

»Ich kenn die Mutter«, antwortet die junge Frau, »aber ich weiß nur, dass sie unten im Dorf wohnt, oberhalb von dem alten Backhaus ...«

Vom Tal her hören die beiden Frauen eine Lautsprecherdurchsage. Aber sie ist zu weit entfernt, als dass sie sie hätten verstehen können.

»Oh Gott«, sagt die junge Frau und rennt ins Haus zurück.

Heidelinde steigt in den Wagen und startet den Motor. Wenn das so weitergeht, denkt sie, bricht bis zum Abend die absolute Panik aus. Sie fährt den Sternbergweg hinunter, nach einer Kurve sieht sie vor sich einen Streifenwagen mit einem Lautsprecher. Sie hält an und lässt das Seitenfenster herunter.

»Hier spricht die Polizei«, hört sie eine Männerstimme, »gesucht wird die fünfjährige Julia. Sie ist dunkelhaarig, trägt einen Pferdeschwanz, blaue Jeans und einen gelben Pullover. Wenn Sie Julia gesehen haben oder etwas über ihren Verbleib wissen, rufen Sie bitte an ...«

Heidelinde lässt den Polizeiwagen vorbei, dann fährt sie weiter zum alten Backhaus und parkt halb auf dem Radweg, weil sonst kein Platz frei ist. Wo Julia wohnt, wird ihr sofort klar. Vor einem Häuschen aus den fünfziger Jahren, dessen Fassade und Fensterläden frisch gestrichen sind und an dessen Fenstern Scherenschnitte von Puppen und Teddybären kleben, stehen ein weiterer Streifenwagen und der Einsatzwagen, vermutlich der, den sie vom Sternberg aus gesehen hat. Sie erinnert sich. Krummholtz heißen die Leute, Julias Mutter ist eine kleine nervöse Person, ein wenig überfordert, weil sie außer Julia noch zwei jüngere Buben hat, ein Zwillingspaar. Nicht nur ein wenig überfordert, korrigiert sie sich.

Sie überlegt kurz, dann steigt sie aus und geht zu dem Streifenwagen, an dessen Steuer ein Beamter sitzt und offenbar nichts zu tun hat. Das Seitenfenster ist heruntergelassen.

»Guten Tag«, sagt sie, »mein Name ist Heidelinde Gabler. Sie sind wegen der kleinen Julia hier. Kann ich Ihnen meine Hilfe anbieten?«

Der Polizist schreckt hoch. »Haben Sie sie denn gesehen, oder haben Sie sonst einen Hinweis?«

»Leider nein. Aber Julia ist eines der Kinder aus dem Storchennest, unserem Kindergarten. Ich bin im Kirchengemeinderat zuständig für den Kindergarten. Vielleicht wollen Sie sich dort umsehen. Vielleicht brauchen Sie Räume, wo Sie eine Einsatzzentrale einrichten können. Ich kann den Ortsvorsteher anrufen, ich weiß, wie man ihn auf Trab bringt.«

Der Polizist sieht sie etwas ratlos an. »Das kommt jetzt etwas schnell auf einmal«, sagt er. »Vielleicht sollte ich den Chef anrufen ... Aber da kommt er ja schon.«

Aus der bunt mit Abziehbildern beklebten Haustür tritt ein grauhaariger Mann und kommt auf den Streifenwagen zu. Er wirft Heidelinde einen forschenden Blick zu und bleibt stehen, als sie ihn anspricht und sich vorstellt.

»Ich dachte, Sie wollen vielleicht den Kindergarten sehen, oder Sie brauchen Helfer für die Suche, dann könnte ich den Ortsvorsteher verständigen und unsere Freiwillige Feuerwehr ...«

»Kattelbach«, antwortet der Mann und hält ihr eine massige Hand hin, die sie entschlossen packt. »Der Ortsvorsteher müsste bereits verständigt sein«, fährt er fort, »und die Feuerwehr brauchen wir später vielleicht wirklich. Jetzt noch nicht. Wir haben Suchhunde angefordert, und die Feuerwehrmänner würden jetzt nur die Spuren verwischen. Aber wenn Sie sich bereithalten wollten, uns in den Kindergarten zu lassen. Ich würde auch gerne mit den Erzieherinnen sprechen ...«

»Wir wohnen gleich um die Ecke«, sagt Heidelinde und gibt ihm ihre Karte.

Danach fährt sie zurück zu ihrem Haus. Der BMW von Christoph steht bereits in der Doppelgarage, sie wundert sich, dass sie es mit leichtem Verdruss registriert. Warum ist er nicht mit den Vorstandskollegen essen gegangen? Er sitzt auf der Terrasse, liest das *Handelsblatt* und winkt ihr zu, als sie durch das Wohnzimmer kommt.

»Hallo«, sagt er, »in Eile, wie immer?«

»Ja. Nein«, antwortet sie und geht einen Schritt auf die Terrasse hinaus. »Ich dachte, du gehst in der Stadt essen?«

Statt einer Antwort beugt er sich zu dem Jackett, das neben ihm über dem Stuhl hängt, und zieht einen weißen Umschlag heraus. »Hier. Für dich.«

Sie nähert sich misstrauisch. »Was ist das?«

»Jemand hat die Kollegen bequatscht. Dass das ein schöner Abend sei, viel zu schön für ein Gesellschaftsessen. Dass wir schon alles beredet haben. Und dass es da so eine kleine private Hilfsaktion gebe, meinte der Jemand, der man einen kleinen Beitrag zugute kommen lassen könne, das tue der eigenen Linie gut und den Leutchen in Moldawien ...«

»Och, du alter Quatschkopp«, sagt Heidelinde gerührt. »Danke.« Sie steckt den Umschlag ein. »Trotzdem musst du noch eine Weile aufs Abendbrot warten. Ich muss telefonieren ...«

Sie geht in ihr kleines Arbeitszimmer und ruft als Erstes die Kindergartenleiterin Seelbach an. Es dauert, bis diese abhebt, die Gute besitzt ein Attest über eine zwanzigprozentige Erwerbsminderung, und während das Telefon klingelt, denkt Heidelinde mit einigem Ingrimm daran, was kirchliche Kindergärten alles nicht dürfen. Zum Beispiel dürfen kirchliche Kindergärten von einer Kindergartenleiterin mit einer zwanzigprozentigen Erwerbsminderung nicht verlangen, über den zwanzig Prozent die achtzig nicht zu vergessen. Es wäre nicht korrekt. Schließlich wird der Hörer dann doch abgenommen. Heidelinde erklärt, was passiert ist, aber die Seelbach begreift zunächst nichts ...

»Wie: verschwunden? Da hat heute keines gefehlt ... Und welche Julia überhaupt? Wir haben doch drei oder vier ...«

»Die Kleine muss heute Nachmittag verschwunden sein«, wiederholt Heidelinde, »die Polizei ist mit Lautsprecherwagen durch den Ort gefahren und hat nach ihr gesucht, haben Sie es nicht gehört?«

»Ach ja, da war was, aber das hab ich nicht so richtig verstanden ... Und was sagten Sie, welche Julia ist das?«

»Julia Krummholtz, die Eltern wohnen bei dem alten Backhaus«, erklärt Heidelinde, »aber darum geht es jetzt nicht. Das Problem ist ... das heißt, das Problem ist hoffentlich überhaupt keines und Julia in einer halben Stunde wieder bei ihren Eltern. Aber wenn sie das nicht ist, und morgen früh auch noch nicht, was um Gottes willen nicht geschehen möge – dann müssen Sie und die anderen Erzieherinnen darauf pädagogisch vorbereitet sein ...«

»Ja, wenn das so ist – sollten wir da besser morgen nicht geschlossen halten?«, fragt die Kindergartenleiterin.

»Auf keinen Fall«, antwortet Heidelinde schneidend, »auch wenn einzelne Eltern ihre Kinder morgen zu Hause behalten sollten, müssen wir uns der Situation stellen und dürfen nicht zusätzlich dramatisieren. Außerdem will die Polizei sich den Kindergarten ansehen und mit Ihnen und den anderen Erzieherinnen sprechen ...«

»Aber was haben denn wir damit ...«

»Bitte!«, unterbricht Heidelinde, »die Polizei möchte, dass Sie und die Kolleginnen zum Kindergarten kommen und dort auf sie warten. Es wäre ärgerlich, wenn man den Streifenwagen nach Ihnen schicken müsste.«

Sie legt auf und wählt die nächste Nummer. Auch hier dauert es, bis sich der Teilnehmer meldet. Es ist Pfarrer Nöhl, der aber vom Verschwinden der kleinen Julia bereits gehört hat.

»Die Polizei ist auch bei uns vorbeigefahren, ich hab gleich an dieses Mädchen aus Haynbuch denken müssen, es war auch im Vorschulalter, die Pfarrstelle in Haynbuch war damals vakant, und ich hatte die Vertretung ... Aber sagen Sie: Die Eltern der kleinen Krummholz sind wohl nicht mehr in der Kirche? Ich glaube, mich zu erinnern, dass sie letztes Jahr ausgetreten sind ...«

»Was jetzt ganz sicher keine Rolle spielt«, unterbricht ihn Heidelinde. »Der Einsatzleiter der Polizei ist übrigens ein Herr Kattelbach, ich werde ihm sagen, dass er Sie anrufen soll, wenn es nötig werden sollte, das ist Ihnen doch recht?«

Nöhl sagt, dass ihm das selbstverständlich recht sei. »Ach – wenn ich Sie gerade am Telefon habe«, fährt er fort, »es sitzt gerade der Herr Leitenberger ...«

»Nein«, entfährt es Heidelinde. »Bitte nicht. Hier im Ort ist ein Kind verschwunden. Jetzt im Augenblick interessiert mich nur das. Und nichts von dem, was Herr Leitenberger gerade an Projekten unterbreiten möchte, absolut nichts ...«

Sie legt auf. Was jetzt? Patrick. Sie steht auf und geht durchs Wohnzimmer zur Treppe, die nach oben führt. Christoph hat sich ein Bier geholt, zum Glück. Vor Patricks Zimmer hält sie an. Rechtzeitig ist ihr eingefallen, dass sie anklopfen muss. Sie hat lange gebraucht, bis sie es akzeptiert hat. Zu lange.

Patrick liegt auf seiner Couch und starrt in die Luft. Seine Elektronik-Anlage ist ausgeschaltet.

»Ich hab schon auf dich gewartet.«

»Warum?«

»Wegen Julia«, antwortet er. »Die Polizei ist vorbeigefahren und hat es mit Lautsprechern durchgesagt. Es ist eines der Mädchen aus dem Storchennest.«

»Du weißt, welche es ist?«

»Ich glaube schon.«

Seine Mutter setzt sich in den Schaukelstuhl, der neben seinem Schreibtisch steht. Auf dem Tisch liegen Bälle, Spielkarten und andere Utensilien aus Patricks Zauberwerkstatt. An die Wand über dem Schreibtisch sind Fotos gepinnt, die ihn bei seinen ersten Auftritten vor den Pfadfindern und auf einem Gemeindeabend zeigen, Patrick ganz in Schwarz und mit einem spitzen Hut, der bunt mit Sternzeichen bemalt ist. Auf einem der Bilder kniet er vor einem kleinen Mädchen mit wuscheligem Haar und zeigt ihr eine Handpuppe, es ist der glutäugige Kasperl, den Heidelinde ihm einmal gemacht hat, und das kleine Mädchen scheint nichts anderes in der Welt mehr zu sehen als den kleinen Kasperl und den großen schwarz gewandeten Magier vor ihr.

Heidelinde runzelt die Stirn. »Ist dir was aufgefallen an ihr?«

Patrick schüttelt den Kopf.

»Dass sie irgendwie nervös war oder aufgeregt?«

»Du machst dir falsche Vorstellungen von meinem Job da drüben, Mutsch. Ich mach da sauber, ich geb den Kakao aus und die Malsachen oder den Knet, ich hab da keinen pädagogischen Auftrag...«

»Aber manchmal zeigst du doch auch einen Trick?« Sie will hinzufügen: Eine der Mütter hat es mir erzählt. Aber sie unterdrückt es rechtzeitig. Er mag es nicht, wenn sie mit anderen Leuten über ihn redet.

»Selten.« Er schwingt die Füße vom Bett und richtet sich auf. »Die Erzieherinnen haben es nicht so gern. Soll ich mitgehen und das Kind suchen helfen? Irgend so etwas erwartest du doch jetzt von mir.«

»Die Polizei setzt Suchhunde ein«, antwortet sie. »Wenn da zu viele Leute rumtrampeln, können die Hunde nichts mehr schnüffeln. Aber es kann sein, dass sich die Polizei nachher das Storchennest ansehen will. Es wäre mir recht, wenn du mitkämst...«

»Wozu soll das gut sein?«

»Weil du die Einzelheiten viel besser kennst als ich. Wo welche Gruppe gespielt hat... Was weiß ich.« Das klingt nicht überzeugend. Sag ihm, wie es ist. »Ich will einfach nicht, dass diese Kindergartenleiterin überfordert herumsteht und die Polizei anstottert. Du kannst mit diesen Leuten umgehen, du kannst dich ausdrücken, und du weißt Bescheid. Also.«

Patrick sieht sie an. Wieder hat er diesen unbewegten Blick, aus dem sie nicht schlau wird.

»Wie du meinst«, sagt er schließlich.

»Ich mach jetzt Abendbrot.« Heidelinde steht auf und geht in die Küche hinunter, mechanisch schneidet sie das Brot auf und holt den Aufschnitt heraus und den Käse und den makrobiotischen Aufstrich für Christoph, der auf seine Cholesterinwerte achten muss. Die Erdbeeren, ach ja. Aber die Milch ist nicht mehr frisch, da muss Patrick eben einen Joghurt dazunehmen. Mein Gott, es gibt Schlimmeres.

»Kann ich was helfen?« Christoph erscheint in der Tür, die leere Bierflasche in der Hand.

Heidelinde schreckt hoch. Sie schüttelt den Kopf, nicht ablehnend, sondern eher, um ihre eigenen Gedanken zu verscheuchen. »Hab ich es dir nicht erzählt? Ein Mädchen aus dem Storchennest ist verschwunden, die kleine Julia, Patrick kennt sie ...«

Sie dreht sich zu ihrem Mann um. »Verstehst du – ich kann hier nicht einfach so herumstehen, und diese Leute, diese Familie Krummholtz sitzt da und wartet und weiß nicht, wie ihr geschieht, und niemand ist da und kümmert sich um sie, nur dieser Kattelbach, dieser Frankenstein von einem Polizisten. Tut ihr mir den Gefallen und macht euch das Abendbrot selber? Ich muss einfach sehen, ob ich nicht etwas helfen kann ...« Kurz entschlossen nimmt sie die Mappe mit den Schlüsseln für ihren Kombi aus dem Schrank.

»Sicher können wir uns selber helfen«, antwortet Christoph. »Aber wäre das nicht eher etwas für den Pfarrer Nöhl ...«

»Ich bitte dich! Der erzählt den armen Leuten nur, dass sie lernen müssen, das Kind loszulassen ...« Sie schlüpft in ihre Wildlederjacke und geht durch den Durchgang in die Garage, wo sie auf den Toröffner drückt. Als das Garagentor aufschwingt, sieht sie, dass ein grüner Wagen in die Einfahrt biegt, es ist einer dieser Kleinbusse der Polizei, aber das Blaulicht ist nicht eingeschaltet.

Die Beifahrertür öffnet sich, und Kattelbach steigt aus. Für einen so massigen Mann, denkt Heidelinde, bewegt er sich überraschend gewandt.

»Sie wollen wegfahren?«

»Ich dachte, ich muss nach der Familie Krummholtz sehen«, antwortet sie.

»Wir waren drüben am Kindergarten«, sagt Kattelbach. »Aber es war niemand da. Sie haben Schlüssel, sagten Sie?«

Die Seelbach. Wir werden noch darüber reden müssen. Zwanzig Prozent!

»Ja«, sagt sie, »ich muss sie nur holen.« Sie läuft ins Haus zurück. »Patrick!«, ruft sie, »bitte komm...« Zum Glück liegen die Kindergartenschlüssel am richtigen Platz in ihrem Arbeitszimmer, aber oben bei Patrick rührt sich nichts. Sie rennt zu ihm hinauf, immer zwei Stufen auf einmal, und nimmt sich diesmal keine Zeit.

Patrick liegt wieder auf seiner Couch.

»Die Polizei ist da. Du hast es doch gehört. Bitte komm jetzt mit.«

»Du hast nicht angeklopft«, antwortet Patrick.

»Patrick...« Heidelinde spricht nicht weiter. Es hätte einiges zu sagen gegeben. Oder auch nichts. In einer solchen Situation gibt es eigentlich nichts zu sagen. Nichts, was sich nicht von selbst versteht. »Bitte«, bringt sie schließlich heraus.

Zögernd steht Patrick auf und schlüpft – mit aufreizender Langsamkeit, wie es seiner Mutter scheint – in seine Sportschuhe.

»Entschuldigung«, sagt Heidelinde, als sie mit Patrick in der Einfahrt erscheint, »ich wollte meinen Sohn mitbringen, er leistet seinen Zivildienst in unserem Kindergarten...« Sie sieht, wie Kattelbach ein kurzes Nicken andeutet und ihren Sohn ins Auge fasst, die beiden sind annähernd gleich groß, trotzdem sieht es aus, als müsse Patrick sich zu ihm beugen.

»Das ist für Sie aber sicher praktisch gewesen«, sagt Kattelbach.

»Es war nicht meine Idee«, antwortet Heidelinde. »Aber es gab keinen anderen Bewerber...«

Kattelbach bittet Mutter und Sohn, in den Einsatzwagen zu steigen, und folgt ihnen. Im Wagen sieht sich Heidelinde einem schmächtigen, unrasierten Mann gegenüber, mit einem Schrecken, der ihr selbst nicht ganz erklärlich ist, erkennt sie den Vater Julias, wo arbeitet er noch? Er ist Monteur, jemand, der viel unterwegs ist, die Frau kann sehen, wie sie allein zu Hause mit dem Mädchen und den beiden Zwillingen zurechtkommt ... Irgendwie müssen die Leute ja ihr Geld verdienen, denkt sie dann und drückt Krummholtz schweigend die Hand, es ist eine kräftige, kurzfingrige Hand, sie zwingt sich, sie lange in der ihren zu behalten.

In einer solchen Situation kann man nichts sagen.

Dann deutet sie auf Patrick, der auf der Bank gegenüber von ihnen Platz genommen hat, irgendwie abgerückt von Kattelbach, als sei ihm dieser unangenehm.

»Mein Sohn«, sagt sie.

»Ja«, antwortet Krummholtz, »das wissen wir.«

Der Kindergarten ist nur eine Straße weiter, gleich hinter einem großen, eingezäunten Spielplatz mit Kletterbaum und Rutschbahnen. Sie steigen aus, Heidelinde mit griffbereitem Schlüsselbund.

»Julia ist gesehen worden, wie sie mit ihrem Fahrrad an der Bürg entlang unterwegs war«, sagt Kattelbach. »Vielleicht wollte sie zum Kindergarten zurück oder hat das Rad hier gelassen.«

Patrick geht vor ihnen zu dem überdachten Stellplatz für die Fahrräder. Aber es stehen nur zwei Kinderräder und ein verrostetes Herrenfahrrad dort, eines der Kinderräder hat platte Reifen, und beim anderen ist der Lenker abgebrochen.

»Ich möchte nicht wissen, wie lange die hier schon stehen«, sagt Heidelinde unwillig. Sie will hinzufügen, dass sie ja schließlich nicht jeden Winkel kontrollieren kann, lässt es aber dann doch lieber bleiben.

»Nein«, sagt Krummholtz, »Julias Rad ist nicht dabei. Es ist metallic-blau, wissen Sie? Und es hat auch schon eine kleine Schaltung, fünf Gänge.«

Heidelinde hat die Eingangstüre aufgeschlossen und Licht gemacht. Patrick führt durch die Räume. »Und hier ist das Zimmer von Julias Gruppe«, sagt er und lässt sie in einen

Raum eintreten, dessen Fensterfront nach Westen, auf den Spielplatz geht. Es ist kurz vor Sonnenuntergang, auf den Fensterscheiben liegt der Widerschein des späten Nachmittags. An der Wand gegenüber der Fensterfront hängen an einer Pinnwand Bilder, von Kindern mit Buntstift gemalt.

»Weiß man, welches Kind welches gemalt hat?«, will Kattelbach wissen.

Patrick zögert. Wieder steht diese Falte steil über seinen Augenbrauen. Warum zieht er ein solches Gesicht? denkt Heidelinde.

»Es wäre mir lieber«, sagt Patrick schließlich, »wenn Ihnen das eine der Erzieherinnen beantworten würde. Ich darf mich da nicht einmischen.«

»Die sind nicht da«, antwortet Kattelbach. »Wissen Sie nun, ob eines von Julia dabei ist, oder wissen Sie es nicht?«

Krummholz schiebt sich an ihnen vorbei und geht langsam die Bilderwand entlang. »Das hier«, sagt er schließlich, »das müsste von ihr sein.« Er löst das Bild von der Pinnwand und dreht es um. »Stimmt. Julia Krummholz, steht hier. Und: 27. Mai. Die Erzieherin muss es drauf geschrieben haben ...«

Er bringt das Bild und zeigt es Kattelbach. Auf dem Bild ist eine große schwarze Gestalt mit einem spitzen Hut zu sehen und viele kleine bunte Bälle. Und ein kleines Mädchen.

»Ah ja«, sagt Kattelbach. »Woran haben Sie es denn erkannt?«

»An dem Zauberer«, antwortet Krummholz und deutet auf die Gestalt mit dem spitzen Hut. »Seit ein paar Wochen hat sie nichts anderes im Kopf.«

Plötzlich dreht er sich um und weist mit dem Finger auf Patrick. »Der Zauberer sind doch Sie? Sie haben den Kindern solche Sachen gezeigt, solche Kunststückchen?«

Patrick schüttelt den Kopf. »Ich bin nur als Hilfskraft hier. Mit den Kindern soll ich nicht arbeiten ...«

»Unsinn«, unterbricht ihn Krummholz. »Wie kommt denn die Kleine dazu, in einem fort von Ihnen zu reden?«

Patrick zuckt die Schultern.

»Erklären Sie mir das«, sagt Kattelbach. Seine Stimme klingt leise, aber doch so, dass sie niemand überhören kann.

»Mein Sohn hat ein Hobby«, mischt sich Heidelinde ein. »Er zaubert. Zieht Ihnen ein Geldstück aus der Nase oder holt einen Teddybär aus der leeren Schachtel. Solche Sachen. Oder er jongliert mit Bällen und lässt sie einen nach dem anderen verschwinden.«

»Ah ja«, macht Kattelbach, den Blick noch immer auf Patrick gerichtet. Für einen Augenblick kehrt Schweigen ein und will sich festsetzen. Aber dann unterbrechen schnelle trippelnde Schritte die Stille.

»Ach, da sind Sie ja«, sagt eine Frauenstimme. »Wie sind Sie denn hereingekommen?« Die Stimme gehört der Kindergartenleiterin Seelbach. »Ich sehe schon, Frau Gabler hat Sie hereingelassen.« Sie wirft Heidelinde einen verhuschten Blick zu. »Mir wäre es aber schon recht gewesen, wenn Sie auf mich gewartet hätten.«

Heidelinde reagiert nicht, und Kattelbach erklärt, dass sie wegen Julia Krummholtz hier seien. »Hat sie sich heute Morgen oder in letzter Zeit in irgendeiner Weise auffällig verhalten?«

»Nein«, sagt die Seelbach, »wieso auffällig? Das ist ein sehr liebes Kind, doch, doch, sehr aufmerksam, sehr lebhaft, aber auffällig? Nein, nicht dass ich wüsste ...«

Für den Augenblick genügt das Kattelbach. Frau Seelbach möge sich aber zur Verfügung halten. »Es kann sein, dass ich noch ein paar Fragen an Sie habe.«

Draußen vor dem Kindergarten – Krummholtz ist schon wieder in den Wagen gestiegen – verabschiedet sich Heidelinde. »Wir gehen zu Fuß zurück. Ich wünsche Ihnen allen Erfolg ...«

Kattelbach nickt, bleibt aber stehen.

»Da ist nur etwas.« Heidelinde überlegt. »Ich will Ihnen nicht dreinreden, aber wenn Julia mit dem Fahrrad weg ist, wenn man sie an der Bürg gesehen hat ...«

»Ja?«

»Dann können die Hunde doch gar keine Spur finden...«

Was ist das für ein Gedanke? Wahrscheinlich gar keiner. »Ich meine, sie kann den Radweg genommen haben, der in den Hardtwald führt, vielleicht wollte sie Beeren suchen...« Sie sieht zum Himmel hinauf, dessen Wolken an den Rändern rot zu glühen beginnen. »Es wird bald dunkel...«

»In der Ortsverwaltung stellen wir gerade eine Suchmannschaft zusammen«, unterbricht Kattelbach. »Wenn es das ist, was Sie meinen. Die Feuerwehr ist bereits verständigt. Aber wir können sicher weitere Helfer gebrauchen.«

Wieder blickt er Patrick an.

»Ach ja«, sagt Heidelinde an Stelle ihres Sohnes, »da wird er sich gerne beteiligen. Sehr gerne, nicht wahr, Patrick?«

Ihr Sohn blickt hoch. »Ja, sicher. Wenn es nützt.«

»Treffpunkt ist am Rathaus«, sagt Kattelbach. Er blickt auf seine Uhr. »In einer halben Stunde. Die Männer müssen erst eingewiesen werden.« Er wendet sich dem Wagen zu, bleibt dann aber neben Patrick stehen, greift behutsam nach dessen halb aufgekrempeltem linken Ärmel und zieht ihn hoch. Unter dem Stoff kommen die beiden Schrammen zum Vorschein. »Wehgetan?«

»Nicht sehr«, antwortet Patrick und bleibt unbewegt stehen. »Ich bin in eine Brombeerhecke gefallen.«

»In eine Brombeerhecke, ja? Ich hoffe, Sie sind gegen Tetanus geimpft.«

»Bin ich«, sagt Patrick.

Wieder nickt Kattelbach. »Sie sollten jedenfalls festes Schuhwerk anziehen. Und Pullover und Anorak. Es wird kühl heute Nacht.« Erst jetzt lässt er den Arm wieder los. Dann steigt er ein, und der Transporter rollt an.

Wieder steht Heidelinde in ihrer Küche, wieder weiß sie nicht, was sie da eigentlich tun will. Auch ihren Mann hat sie zu dem Treffpunkt am Rathaus geschickt, und Christoph zog ohne

Murren ab, geradezu mit einem Anflug von unangemessener Begeisterung, in aller Eile hat sie ihm noch eine Thermoskanne Tee und zwei belegte Brote machen müssen, die er in einer Feldtasche mit sich nahm.

Patrick freilich war schweigend gegangen, mit mürrischer oder eher doch gleichgültiger Miene. Vielleicht ist es wirklich zu viel für ihn. Er ist ja noch selbst ein halbes Kind. Was muss er da mit diesen Feuerwehrmännern mitlaufen? Und da sind ja auch Bemerkungen gefallen, merkwürdige Bemerkungen. Dass dieses Mädchen Patrick nachgelaufen sei ... Oder wie hat es dieser Krummholtz gesagt? Was kann Patrick dafür, dass ihn die Mädchen anhimmeln? Diese Julia ist ja nicht die einzige. Die kleine Solveig ihrer Studienfreundin in Marburg hatte ihn gar nicht mehr weggehen lassen wollen, bittere Tränen flossen da, als sie wieder abreisten, die bitteren Tränen der ersten unglücklichen Liebe ... Und überhaupt. Mädchen laufen nicht von zu Hause weg, weil sie einen Zivi anhimmeln. Nicht in diesem Alter. Mädchen laufen von zu Hause weg, weil sie zu Hause ein Problem haben. Ein Problem mit den beiden jüngeren Zwillingsbrüdern vielleicht. Das muss man ja verstehen, dass die Mutter keine Zeit für die Kleine hat, die jetzt schon die Große sein soll. Manchmal haben die Mädchen auch ein Problem mit dem Vater. Die Mutter überfordert, hektisch. Der Vater kommt von der Montage. Was weiß ich, was da alles passieren kann, denkt Heidelinde. Was so ein Mann mit diesen plumpen, widerlichen Händen alles anstellt. Ich will es auch gar nicht wissen. Aber fragen wird man schon noch dürfen. Warum sich die Polizei zum Beispiel für solche Sachen nicht interessiert. Entschlossen schmiert sie sich ein Butterbrot und lässt es liegen.

Schließlich gießt sie sich eine Tasse Instantkaffee auf und geht damit in ihr Arbeitszimmer. Es beginnt zu dunkeln, sie greift nach der Schreibtischlampe und schaltet sie doch nicht ein. Eine Weile sitzt sie so. Sie denkt an die Wege im Hardtwald und versucht, sich zu erinnern, wie es war, als sie einmal von zu Hause weglief, vielleicht fünf Jahre alt war sie damals und kam bis zu einem Steinbruch, hatte sich dann hingesetzt und überlegt, wie sie sich eine Hütte bauen soll.

Der Kaffee ist lau, sie stellt ihn weg. Nichts schmeckt scheußlicher als ein abgestandener Instantkaffee. Sie dreht sich auf ihrem Arbeitsstuhl zu ihrem Biedermeier-Sekretär und holt aus der mittleren Schublade ein in Leder gebundenes Fotoalbum heraus. Dann dreht sie sich zurück, legt das Album auf den Schreibtisch und schaltet die Lampe ein. Der Besuch in Marburg war im Frühjahr, seither hat sie keine Fotos mehr eingeklebt, übrigens sind es von Marburg zu viele gewesen, stellt sie beim Durchblättern fest, was tut man nicht alles im ersten Überschwang! Da ist es auch schon ... Nett, wie die kleine Solveig auf Patricks Knien sitzt, ist denn etwas dabei, wenn ein 19-Jähriger mit einer Fünfjährigen im Familienkreis Hoppe-Reiter spielt?

Plötzlich verzieht sie das Gesicht und versucht, das Foto von der Seite zu lösen. Natürlich ist es so fest eingeklebt, dass es nicht abgeht. Außerdem würde es sofort auffallen, denkt sie, wenn da ein Foto herausgerissen wurde. Sie steht auf und geht in die Küche und holt aus dem Werkzeugkasten, der in einer unteren Schublade des Küchenschranks verstaut ist, ein kleines, scharfes Tapeziermesser. In ihrer Schublade findet sie noch ein Lineal, und mit Hilfe des Lineals und des Tapeziermessers trennt sie sorgfältig die Seite mit dem Hoppe-Reiter-Foto heraus.

Aber es ist nicht das einzige. Wer immer da fotografiert hat – doch nicht sie? –, der hatte es offenbar ganz reizend gefunden, wie sich Patrick mit der Fünfjährigen abgab, Patrick und Solveig auf der Schaukel, Solveig bei Patrick in der Hängematte, was hat sich Christoph dabei gedacht, oder war doch sie es gewesen? Wütend trennt sie drei weitere Seiten heraus und steckt sie in eine Plastiktüte, die sie in ihrem Papierkorb findet. Und überhaupt: Was hat sie sich eigentlich dabei gedacht, das alles ins Album zu kleben? Sie sieht noch die übrigen Abzüge und die Negative durch, die sie in einer eigenen Schachtel aufbewahrt, und wirft das meiste davon in die Tüte. Was jetzt? Gleich verbrennen? Sie überlegt kurz, steht auf und geht mit der Tüte nach oben und ohne zu zögern in das Zimmer ihres Sohnes. Sie lässt die Jalousien herunter und schaltet die Deckenlampen ein. Für einen Augenblick bleibt sie stehen und sieht sich um. Wieder fällt ihr Blick auf das Foto des Magiers mit der Handpuppe und dem kleinen wuschelhaarigen Mädchen. Das kann auf keinen Fall bleiben. Sie geht zu der Wand und löst das Foto vorsichtig ab und steckt es in die Tüte. Zwar würde man sehen, dass da etwas fehlt. Aber es hat keine Bedeutung. Ja, richtig, da hing einmal ein Foto. Vermutlich eines von Patrick. Ach, ist das nicht mehr da?

Sie zögert kurz, dann zieht sie die Schublade von Patricks Schreibtisch auf. Arbeitshefte aus der Oberstufe. Postkarten als Feriengrüße. Prospekte von Caligaris Magisch-Esoterischem Fernlehrgang. Fingerhüte mit einem Hohlraum. Ein Zauberstab mit irgendeiner Flüssigkeit, die oszillierte, bevor sie ausgelaufen war. Kartenspiele. Systematisch beginnt Heidelinde, Schublade für Schublade durchzusehen, was oben liegt, muss nachher wieder oben liegen.

Nichts. Junge Männer in diesem Alter haben doch irgendwo irgendwelchen Schweinkram, Wichsvorlagen, Pornohefte, alle haben das, er also auch, das kann gar nicht anders sein, wo hat er es nur versteckt? Und was für ein Zeug ist es bloß, dass sie es nicht findet? Sie schiebt die Schreibtischschubladen wieder zu und geht zum Schrank. Hemden, Wäsche und Socken sind in ihren Fächern, so ordentlich, wie sie es Patrick dort eingeräumt hat. Kein Versteck, nichts.

Sie schließt die Schranktüren wieder und sieht sich um. Ihr Blick geht zu der schrägen, getäfelten Holzdecke mit den frei tragenden Balken und folgt der Täfelung, wie sie in halber Höhe an der Außenwand aufsetzt. Dann steht sie an Patricks Couch und tastet die Balken ab, so weit sie mit der Hand hochreichen kann. Nichts, auch nicht an der Wand hinter der

Couch. Plötzlich sieht sie, dass eine der Latten der Täfelung ganz unten, bevor die Decke an der Wand ansetzt, offenbar nicht aus einem Stück ist. Sie kniet sich auf die Couch und drückt behutsam gegen die Teilstücke. Sie bewegen sich nicht. Sie überlegt, schließlich schiebt sie den Daumennagel in den Spalt zwischen dem ersten und zweiten Abschnitt. Der Nagel lässt sich nicht einfach durchziehen, sie spürt einen Widerstand, der dann aber nachgibt. Plötzlich scheint sich das Teilstück zu lockern, sie kann es hochklappen, ein Hohlraum wird sichtbar, ein kleines grauweißes Stück Stoff fällt herunter und ihr auf die Hand, sie nimmt es vorsichtig auf, mit zwei Fingern, und hält es gegen das Licht und sieht es sich an. Es ist ein Kinderslip. Sie zwingt sich, ihn zu untersuchen. Keine Blutspuren. Wieso auch? Nur diese grauen steifen Flecken.

Sie atmet durch. Ganz ruhig, sagt sie sich. Das sind Dinge, die man im Zimmer eines Heranwachsenden finden kann. Vergleichsweise sind es harmlose Dinge. Ein Foto. Ein Slip. Kann er irgendwo aufgelesen haben. Sonst ist nichts in dem Hohlraum. Sie tastet noch einmal nach, widerstrebend, aber es muss sein, mit den Fingerkuppen spürt sie glatte kleine Steinchen, nein: keine Steinchen, wie winzig kleine polierte Knöchelchen fühlt es sich an, sie hängen zusammen, plötzlich zuckt ihre Hand zurück ...

Werde nicht hysterisch, sagt sie sich, greift noch einmal zu und holt eine Kette heraus, eine Kette aus kleinen roten Korallen.

Für einen kurzen Moment schließt sie die Augen. Das alles besagt überhaupt nichts. Das eine wie das andere hat er irgendwo aufgelesen. Wie schnell verliert ein Kind so eine Kette.

Wieso denkt sie: Ein Kind hat das verloren? So eine Kette schenkt man doch nicht einem Kind. Außerdem geht es niemand etwas an, woher Patrick das hat. Schön, er hätte es auf dem Fundamt im Rathaus abgeben müssen. Muss man deswegen mit Steinen werfen? Vielleicht dachte er, er kann es für einen seiner Tricks gebrauchen.

Warum dann das Versteck?

Das musst du jetzt nicht klären. Entschlossen steckt sie die Korallenkette in ihre Rocktasche. Sie steht auf, nimmt die Plastiktüte und das Kinderhöschen und sieht sich noch einmal um. Fürs Erste muss es genügen. Das Nächste ist jetzt – ja was? Die Bermudas und das T-Shirt. Vermutlich sind Blutflecken dran. Nicht vermutlich. Sicher. Patrick hat es selbst gesagt.

Hat er nicht. Er hat gesagt, dass er gestürzt ist. Und er hat ihr seine Schrammen gezeigt.

Sie geht in die Waschküche, holt aus dem Wäschekorb Patricks Sachen heraus und sieht sie durch. Seine Unterhosen könnte er etwas häufiger wechseln. Am T-Shirt sind Blutflecken. Eindeutig. An den Bermudas? Die müssen auch gewaschen werden. Sie füllt eine Plastikwanne mit kaltem Wasser und beginnt, Patricks Bermudas und das T-Shirt und auch den Kinderslip einzuweichen. Eiweißflecken müssen zuerst kalt ausgewaschen werden, das muss man wissen. Irgendwo hat sie gelesen, dass im Bayerischen ein Mörder nur deshalb überführt werden konnte, weil er es nicht gewusst und seine blutverschmierten Hosen gleich in die Waschmaschine gesteckt hatte.

Was fallen dir nur für Assoziationen ein, geht es ihr durch den Kopf. Hast du sie noch alle? Wütend walkt sie T-Shirt und Bermudas und auch diesen Slip durch das kalte Wasser, bis ihre Hände ganz rot sind und schmerzen. Dann steckt sie alles in die Waschmaschine und schaltet das volle Programm ein.

Sie hat etwas Zeit jetzt, und so geht sie in die Küche und zwingt sich, das Butterbrot zu essen. Wenigstens die Hälfte. Es hat keinen Sinn, wenn sie irgendwann umkippt.

Auch wenn die Sachen gewaschen sind, dürfen sie nicht im Haus bleiben. Vor allem der Slip nicht. Verbrennen? Du musst sowieso ein Feuer im Kamin machen. Anders wirst du die Albumseiten und das Foto von oben nicht los. Aber den Slip? Dass man in der Asche textile Überreste findet?

Sie haben da ein Feuer gemacht?
Es war Ihnen kalt?
Sie haben da Wäschestücke verbrannt?
Nein. Sie schluckt das letzte Brotstück hinunter.
Leitenberger.
Es gibt keine andere Möglichkeit.
Sie geht in ihr Arbeitszimmer und nimmt das Telefon.
»Gabler hier«, sagt sie, als Leitenberger sich meldet. »Ich ruf wegen dieses Pick-up an oder wie dieses Ding heißt ...«
»Ja?«, fragt Leitenberger mit etwas belegter Stimme. Hat er schon wieder getrunken?
»Ich hatte heute Nachmittag nicht die Zeit, mir Ihren Vorschlag richtig anzuhören. Ihr Anruf kam tatsächlich etwas ungelegen.«
»Ach ja?«, fragt Leitenberger in einem Ton, als habe Heidelinde ihm gerade ein Tête-à-tête gestanden.
»Ist der Wagen denn noch verfügbar? Und wann könnten Sie denn fahren?«
»Ich denke, dass er noch zu haben ist«, antwortet Leitenberger. »Vermutlich. Ich müsste noch mal nachfragen. Aber ich sag es Ihnen gleich, wir müssen uns rasch entscheiden, und preislich können wir auch nichts weiter runterhandeln, ich hab da schon rausgeholt, was möglich war.«
»Das glaub ich Ihnen ja«, sagt Heidelinde rasch. »Und ich will auch keine Zeit verlieren, denn dieser Transporter – oder was er ist – sollte wohl zur Erntezeit unten sein. Sonst hat er ja keinen wirklichen Nutzen. Wann könnten Sie denn fahren?«
»Ja, wenn das so ist und Ihnen daran liegt«, sagt Leitenberger, »kann ich in dieser Woche fahren, morgen sogar, wenn es pressant ist. Nur müssten Sie mir mit den Spesen ein wenig unter die Arme greifen, ich bin gerade ziemlich klamm, wenn ich das so unverhohlen sagen darf ...«
»Moment«, unterbricht ihn Heidelinde. Auf der Schreibtischmappe liegt noch immer der Umschlag, den ihr Christoph gegeben hat. Sie klemmt den Hörer mit der Schulter an

ihrem Ohr fest und öffnet den Umschlag, es liegen 2000 Euro drin ... Schau an, die Herren haben sich nicht lumpen lassen, dabei habe ich mich noch gar nicht richtig bedankt. Und auf dem Spendenkonto liegen auch noch ein paar Tausender. Aber das würde noch immer nicht reichen.

Zum Glück hat sie ein kleines Sparkonto für sich. Damit müsste es gehen. Das Konto hat sie für Notfälle eingerichtet.

Dieses ist ein Notfall.

»Ich denke, das lässt sich einrichten«, sagt sie schließlich. »Ich werde Ihnen morgen früh das Geld bringen, sobald die Sparkasse geöffnet hat, dann können Sie noch am Vormittag die Papiere besorgen und am Nachmittag losfahren. Wenn Sie wollen, rede ich auch mit dem Arbeitsamt, dass Sie da keine Schwierigkeiten bekommen ...«

»Wenn Sie meinen«, antwortet Leitenberger, »mich hält hier nichts. Aber Sie dürfen die Spesen nicht vergessen.«

»Die vergesse ich schon nicht. Aber noch etwas. Ich will nicht, dass Sie den Wagen leer runterbringen. Ich hab hier noch ein paar Kartons, die möchte ich Ihnen gleich vorbeibringen, morgen habe ich keine Zeit dazu. Geht das in Ordnung?«

»Nur zu«, sagt Leitenberger, »die berühmten spontanen Entschlüsse der Frau Gabler. Ich steh bereit ...«

Heidelinde legt den Hörer auf. Was jetzt? Unten läuft die Waschmaschine. Also hat sie Zeit zu packen. Da sind die Pullover und die Kindersachen von der Frau am Sternberg, und im Abstellraum hinter der Garage liegen auch noch ein paar Bündel. Eigentlich hätte sie sie erst noch durchsehen sollen. Aber dazu ist jetzt keine Zeit. Sie würde die Bündel in die Umzugskartons packen, und weg damit!

Moment.

Ihr Blick fällt auf die Plastiktüte mit den Albumseiten und dem Foto von oben. Sie nimmt die Tüte und geht ins Wohnzimmer. Auf dem Couchtisch liegt noch Christophs *Handelsblatt*, sie zerknüllt es und macht damit und mit den Kiefernzapfen und dem klein gehackten Holz, das vor dem Kamin bereit liegt, ein Feuer. Aber erst, als sie zwei große Holzscheite hineingeworfen hat und sieht, dass sie zu glimmen beginnen, nimmt sie die Albumseiten und das Zauberer-Foto und die Negative und zerschneidet sie und wirft die Schnipsel in die Flammen.

Das letzte, was sie von den Fotos sieht, ist der kleine Kasperl, den Patrick dem wuschelhaarigen Mädchen vorführt. Das Fotopapier ringelt sich, und plötzlich ist es, als werfe ihr der Kasperl einen hasserfüllten Blick zu. Sie schüttelt den Kopf, aber da ist das Bild schon verschwunden, weggeleckt von einer blau züngelnden Flamme.

Leitenberger wohnt in einem alten Ausgeding-Häuschen oberhalb der Bürg. Die Kirchturmuhr schlägt zweimal, als sich Heidelinde von ihm verabschiedet. 23.30 Uhr? Sie weiß nicht, ob das jetzt spät ist oder früh.

Als sie mit ihrem Kombi vorfuhr, stand der Pick-up – ein bulliger weißer Kleintransporter mit offener Ladefläche und rotem Nummernschild – bereits in dem Stadel, der zum Ausgeding-Häuschen gehörte. Es konnte also keine Rede davon sein, dass man nicht hätte zuwarten dürfen, weil der Wagen sonst weg sei.

Aber Heidelinde hatte keine Nerven mehr, mit Leitenberger über Preis und Konditionen zu verhandeln.

»Das ist recht«, sagte sie nur, »aber wir können die Kartons nicht offen transportieren. Wenn es regnet ...«

Und Leitenberger versprach, er werde die Kartons mit Planen abdecken. Die Kartons hatte Heidelinde von einer Umzugsfirma bekommen, und damit die Sendung nicht gar zu kümmerlich aussah, hatte sie noch einen Wintermantel von Christoph und zwei seiner Anzüge dazugelegt, und auch gebrauchte Sachen von Patrick, die eigentlich erst noch in die Reinigung gehört hätten. Aber so heikel ist man in Moldawien nun auch wieder nicht. Den kleinen Slip hatte sie zwischen die

Kindersachen der Frau aus der Sternberg-Siedlung gesteckt. Und dann wurden es schließlich doch drei Fahrten, bis alles bei Leitenberger und auf dem Pick-up verstaut war.

Aber jetzt, jetzt ist alles aufgeräumt.

»Also, das Geld bring ich morgen früh«, sagt sie zum Abschied.

»Un' morg'n Abend is' der Leitenberger wech«, kommt die Antwort mit vernuschelter Stimme.

Heidelinde holt den Schlüssel aus ihrer Rocktasche und steigt ein.

Leitenberger geht in sein Häuschen zurück, sie steckt den Zündschlüssel ein und will den Wagen starten.

Plötzlich lässt sie den Schlüssel los und greift noch einmal in ihre Rocktasche.

Sie ist leer.

Wo hat sie die Korallenkette gelassen? Eigentlich hatte sie sie zwischen die anderen Sachen legen wollen, in einen der Kartons. Hat sie das jetzt gemacht, oder hat sie es nicht, oder ist ihr das Ding aus der Tasche gefallen?

Wie in Trance war sie, als sie gepackt und die drei Fahrten gemacht hat, kein Wunder, dass sie jetzt nicht mehr jedes Detail präsent hat. Wenn alle Aufmerksamkeit, wenn alle Gedanken darauf gerichtet sind, keinen Fehler zu machen, nichts zu vergessen, nichts zu übersehen – dann bleibt einfach keine Kapazität, jeden einzelnen Schritt auch noch ins Gedächtnis zu schreiben, das menschliche Gehirn hat keinen Protokollführer.

Egal. Sie hatte vorgehabt, die Kette in einen der Kartons zu stecken. Da die Kette nicht mehr in ihrer Rocktasche ist, ist das auch so geschehen. Es musste so sein, und in ein paar Tagen würde irgendwer beim Auspacken die Kette finden und mitnehmen, eine kleine Freude für eine junge Frau in Moldawien.

Sie dreht den Zündschlüssel herum und stößt zurück. Auf der Dorfstraße kommen ihr mehrere Wagen entgegen, einer hupt, dann sieht sie den roten Magirus der Freiwilligen Feuerwehr, haben sie die Suche abgebrochen?

Sie will nicht daran denken, was das bedeuten könnte. Manchmal geht etwas kaputt, wenn man nur daran denkt ...

In der Straße, die zu ihrem Haus führt, tastet sich das Scheinwerferlicht an mehreren Wagen vorbei, die halb auf dem Gehsteig geparkt sind. In der Einfahrt ihres Hauses steht ein Kleinbus, plötzlich leuchtet der weiße Schriftzug »Polizei« auf. Ist Kattelbach zurückgekommen?

Sie biegt in die Einfahrt ein, das Haus ist hell erleuchtet. Mit der Fernbedienung öffnet sie das Garagentor und stellt ihren Wagen ab. Als sie durch den Flur geht, schlagen ihr Stimmengewirr und Gelächter entgegen, im Wohnzimmer sitzen mehrere Männer um den Couchtisch, Bierflaschen in der Hand, auf dem Tisch die Whisky-Flasche aus der Hausbar und der Obstschnaps. Christoph kommt mit ausgebreiteten Armen auf sie zu, plötzlich bleibt er vor ihr stehen und wischt sich Tränen aus den Augen,

»Stell dir vor«, sagt er und schnieft, »wir haben das kleine Mädchen gefunden, es lebt, es ist ihm überhaupt nichts passiert, das heißt, nicht wir haben sie gefunden, der Heinz Grüninger war es, du kennst ihn vielleicht aus dem Raiffeisenverkauf« – er deutet auf einen schmächtigen mittelalterlichen Mann, der in einem der Sessel sitzt –, »er ist den Weg zu der Rothfels'schen Jagdhütte gegangen, der Weg ist mit einer Schranke abgesperrt, vielleicht ist deshalb früher niemand auf den Gedanken gekommen, dort nachzusehen ...«

Der Mann, der Grüninger heißt, steht auf und verbeugt sich linkisch.

»Erzähl's nur, wie du sie gefunden hast«, sagt Christoph, und Heidelinde fragt sich, seit wann ihr Mann Leute duzt, die im Raiffeisenverkauf arbeiten. Sie sieht sich um, endlich erblickt sie Patrick, er ist zwischen zwei Feuerwehrmännern auf der Couch eingeklemmt und hält eine Bierflasche in beiden

Händen wie eine Kerze und wirft ihr einen verlegenen Blick zu, seit wann trinkt er Bier?

»Es war gar nichts dabei«, sagt Grüninger, »wie ich zu der Hütte bin, ist grad der Mond durch die Wolken gekommen, und ich hab nicht mal die Taschenlampe gebraucht, da hab ich schon das kleine Fahrrad gesehen, das am Geländer gelehnt hat, die Hütte hat so eine Veranda, müssen Sie wissen, und ich bin auf die Veranda, und da hab ich in der Ecke eine kleine Gestalt gesehen, so ein Zwergerl, und das Zwergerl hat mich angeschaut und gesagt, ›mir ist kalt‹ , verstehen Sie? Bloß: ›mir ist kalt‹ und nichts anderes.«

»Ich glaube«, sagt Heidelinde mit fester Stimme und lächelt Grüninger an, »Sie haben uns alle von einer großen und schrecklichen Sorge befreit.«

»Da haben Sie das rechte Wort gefunden«, sagt eine Stimme. Sie sieht hoch. Kattelbach steht neben ihr. »Glauben Sie mir, ich hätte nicht gewusst, was wir tun sollen, wenn wir das Mädchen nicht gefunden hätten.«

»Das kann ich gut verstehen«, sagt Heidelinde.

»Sie müssen wissen«, fährt Kattelbach fort, »dass vor anderthalb Jahren schon einmal ein Mädchen verschwunden ist. Drüben in Haynbuch war das, und ich kann Ihnen gar nicht sagen, wie schrecklich das war. Die Leute meinen immer, unsereins hat ein Gemüt wie ein Metzgerhund. Aber auch von uns steckt das keiner so leicht weg, wenn er mit den Eltern reden muss, und die Hoffnung wird immer weniger.« Er greift in seine Jacke und holt seine Brieftasche heraus. »Ich hätte es nicht ertragen, wenn jetzt wieder etwas passiert wäre. Und wenn ich mir sagen müsste, es ist deine Schuld, du hast damals den Schuldigen nicht gefunden, sonst wäre das jetzt nicht mehr passiert.«

Er holt ein postkartengroßes Farbfoto aus der Brieftasche. Das Foto zeigt ein kleines Mädchen mit lockigen schwarzen Haaren. Es mochte vielleicht vier oder fünf Jahre alt sein. Das Mädchen trug einen hellen Anorak, der geöffnet war, und darunter einen blauen Pullover. Um den Hals hing ihm eine Kette, eine Kette mit vertrockneten roten Früchten oder Holzperlen.

Heidelinde beugt sich über das Foto. Es war keine Kette aus Holzperlen und auch nicht aus Früchten.

Es war eine Kette aus roten Korallen.

Der Wolf, die Ziege und das Mädchen

Marion hatte flachsgelbes Haar, zu einem Pferdeschwanz gebunden, und sah trotz ihres Kostüms aus, als ob sie jeden Morgen barfuß acht Kilometer durch den Wald liefe.

Na ja, vielleicht nicht barfuß.

»Du siehst es keiner Frau an, ob sie dir gerade die Hucke voll lügt oder nicht«, hatte Regulski einmal gesagt. »Frauen lügen nämlich nicht. Jedenfalls glauben sie das. Da können sich die Balken biegen, dass die Decke bucklig wird – aber sie, sie sagen noch immer die reine Wahrheit und nichts als die Wahrheit. Oder jedenfalls das, was die reine Wahrheit wäre, wenn nicht irgendein Saukerl alles durcheinander gebracht hätte.« Es war morgens gewesen, und wir hatten ein Stützbier getrunken, und ob Regulski das alles auch wirklich so gesagt hat, weiß ich heute nicht mehr genau. Aber er besaß den Zeitschriftenladen an der Ecke und war ein belesener Mann.

Marion war mit der S-Bahn in den Taunus gefahren und erst ausgestiegen, nachdem ich ihr über das Mobiltelefon die Anweisung dazu gegeben hatte. Der Bahnhof lag keine fünf Minuten von der Autobahn entfernt. Ich erkannte sie sofort, obwohl mehrere Frauen mit ihr den Zug verlassen hatten. Aber als sie über den Vorplatz auf meinen Wagen zukam, mit diesem hochhackigen entschlossenen Gang, flammte in meinem Kopf eine ganze Batterie von Warnleuchten auf. Ich nehme an, sie waren schon vorher eingeschaltet gewesen. Vermutlich hat das mit der Stadt zu tun, aus der Marion kam. Ich will diese Stadt nicht bei ihrem richtigen Namen nennen und auch keinen für sie erfinden. Sie ist die Stadt, deren Name nicht genannt sein soll.

Es war ein klarer Januarnachmittag, der Verkehr war nicht zu dicht, ich bog auf die Kölner Autobahn ein, verließ sie wieder und fuhr zurück Richtung Mainz. So viel ich sah, folgte uns kein Wagen.

Sie sagte, sie sei Fremdsprachenkorrespondentin, und begann, von der Dame zu reden, die ich hier der Einfachheit halber die Münchner Buchhändlerin nennen will. Sie werden verstehen, dass sie weder Buchhändlerin noch aus München ist.

Ich muss wohl sehr einsilbig geantwortet haben, denn das Gespräch verstummte sehr bald. Es ist ein Fehler, Frauen zum Reden bringen zu wollen. Nach zwanzig Minuten oder mehr, irgendwo zwischen Rüsselsheim und dem Frankfurter Kreuz, servierte sie mir dann ihre Geschichte, ganz ohne Bestellung. Nichts Sensationelles, ein ärztlicher Kunstfehler – wenn es denn einer war –, ein Junge war zu Tode operiert worden oder an einer Infektion gestorben, die er sich während der Operation zugezogen hatte, angeblich war die Operation unterbrochen worden, weil der Chirurg – ein Professor Friedhelm Morsfeld – einen wichtigen Besucher begrüßen wollte.

Ich hörte nur mit halbem Ohr zu. Dass deutsche Chefärzte eine Operation unterbrechen, um einem Politiker die Hand zu schütteln, mochte möglich sein oder auch nicht. Wahrscheinlich war es möglich.

»Was haben Sie von alldem mitbekommen?«, fragte ich. »Ich meine: Was wissen Sie nicht bloß, sondern haben es mit eigenen Augen gesehen?«

Sie sah geradeaus durch die Frontscheibe. »Ich war dabei...« Aus den Augenwinkeln sah ich, dass sie den Kopf leicht angehoben hatte und das Kinn vorgestreckt. Ich bin jetzt ganz tapfer, soll das heißen, gar nichts lass ich mir anmerken. »Ich war dabei, als das Beatmungsgerät abgeschaltet wurde.« Sie wandte mir den Kopf zu. »Ich bin – ich war seine

Patin. Ich saß neben meiner Schwester, vor dem Bett auf der Intensivstation, aber ich hab nur auf den Monitor gestarrt und mich gefragt, wie lang es denn noch dauert ... Verstehen Sie: Das Kind stirbt, und ich sitze da und warte, dass die verdammten grünen Zacken weniger werden und endlich aufhören ...«

Ich gab es auf, aus ihr schlau werden zu wollen. »Wenn ich diesen Auftrag annehme«, fragte ich, »wer ist mein Auftraggeber?«

»Wir«, antwortete sie. »Meine Schwester und ich.«

»Warum warten Sie das Strafverfahren nicht ab?« Sie hatte mir erzählt, dass ihre Schwester sich durch die Instanzen geklagt hatte, bis die Justiz am Ende nicht mehr anders konnte und Anklage gegen den Chirurgen erhob.

»Glauben Sie an den Weihnachtsmann?«, fragte sie zurück.

»Irgendwo hab ich mal gelesen«, antwortete ich, »dass es in Deutschland im Jahr etwa 4500 Strafanzeigen wegen ärztlicher Kunstfehler gibt. Zu einer Verurteilung kommt es vielleicht in jedem zwanzigsten Fall. Nicht viel. Aber immerhin.«

»Kennen Sie unsere Stadt? Offenbar nicht.« Sie schniefte durch die Nase, als spreche sie von etwas Anrüchigem. »Bei uns gibt es keinen zwanzigsten Fall. Niemals. Meine Schwester hat ein Heer von Gutachtern ins Brot gesetzt, und alle haben gekniffen. Aber als wir dann doch einen gefunden haben, einen Schweizer, der bei der Stange blieb, und das Oberlandesgericht der Beschwerde gegen die Einstellung des Verfahrens stattgab, da haben sich sofort zwei der Vorsitzenden Richter für befangen erklärt. Der eine, weil er im gleichen Rotary-Club ist wie Morsfeld, der andere wegen seiner Schwiegermutter, die auf Morsfeld schwört. Der dritte Richter, der in Frage kam, war eine Frau, und die wurde dann umgehend schwanger. Und da glauben Sie, der arme Teufel, an dem diese Kiste hängen geblieben ist, ruiniert seine Karriere deswegen?« Sie hatte sich mir zugewandt, forschend betrachteten mich ihre Augen. »Glauben Sie das?«, wiederholte sie.

»Warum dann die ganze Mühe?«

»Am Anfang wussten wir gar nicht, dass es ...« – sie suchte nach einem Wort –, »dass es auch anders geht. Aber dann hat uns jemand gesagt, wen wir fragen könnten ...«

Ich nickte. Das alte Lied. Jemand kennt jemanden, der eine Buchhändlerin in München kennt.

Plötzlich lächelte sie. Das heißt, es war eher ein nervöses, schmallippiges Zucken, das sich um ihren Mund zog. »Und jetzt finde ich, dass es genau so kommen muss. Morsfeld soll das Gefühl haben, er hat gewonnen. Dass er aus allem heraus ist. Dass ihm keiner etwas kann. Und genau in diesem Augenblick soll es ihn ... da soll es ihn erwischen.«

Wir sahen uns an, und ich entdeckte in ihren Augen etwas, das mir zu denken gab.

»Nehmen Sie den Auftrag an?«

Ich fragte, ob sie das Honorar bei sich habe. Sie öffnete ihre Handtasche und zog einen länglichen und ziemlich dicken Umschlag heraus.

»Wollen Sie es nachzählen?«

»Zählen Sie es mir vor.« Sie schien überrascht, tat dann aber wie geheißen. Es waren gebrauchte Scheine in kleiner Stückelung. So dauerte es einige Zeit, bis sie die Fünfzigtausend abgezählt hatte. Sonst war an dem Geld nichts auffällig.

»Legen Sie es ins Handschuhfach«, sagte ich, als sie fertig war.

»Und?«, wollte sie wissen. »Machen Sie es?«

Ich sah sie nur an. An der Miquelallee setzte ich sie ab und brachte meinen Wagen zurück. Noch am gleichen Nachmittag nahm ich einen Zug in die Stadt, deren Name nicht genannt sein soll, mit den Fünfzigtausend im Gepäck, die tatsächlich so aussahen, als seien sie kümmerlich vom Haushaltsgeld abgespart worden. War es mein Problem, wenn diese Leute keinen Bausparvertrag hatten? Ich ließ die Frage offen und begann, die Zeitungen zu lesen, die ich mir für die Reise gekauft hatte. In einer fand ich einen ausführlichen Bericht über einen

Auftragsmörder, nach dem das Bundeskriminalamt fahnde. Ein Phantombild zeigte einen Menschen, der entfernt an das Ungeheuer von Loch Ness erinnerte.

Ich stieg in einem kleinen Hotel in der Nähe des Hauptbahnhofs ab, mit Blick auf die Gleise des Güterbahnhofs und das Industriegebiet dahinter. Es ist ein merkwürdiges Gefühl, nach langer Zeit in eine Stadt zurückzukehren, die man in einem früheren Leben gut gekannt hat – oder die man gut zu kennen vielleicht nur geglaubt hat. Der Hauptbahnhof war in den letzten Jahren umgebaut worden und nun vollgestellt mit Kiosken und plastikfarbenen Andenkenläden, um die sich bei meiner Ankunft Horden violett-weiß kostümierter und mit Kuhglocken behängter Fußballfans drängten.

Mein Zimmer war mit einem Wandsafe ausgestattet, der einem Fachmann zwar keine zwei Minuten standhalten würde, für eine Nacht aber wohl ausreichen mochte. Ich verstaute den Umschlag mit den fünfzigtausend Euro darin und stellte mich unter die Dusche. Der Duschkopf war halb aus dem Schlauch herausgerissen und gab nur ein jämmerliches Geträufel her. Während ich versuchte, mir den Geruch nach Zugfahrt und Bahnhof abzuwaschen, musste ich noch immer an das Geld denken. Ein Umschlag mit fünfzigtausend in gebrauchten Scheinen hatte mich in dieser Stadt schon einmal beschäftigt, freilich waren das damals Mark gewesen. Aber diese Geschichte lag Jahre zurück, so dass das Geld damals mit Sicherheit nicht weniger wert gewesen war als das, was mir Marion abgezählt hatte.

Ich ging zum Portier und fragte, wohin einer in dieser netten kleinen Stadt geht, wenn er Lust auf ein Spielchen hat. Er blickte mich aus schläfrigen Froschaugen an und nannte mir ein paar Automatenläden. Ich schüttelte den Kopf, schließlich fiel ihm der »NachtKasten« ein, bei dem schon zu meiner Zeit die Roulettekessel ein wenig schief gestanden waren.

Ich hatte keine Lust, mir anzusehen, was außer dem Hauptbahnhof sonst noch alles in den letzten Jahren vermurkst worden war, und fuhr mit dem Taxi in den »NachtKasten«. Zu meiner Zeit war es ein Schuppen gewesen, nach dem Krieg auf ein Ruinengrundstück am Rand des Sperrgebiets gestellt und bunt bemalt, als hätte der Malermeister von Monte Carlo geträumt. Es war noch immer ein Schuppen, aber die Herren auf der Fassade trugen den Smoking im Stil der frühen achtziger Jahre.

Inzwischen war es Abend geworden. Disco-Musik dudelte, auf einer hühnerstallgroßen Bühne stellte eine falsche Blondine ihren rasierten Schamhügel aus, vor einem wandteppichgroßen Bildschirm drängten sich ein paar Männer und sahen dem Spiel zu, von dem die Fans im Hauptbahnhof gegrölt hatten. Es war ein Nachholspiel, Zweite Liga, Abstiegskampf. Ich ging weiter, ein Mensch, der nach Deutsch-Kasachstan aussah, kontrollierte den Zugang zu den Roulettetischen, ließ mich aber anstandslos durch.

Die Tische waren voll besetzt. Ich hatte mir für einen Fünfhunderter Chips gekauft, das galt dort weniger als nichts, warum nicht gleich Mittwochs-Lotto? Schließlich fand ich einen Stehplatz neben einem Mann, der Stapel von Chips nach einem System setzte, das zu verstehen ich gar nicht erst versuchte. Er tat das mit größtmöglicher Gleichgültigkeit, aber sehr beherrscht und überlegt, soweit ich das beurteilen konnte. Freilich sah ich von ihm nicht viel mehr als seinen Schädel, über den er quer seine spärlichen Haarsträhnen gekämmt hatte. Und ich sah die Narbe, die sich von der Stirn über den Haaransatz zog. Die Narbe sah aus, als sei dem Mann einmal eine Windschutzscheibe ins Gesicht geflogen. Ich verlor einen Fünfziger, gewann einen Hunderter, es kam nicht darauf an, nach einer Serie Rot setzte ich zweihundert auf Schwarz und gewann. Als ich mich vorbeugte, um die vier blauen Chips einzusammeln, hörte ich an meinem Ohr eine leise, beherrschte Stimme:

»Ein seltener Gast.«

Es war Schuckart. Seine Stimme war schon immer so gewesen.

Ich hob leicht die Hand, als deutete ich einen Gruß an.

»Länger da?«
»Auf der Durchreise.«
»Beruflich?«
»Beruflich.«

Der Croupier sagte seinen Spruch, dass wir setzen sollten, Schuckart rührte sich nicht, dann fragte er: »Trinken wir ein Bier?«

»Wenn du zahlst.«

Er gab dem Croupier ein Zeichen und stand auf. Seine Stapel voller Chips ließ er stehen. Es setzte sich auch keiner auf seinen Stuhl. An der Theke bediente eine Rothaarige, deren Dekolleté mehr freigab, als es hielt. Schuckart bestellte zwei Pils, dann blickte er mich fragend an: »Moment – du hast doch immer Gin Tonic getrunken?«

»Pils ist schon richtig.« Ich glaube, ich habe zwei- oder dreimal in meinem Leben einen Gin Tonic genommen. Aber so ist Erinnerung.

Die Rothaarige hantierte am Zapfhahn. Schuckart sah ihr zu, als wolle er mir Zeit lassen, ihn selbst in Augenschein zu nehmen. Er hatte sich ganz gut gehalten. In seinem Jackett mit dem seidenen Einstecktuch und dem Cashmere-Pullover sah er für einen, dem sich die Welt seit zwanzig Jahren um die Roulettekugel dreht, sogar richtig gut angezogen aus. Er war auch nicht in die Breite gegangen, im hageren Gesicht traten Nase und Adamsapfel fast noch stärker hervor, als ich es von früher in Erinnerung hatte.

»Zum Wohl.« Die Rothaarige war mit den beiden Pils zu Rande gekommen. Wir tranken uns zu. Das Pils war abgestanden, und der Schaum fiel in sich zusammen, kaum dass ich das Glas berührt hatte.

»Dass ich dich unter den Zockern wiederfinde, hätte ich auch nicht gedacht«, sagte Schuckart und wischte sich den Schaum ab. »Ein Fünfziger auf einfache Chance, mein lieber Scholli! Im katholischen Altenclub spielen sie donnerstags Bingo. Schau doch da mal vorbei.«

»Ich hab kein Beamtengehalt«, antwortete ich. »Als Freiberufler hältst du deine Kröten zusammen.«

Er sah mich an, die Augen mit der Hand abgeschirmt, als sei ich sehr weit entfernt. »Weißt du nicht mehr, wie das mit den Beamtengehältern aussieht? Bist du schon so lange aus der Firma, dass du's vergessen hast, das süße Leben mit Streichkäse und Mettwurst?«

»Nein«, antwortete ich, »ich hab's nicht vergessen. Erlaube mal...« Ich griff an das Revers seines Jacketts und befühlte den Stoff. »Edel. Freut mich für dich. Die Zeiten von Streichkäse sind vorbei.«

Als ich sein Jackett berührt hatte, war er für einen Augenblick erstarrt. Er schien sich beherrschen zu müssen, meine Hand nicht wegzuschlagen.

»Was machst du so?«, fragte ich. »Noch immer RD?«

»OK«, antwortete er.

Ich hätte es mir denken können. Fast überall, und selbst in kleinen Polizeidirektionen waren in den letzten Jahren eigene Dezernate für die Bekämpfung der organisierten Kriminalität eingerichtet worden.

»Dezernatsleiter?«

Er nickte nur und betrachtete mich, als hätte er seine Fassung noch nicht ganz wiedergewonnen.

»Schön für dich.« Ich deutete zu den Roulettetischen. »Dann sitzt du also dort an der Quelle, wie der Gärtner unter den Böcken.«

»Wie du meinst.« Er sah mich unbewegt an. »Wenn es nach dir gegangen wäre, säße ich jetzt wo ganz anders.«

»So ist es.«

Wo er Recht hatte, hatte er Recht.

»Ich trag es dir nicht nach.« Er nahm einen weiteren Schluck. »Tempora mutantur und so weiter.«

Aus dem vorderen Raum drang ein zorniger Aufschrei. Ich deutete mit dem Daumen zur Tür. »Das hört sich aber nicht gut an. Nächstes Jahr Regionalliga?«

»Es würd mich nicht wundern.« Er sah mich abschätzig an. »Für einen direkten Glücksbringer hab ich dich noch nie gehalten. Aber sag doch, was machst du denn so?«

»Auftragsarbeiten«, sagte ich.

»Ah ja«, machte er. »Und was für Aufträge sind das?«

»Was so reinkommt.«

»Und du kannst davon leben?«

»Mir reicht es.«

»Schön für dich«, meinte er und trank sein Glas aus. »Ich glaub, ich schau mal wieder, wie's am Tisch läuft.«

Auch ich trank aus. »Danke fürs Bier«, sagte ich.

Er stand auf und nickte mir zu. »Denk daran: Katholischer Altenclub, donnerstags.«

Im vorderen Raum war die falsche Blondine durch eine minderjährige Afrikanerin ersetzt worden. Aber die Leute standen vor dem Bildschirm und brüllten, weil von den Violett-Weißen gerade einer vom Platz geflogen war und seine Mannschaftskameraden dem Schiedsrichter an die Wäsche wollten. Ich sah noch eine Weile zu, der Schiedsrichter war ein ruppiger grauhaariger Kerl und brachte den Rumpelfußball umgehend wieder in seinen holprigen Gang. Dann hatte ich genug.

Draußen fegte mir kalte und frische Luft ins Gesicht und durch die Bronchien, dass ich Lust bekam, noch ein paar Schritte zu gehen. Ich ging an den geparkten Autos vorbei, ein blauer BMW hatte im Kennzeichen die Kombination KS-777, die Sieben ist eine Glückszahl, KS mochte für Klemens Schuckart stehen oder auch nicht. Dann schlug ich den Weg ein, der durch den Alten Park ins Zentrum führt, vorbei am Justizgebäude, in dem sich am nächsten Tag der Chefarzt Friedhelm Morsfeld seinen Freispruch abholen würde, wenn es denn stimmte, was mir Marion erzählt hatte.

Eine Weile blieb ich unter den Kastanien stehen und betrachtete die Gebäudefront mit dem neugotischen Portikus und der steinernen Justitia darüber, die mit ihrem Schwert und ihrer Waagschale seit Kaiser Wilhelms Zeiten blind ins Leere fuchtelt. Ich versuchte, aus meinem Gedächtnis die Anordnung der einzelnen Sitzungssäle abzurufen, das dauerte eine Weile, dann war plötzlich alles wieder da, das Warten, die Rituale des Zeugenaufrufs, ladungsfähige Anschrift, mit dem Angeklagten nicht verwandt und nicht verschwägert, wegen Eidesverletzung nicht vorbestraft ...

Den Mann im Parka, der mir folgte, hatte ich erstmals bemerkt, als ich zum Justizgebäude abgebogen war. Er war auf der anderen Straßenseite gegangen, mit einigem Abstand hinter mir, und dann, als ich unter den Kastanien stehen geblieben war, in einem Hauseingang verschwunden. Da ist nichts dabei. Nur wurde in dem Haus keine Treppenbeleuchtung eingeschaltet.

Ich ging durch die Altstadt und die Fußgängerzone, und mein Schatten folgte mir im Abstand von zwanzig oder dreißig Metern, mal etwas näher dran, mal auf die andere Straßenseite wechselnd. Ich war sicher, dass er das Beschatten auf der Polizeischule gelernt hatte. Aber er ging, als ob er bei jedem Schritt mit der Schulter eine Tür aufdrücken müsse. Das hatte ich schon einmal gesehen, und plötzlich – wie vorhin gerade vor dem Justizgebäude – setzte die Erinnerung wieder ein mit ihren sprunghaften Schüben: Der Mann war Brockentrott, Kai-Uwe, ein Norddeutscher von echtem Schrot und manchem Korn, er hatte mir einmal eine Henkersschlinge über den Schreibtisch gehängt, ein Zettel war daran geheftet: »Für das Kameradenschwein«. Natürlich wollte Kai-Uwe es dann nicht gewesen sein, die besonders Treuherzigen sind nun einmal so.

In der Fußgängerzone tauchten die ersten Fans auf, betrunken und katzenjämmerlich. Die Kioske hatten längst die Rollläden heruntergelassen, aber eine Stehkneipe war noch geöffnet. Vor dem Tresen drängte sich eine Gruppe von Leuten, die meisten mit dem violett-weißen Schal um den Hals und in gedämpfter Stimmung. Ich schob mich an ihnen vorbei und bestellte beim Wirt einen doppelten Kognak.

»Also so etwas«, sagte ich, »ich trau meinen Augen nicht.«

»Schon gut«, meinte der Wirt und blickte argwöhnisch über den Tresen. Seine Augen blickten, als ob er es an der Leber hätte.

»Da steht der Kerl und tut, als könne ihm keiner«, fuhr ich fort. »Steht da draußen beim Eingang vom Horten und wartet, dass ihm einer den Koffer mit dem Schmiergeld bringt.«

»Aber es kommt keiner, wie?«, sagte der Wirt und schob mir den halb vollen Kognakschwenker über den Tresen.

»Alles Beschiss«, erklärte ein Kerl neben mir. Er hatte den Schal um den Arm gewickelt und sah mich glasig an. »Schmiergeld, jawohl.«

»Du glaubst es nicht, der steht da draußen«, sagte ich, »und lacht sich eins, dass er dieses Spiel verpfiffen hat, und keiner kann ihm ...«

»Wer steht da draußen?«

»Der Schiedsrichter«, antwortete ich. »Sag ich doch die ganze Zeit. Der Schiedsrichter, der das Spiel verpfiffen hat mit diesem Platzverweis, der die reine Frechheit war – der gleiche Kerl steht da draußen und denkt, es kennt ihn keiner, weil er keinen Schwarzkittel mehr anhat, sondern einen Parka, und jetzt steht er da vor dem Schaufenster mit der Damenunterwäsche und glotzt ... So steht er da ...« Ich zog den Kopf ein, schob die Schulter vor und setzte das Gesicht auf, das mir von Brockentrott in Erinnerung war, treudeutsch und falsch und ein bisschen schafsmäßig auch.

Plötzlich war die Stehkneipe ziemlich leer, und ich wollte zahlen.

»Einen doppelten Kognak, macht zehn Euro«, sagte der Wirt.

»Nett«, meinte ich und schob den Schein über den Tresen. »Nette kleine Kneipe, die Sie da haben. Preise wie anno dazumal, als es noch die Mark gab.«

Er wollte etwas in der Art sagen, dass er solche Gäste wie mich lieber einmal gehen als zweimal kommen sieht, aber der Lärm, der draußen ausbrach, verschlug ihm die Sprache.

Zwanzig Minuten später löschte ich das Licht in meinem Hotelzimmer.

Der Verhandlungssaal der Zweiten Kleinen Strafkammer des Landgerichts ist ein hoher, enger Raum, dessen Fenster während der Verhandlung geschlossen bleiben müssen, weil vor ihnen eine Hauptverkehrsstraße am Justizgebäude vorbeiführt. Irgendwann nach meiner Zeit waren die Wände und die Empore vor dem Richtertisch grau gestrichen worden, mit einem blassen vertrockneten Rot abgesetzt.

Als ich zum letzten Mal hier gewesen war, hatten sie einen armen Teufel zu vier Jahren verknackt. Angeblich hatte er einem Unfallopfer fünfzigtausend Mark gestohlen, angeblich war das Unfallopfer bewusstlos gewesen und das Geld – angeblich – in einem Umschlag.

Ich dachte nicht gerne daran zurück. Der arme Teufel war unschuldig gewesen, und ich hatte es gewusst. Aber so ist das vor Gericht.

Eine Stimme drang an mein Ohr. »Nach Ihrer Erfahrung – würden Sie sagen, er war ein für sein Alter kräftiger Junge?«

Die Frage kam von dem Tisch, der an der Fensterseite stand. Der Fragesteller war der Rechtsanwalt Kugler, ich erkannte ihn an seiner Stimme und noch mehr an der Pose, mit der er den Blick auf die Akten geheftet hatte, als wollte er jedem im Saal sagen, das ist jetzt aber eine besonders beiläufige Frage.

»Nein, nicht unbedingt«, antwortete von der anderen Seite des Saales ein jüngerer Mann. Weil ich noch an der Tür stand, sah ich ihn nur von der Seite. Er hatte leicht gelocktes dunkles Haar, das die Stirn freiließ, und etwas vorstehende Augen. Ein fleckiges Rot zog sich über sein Gesicht. »Er war ja insgesamt in einer nicht besonders guten Verfassung.« Die Stimme bemühte sich um den kultivierten Klang eines Akademikers, der mit Laien spricht. Aber er traf den Ton noch nicht richtig, vielleicht weil er zu nervös war oder noch zu jung. Ich nahm an, dass der junge Mann Dr. med. Claus Wertlein war, einer der beiden Angeklagten. Ich hatte seinen Namen auf dem Aushang der Gerichtstermine gelesen.

»Ah ja«, machte Kugler. Die Frau neben ihm, dunkelhaarig mit einer weißen Strähne, wollte etwas sagen oder widersprechen, aber der Anwalt legte ihr beruhigend die Hand auf den Arm. »Entsprechend haben Sie dann auch die Narkose dosiert?« Er blickte hoch.

Ich sah mich nach einem Sitzplatz um und fand schließlich einen neben einem vierschrötigen Kerl, der vornübergebeugt und mit gespreizten Beinen auf dem Besucherstuhl hockte, als säße er auf einem Kinderstühlchen. Der Zuhörerraum war dicht besetzt, die Ausdünstung von Rechthaberei und ungelüfteten Kleidern vermengte sich mit Schwaden von Kölnisch Wasser und anderem Parfüm. Zwischen die Rentner, die zum Stammpublikum jeder Gerichtsverhandlung gehören, hatten sich andere Besucher gezwängt, darunter auffallend viele Frauen, die ich nach ihren Frisuren und ihren steifen Schulmädchenrücken der besseren Gesellschaft der Stadt zurechnete. Die Groupies des Chefarztes Morsfeld? An seiner Stelle hätte ich mir diesen Beistand untersagt.

Ich sah ihn mir näher an. Angeklagte nehmen heute nicht mehr auf einer Anklagebank Platz, sondern auf den gleichen maßvoll gepolsterten Stühlen wie die übrigen Prozessbeteiligten, vor sich ein Tisch für die Akten. Trotzdem wird die bloße Zuweisung dieses Platzes, die Zumutung, sich dort und nirgendwo anders hinsetzen zu müssen, oft schon als Strafe empfunden. Einmal habe ich einen Pastor erlebt, der seine Frau totgeschlagen hatte und deswegen vors Schwurgericht gekommen war. Wenn die Verhandlung begann, ging er zu seinem Platz und setzte seine Halbbrille auf, als müsse er jetzt erst einmal die Tagesordnung zur Kenntnis nehmen, damit er dann gleich die Sitzung leiten könne, wie er das bei seinem Kirchengemeinderat auch immer getan hatte. Er konnte nicht anders, und bis zum Ende des Prozesses begriff er nicht, was die Leute auf dieser komischen Empore neben ihm hier eigentlich zu suchen oder zu sagen hatten.

Auch Professor Dr. med. Friedhelm Morsfeld trug eine Halbbrille, eine goldene freilich, und entzog sich der Zumutung seines Hierseins damit, dass er Akten las. Offenbar waren ihm seine Groupies doch peinlich. Ich schätzte ihn auf knapp sechzig Jahre. Die lange graue Haarmähne gab ihm das Aussehen eines Künstlers, sein Gesicht wirkte ein wenig zerklüftet und – selbst aus der Entfernung – großporig. Flankiert war er von zwei Anwälten, einer von ihnen war Eisholm. In einem früheren Leben war auch ich dann und wann von seinen Krähenaugen fixiert worden, aber ich nahm nicht an, dass er sich an mich erinnerte. Wertlein saß mit seinem eigenen Verteidiger an einem etwas erhöhten Tisch hinter Morsfeld.

»Irre ich mich«, fragte Kugler aus dem Gehege seiner Akten heraus, »irre ich mich, oder ist die Dosierung bei der zweiten Operation deutlich schonender, oder sollte ich besser sagen: niedriger ...«

Am Tisch des Professors Morsfeld kam Bewegung auf. Eisholms Krähenaugen hatten einen Wurm erblickt, nun wollte er ihn haben. »Höre ich recht?«, fragte er. »Sollte hier am Ende unterstellt werden, es liege ein Narkosefehler vor? Nur zu! Aber hätte dies nicht vielleicht etwas früher ins Verfahren eingebracht werden sollen, einige Zeit früher sogar? Und hätten wir uns dann, Hohes Gericht« – er wandte sich dem Vorsitzenden Richter zu –, »überhaupt noch mit zwei Angeklagten zu beschäftigen? Sondern vielleicht nur mit einem? Auch wenn dies« – die Krähenaugen nahmen wieder Eisholms Gegenüber ins Visier – »dann nicht die Schlagzeilen machen würde, auf die es manchen Leuten vielleicht ankommt ...«

»Das ist eine Unterstellung«, sagte die Frau mit der weißen Strähne im Haar, und der Vorsitzende Richter Kudernatsch – inzwischen weißhaarig geworden und mit Gesichtszügen, die sich zu denen eines magenkranken Kaninchens verschärft hatten – schreckte hoch und sagte, dass die Frau Nebenklägerin doch bitte nicht unsachlich werden und dass Dr. Wertlein die Frage beantworten solle, »obwohl ich auch nicht so ganz erkennen kann, was damit bezweckt werden soll ...«

Offenbar waren es also zwei Operationen gewesen, warum hatte mir das diese Marion nicht gesagt? Ich betrachtete die Frau in der Zuhörerreihe rechts vorne, deren flachsgelbes Haar zu einem Pferdeschwanz zusammengebunden war und die mich vorhin – als ich eingetreten war – mit einem raschen Blick gestreift hatte, den ich nicht deuten konnte. Vielleicht hatte sie mir das mit der zweiten Operation doch gesagt, und ich hatte nicht richtig zugehört, die Geschichte eines 17-Jährigen mit Morbus Crohn ist ja nicht besonders lustig, im Vorabendkrimi haben die Leute nie so etwas.

»Wenn Sie nach der Vorbereitung für die zweite Operation fragen«, sagte Wertlein, und die Flecken in seinem Gesicht nahmen an Deutlichkeit zu, »also, wenn Sie danach fragen ...«

»Das tue ich«, warf Kugler ein, nicht ohne Schärfe.

»Also, die haben sich natürlich nach den insgesamt veränderten Parametern gerichtet«, brachte Wertlein heraus.

»Sie meinen«, hakte Kugler nach, »danach, dass der Patient sich inzwischen eine akute Bauchfellentzündung zugezogen hatte ... Sie haben dies natürlich berücksichtigt, nicht wahr?«

Wertlein nickte.

Kugler hob den Kopf. »Wann ist Ihnen eigentlich klar geworden, dass es zu Komplikationen gekommen war?«

Ich lehnte den Kopf zurück und schaltete auf Durchzug. Als ich das letzte Mal hier gewesen war, hatte ich am Fenster gesessen. Schweigend. Keine Aussagegenehmigung. Damals war ich mir sicher gewesen, dass ich diesen Saal niemals mehr ertragen würde. Warum war ich nun doch gekommen? Ich wusste es nicht. Es gab keinen vertretbaren Grund. Vor allem hätte ich Marions Auftrag ablehnen sollen. Das alles ist zu offenkundig, hätte ich ihr sagen müssen. Sie bringen nur sich und Ihre Schwester in Gefahr.

Eine wohl artikulierende, sonore Stimme holte mich in die Verhandlung zurück. »Wenn ich hier einige für den Laien freilich nahe liegende Fehleinschätzungen korrigieren darf«, sagte Professor Friedhelm Morsfeld und hob den Blick von seinen Akten, »die Symptome einer Peritonitis sind äh ... wenig spezifisch ... nach meinen Aufzeichnungen hat der Patient zwar über diffuse Schmerzen geklagt, die aber nicht näher zu lokalisieren waren ...«

Ich reimte mir zusammen, dass eine Peritonitis eine Bauchfellentzündung war und dass der 17-Jährige sie nach seiner ersten Operation bekommen hatte. Der zweite Eingriff war offenbar eine Notoperation gewesen, aus der der 17-Jährige nicht mehr aufgewacht war.

»Die Bauchdecke haben Sie nicht abgetastet?« Kugler hatte sich inzwischen den Chefarzt selbst vorgenommen. Diesmal freilich fragte er nicht beiläufig, sondern hielt den Blick auf Morsfeld gerichtet, vielleicht nicht gerade respektvoll, aber doch nicht unhöflich.

Der Mann mit der Künstlermähne schüttelte nachsichtig den Kopf. »Nach einer so kurz zurückliegenden Operation im Abdomen ist das nicht angezeigt. Schon gar nicht bei einem so ausgesprochen berührungsempfindlichen Patienten.« Die Stimme: noch immer klar, beherrscht, überlegt.

»Das ist nicht wahr«, widersprach die dunkelhaarige Frau mit leiser Stimme.

»Ich muss Sie um etwas mehr Zurückhaltung bitten«, fiel ihr der Vorsitzende Kudernatsch ins Wort. »Lassen Sie doch bitte Herrn Chefarzt Morsfeld auch einmal ausreden.«

Morsfeld hob kurz beide Hände, um anzudeuten, dass er der Nebenklägerin nichts nachtrage. Die Frau mit der Haarsträhne wandte sich ihrem Anwalt zu, der auf sie einflüsterte und eine beschwichtigende Geste machte.

»Trifft es zu«, wollte dieser dann wissen, »dass Sie den Sohn der Klägerin noch während der Visite einen Simulanten genannt haben?«

»Aber Kollege!«, fiel ihm Eisholm ins Wort, einer der Anwälte Morsfelds. »Das ist doch gar nicht der Wortschatz meines Mandanten. Sie bauen hier einen Pappkameraden auf, nicht wahr, als gehe es in diesem angesehenen Krankenhaus zu wie zu Adolfs Zeiten in einem Militärlazarett!«

Allgemeine Entrüstung, das Vorsitzende Kaninchen schüttelte missbilligend den Kopf und verkündete eine Beratungspause, die Anwälte und Prozessbeteiligten und die Zuhörer erhoben sich steifbeinig und strebten dem Korridor zu und der frischen Luft, so frisch sie im Korridor eines Justizgebäudes sein mag. Ich ließ den anderen Zuhörern den Vortritt und ging zum Fenster und öffnete es. Dann stützte ich mich auf dem Fensterbrett auf und ließ einen Schwung frischer Straßenluft in meine Lungen. Ich holte meinen Taschenkalender hervor, riss einen Zettel heraus und schrieb – so leserlich es mir möglich war – folgende Zeilen:

Sehr geehrter Herr Eisholm, sicherlich sind Sie davon in Kenntnis gesetzt worden, dass sich im Saal mehrere Polizeibeamte zum Schutz von Herrn Professor Morsfeld befinden. Sollte man Sie nicht unterrichtet haben, oder sollten Sie nähere Auskünfte zu den Informationen wünschen, die der Polizei über einen möglicherweise geplanten Mordanschlag auf Professor Morsfeld vorliegen, empfehle ich Ihnen, Hauptkommissar Schuckart als Zeugen vorladen zu lassen.
Mit den besten Empfehlungen

Die Unterschrift sparte ich mir. Ich faltete den Zettel, schrieb Eisholms Namen darauf und drehte mich um. Der Saal war leer. Ich ging am Tisch der Verteidigung vorbei und ließ den Zettel vor Eisholms Platz liegen. Draußen musste ich an dem Vierschrot vorbei, der neben dem Aushang mit der Tagesordnung lehnte und der mit diesem leeren Blick durch mich hindurch sah, den man auch erst gelernt haben muss.

Ich schlenderte den Korridor hinab in Richtung Treppenhaus, aber nach wenigen Metern löste sich von einem Seiteneingang eine Gestalt. Es war Marion, diesmal nicht im Kostüm, sondern in schwarzen Jeans und in einer schwarzen Lederjacke, sie gab mir mit den Augen ein Zeichen, dass ich ihr folgen solle. Sie wollte mich sprechen, nichts dagegen zu sagen, dachte ich, aber dass ich ihr nachlaufe, war dann doch zu viel verlangt. Ich ging weiter, bis zu dem Aufgang, von dem ich wusste, dass er zur Bibliothek führt. An einem Fenster dort blieb ich stehen und betrachtete den graublauen Januarhimmel über den Dächern der Stadt und den Hochhäusern, die in den letzten Jahren über die Dachlandschaft hinausgewachsen waren.

»Warum sind Sie jetzt schon hier?«, fragte eine nervöse Stimme neben mir.

Ich blieb weiter vor dem Fenster stehen. »Sie sehen Ihrer Schwester nicht sehr ähnlich.«

Die Antwort gefiel ihr nicht. »Wir hatten vereinbart, dass Sie erst nach dem Prozess kommen«, hakte sie nach. Sie senkte die Stimme. »Wenn es einen Freispruch gibt.«

Erst jetzt drehte ich mich um. Vor dem nächsten Fenster verhandelten zwei Rentner mit gedämpften Stimmen, wann Kudernatsch wohl seinen Schlupfwinkel finden würde, das Verfahren einzustellen. Der Club der toupierten Morsfeld-Fans besprach, dass man besser erst einmal ein Café aufsuchen sollte. Morsfelds Anwälte waren mit ihrem Mandanten in einem Besprechungsraum verschwunden. Nur die Frau mit der weißen Strähne im Haar spazierte langsam und wortlos mit Rechtsanwalt Kugler zum anderen Ende des Korridors.

Marion betrachtete mich mit diesem eindringlichen, vorwurfsvoll-enttäuschten Frauenblick. »Sie haben meine Frage nicht beantwortet.«

»Es macht Ihnen nichts aus, mit mir gesehen zu werden?«, fragte ich zurück.

Sie runzelte die Stirn. »Warum sagen Sie das?«

»Wer weiß eigentlich alles von unserer kleinen Vereinbarung?«

Sie sah mich verwundert an oder vielleicht auch alarmiert. »Ich habe mit niemand darüber gesprochen, wie kommen Sie darauf?«

»Wenn jemand sagt, er habe mit niemand geredet, werde ich misstrauisch.« Ich lächelte kurz. »Da vorne am Eingang steht ein Mensch und glotzt, wie das nur eine einzige Sorte von Menschen tut. Die vom Staat dafür bezahlt wird.«

Mein Lächeln prallte an ihr ab. Sie beobachtete mich unverwandten Blickes, hellwach, aufmerksam. »Ich verstehe Sie nicht ...«

»Sie haben sehr gut verstanden«, sagte ich.

»Heißt das, dass Sie den Auftrag zurückgeben?«

»Das heißt nur, dass mir der Mensch da vorne nicht gefällt.« Ich nickte ihr zu und wandte mich wieder dem Fenster zu. Aus den Augenwinkeln sah ich, wie Dr. Claus Wertlein durch den Korridor auf uns zukam, mit unsicheren Schritten und brennend roten Flecken im Gesicht. Für einen kurzen Moment war mir, als wollte er bei uns stehen bleiben, auch Marion sah auf, mit schmalen, unwilligen Augen, dann ging Wertlein weiter und drückte sich zur Seite, denn ihm entgegen kam die Frau mit der weißen Strähne im Haar und ihrem Anwalt im Gefolge.

Ich sah ihm nach und überlegte, was das für ein Blick gewesen war, mit dem Marion ihn angesehen hatte. Und was Wertlein gewollt hatte, und von wem.

»Da ist etwas, was ich nicht verstehe«, sagte ich zu Marion. »Sie haben mir doch erzählt, diese erste Operation sei unterbrochen worden, weil Morsfeld mit seinem Vermögensberater reden wollte ... Warum ist das kein Thema in dieser komischen Verhandlung?«

»Kein Vermögensberater.« Sie schüttelte den Kopf. »Ein Politiker. Das Krankenhaus soll eigentlich geschlossen werden. Morsfeld will, dass das erst nach seiner Pensionierung passiert. Darum setzt er alle Hebel in Bewegung.«

»Warum ist das kein Thema?«

»Wir können es nicht beweisen.« Sie senkte die Stimme. »Alle wissen es. Die Ärzte. Die Schwestern. Alle. Aber niemand würde es zugeben. Wenn einer den Mund aufmachen würde, könnte er keinen Tag länger in der Klinik arbeiten. Und nicht nur das. Morsfeld würde ihn verklagen, wegen Rufschädigung und was weiß ich! Da käme keiner mehr je auf einen grünen Zweig.«

Ein Klingelzeichen ertönte. »Sie müssen wieder auf Ihren Platz«, sagte ich. »Aber rechnen Sie nicht so bald mit einem Urteil.«

Das Haus lag an einem Südhang, von der Straße zurückgesetzt, der es eine abweisende, eierschalenweiße Front zeigte, die nur von einem ausladenden, mit Glas und Stahl überdachten Eingangsportal unterbrochen wurde. Zusätzlich schirmte ein hoher Metallzaun aus verzinktem Stahl das Anwesen gegen Zudringliche ab.

Der Mietwagen, den ich mir am Morgen besorgt hatte, war in einer Querstraße abgestellt, einen Block unterhalb der Villa. Als ich die bergwärts führende Stichstraße hochging, kam mir ein Mann mit einem schwarzen Labrador entgegen und blickte mich misstrauisch an. Das ist heute überall in diesen Vierteln so. Ein Fremder, auch noch zu Fuß unterwegs, kann nur verdächtig sein.

Das automatische Eingangstor der Villa war aufgezogen. Ein Mann im Blauen Anton machte sich mit einer Heckenschere am kahlen Gebüsch zu schaffen. Ich ging auf ihn zu und hob grüßend die Hand.

»`n Tag auch«, sagte ich. »Kriminalpolizei.« Ich griff in meine Brusttasche und ließ ihn kurz meinen Ausweis sehen. Auf dem Ausweis heiße ich Wolf Niemann, geboren am 5.10.1940 in Grevenbroich. Es ist der Ausweis der Außendienstmitarbeiter einer Firma für Heizungstechnik.

»Da soll sich ein Mann herumdrücken, mit einer auffälligen Narbe auf der Stirn, vielleicht einsachtzig groß, die Haare schon etwas spärlich, quer über den Scheitel gekämmt ...«

Der Gärtner dachte nach. »Tut mir Leid«, sagte er schließlich. »Sagt mir nichts. Was hat er denn ausgefressen? Mit kleinen Mädchen was?«

»Ich will nichts gesagt haben«, antwortete ich. »Aber es wäre gut, wenn Sie die Augen offen hielten.« Ich schaute ihm ins Gesicht. »Sie wohnen hier?«

Der Gärtner sagte, dass er nur der Gärtner sei. »Aber Frau Doktor Morsfeld ist da, falls Sie mit ihr sprechen wollen?« Ich sagte, dass es mir recht wäre.

Ellinor Morsfeld trug Jeans und einen kunstlos gestrickten grauen Pullover, der sehr teuer gewesen sein musste, und sehr kurz geschnittene graue Haare. Sie hatte mich in der Halle warten lassen, nicht lange, aber doch lange genug, dass ich die großen Holzskulpturen vom Niger und dazwischen eine original mundgeschnitzte Madonna aus dem Allgäu betrachten konnte.

»Kriminalpolizei?«, sagte sie und betrachtete mich fragend. Frauen aus einer bestimmten Gesellschaftsschicht haben diesen Blick, der sagt, ich weiß, dass es so etwas gibt. Aber wie kann das etwas mit mir zu tun haben?

»Eine reine Vorsichtsmaßnahme«, sagte ich. »Wir haben einen telefonischen Hinweis bekommen, wonach sich eine verdächtige Person in diesem Stadtteil herumtreibt ...«

»Das ist doch Unsinn«, fuhr sie mich an. »Was soll das sein: eine verdächtige Person? Jemand mit einem Schießgewehr? Oder einem Schlachtermesser?«

»Ihr Ehemann ist noch nicht zu Hause?«

Ihr Gesicht zeigte noch immer Unmut. Aber plötzlich war noch etwas anderes dabei. »Nein«, antwortete sie, »er ist... Ach, was geht Sie das eigentlich an?«

Ich gab ihren Blick zurück. Höflich wartend tat ich das. Plötzlich sah ich, dass sie Angst hatte. Die Angst war unterdrückt, eingeschnürt wie in ein Korsett. Aber sie war da.

»Wir haben einen Hinweis bekommen«, sagte ich vorsichtig, »dass Ihr Mann möglicherweise in Gefahr ist. Es ist ein sehr vager Hinweis, vielleicht auch nur ein schlechter Scherz. Aber wir wollen jedes Risiko ausschließen...«

»Eine Morddrohung?« Ihr Kopf schob sich vor, und ihre Augen fixierten mich. »Das kommt doch von dieser verrückten Frau, ganz bestimmt tut es das, geben Sie es nur zu, die verfolgt uns mit ihrem Hass, dabei ist sie doch selbst schuld, Morbus Crohn ist doch genetisch bedingt, nach allem, was man weiß... Warum, bitte, kann die Polizei so etwas nicht unterbinden? Zahlen wir vielleicht nicht genug Steuern?«

Ich versuchte, ihr zu erklären, dass die Polizei konkrete Hinweise brauche, um gegen jemanden vorzugehen. »Solche Hinweise haben wir nicht. Glücklicherweise nicht.« Dann bat ich sie, ob ich mir das Haus ansehen könne. »Nur um jede mögliche Gefährdung auszuschließen...«

»Wie Sie wünschen«, antwortete sie. »Wenn Sie nur mit diesem verharmlosenden Geschwätz aufhören wollten... Haben Sie hier genug gesehen?«

Ich sah mir das Panoramafenster und die Tür in den Garten an und untersuchte die Alarmanlage, mit der beide gesichert waren. Außerdem war der gesamte Garten von Bewegungsmeldern erfasst, wie mir Ellinor Morsfeld erklärte. »Das alles hat ein Heidengeld gekostet, und wissen Sie, wozu es gut ist? Da muss nur eine Katze oder ein Eichhörnchen durch den Garten laufen, und die ganzen Lichtspiele flammen auf, sehr eindrucksvoll, kann ich Ihnen sagen. Aber weil diese Viecher kein Einsehen haben und in einem fort durch unseren Garten laufen, als ob es keine anderen gäbe, haben wir nächtelang kein Auge zugemacht, schließlich mussten wir die ganzen Bewegungsmelder wieder abschalten ...«

Der Garten war mit Bäumen bepflanzt, die auch ohne Laub irgendwie nicht einheimisch aussahen, sondern eher dem Katalog edler Zierhölzer entnommen, wie Ihr Nachbar sie nicht hat. Ich wurde durch ein Speisezimmer geführt, das für das Direktorium der Klinik samt Gattinnen ausgelegt schien, und danach in einen ebenfalls zum Garten hinaus gelegenen Bibliotheks- oder Arbeitsraum mit deckenhohen Bücherregalen und einem altertümlichen Schreibtisch, dessen polierte Oberfläche leer war bis auf eine italienische Schreibtischlampe und ein silberfarbenes Notebook.

»Das Studierzimmer meines Mannes«, sagte sie. »Das bringt mich übrigens auf eine Idee.« Sie ging zu einem Sekretär, der ebenso wie der Schreibtisch aus dunkel gebeizter und polierter Eiche gearbeitet war, schloss ihn auf und klappte die Schreibplatte herab. Zwei Reihen von Schubfächern wurden sichtbar, von denen sie erst eine, dann eine zweite leicht herausziehen musste, ehe sie die dritte – das Geheimfach – öffnen konnte. Sie holte ein in Ölpapier eingeschlagenes metallisches Ding heraus und packte es vor meinen Augen aus. Es war eine Pistole, eine Mauser, sorgfältig eingefettet, nach meiner groben Schätzung Jahrzehnte alt.

»Das war die Dienstwaffe meines Vaters«, sagte sie und lud durch. »Der war Militärarzt, müssen Sie wissen, im Rang eines Obersten. In meiner Familie hat man gelernt, sich zu wehren, wenn es sein muss. Seien Sie also unbesorgt, ich kann damit umgehen.«

»Sie haben einen Waffenschein? Oder wenigstens eine Besitzkarte?«

Ruckartig wandte sie den Kopf und starrte mich mit zusammengekniffenen Augen an. »Was reden Sie da? Es gibt Morddrohungen gegen meinen Mann, und die Polizei hat nichts Besseres zu tun, als mich zu fragen, ob ich auch alle bürokratischen Formalitäten erfüllt habe?«

»Hier geht es nicht um Formalitäten«, antwortete ich. »Wenn Sie diese Waffe da angemeldet hätten, wären Sie auch darin unterwiesen worden, wie Sie sie warten müssen. Sie haben da, glaube ich, des Guten zu viel getan. Außerdem ...« Ich unterbrach mich und ging, ihren Blick mit den Augen festhaltend, auf sie zu.

Sie wich zurück und stand nun mit dem Rücken zum Schreibtisch, die Waffe in der halb erhobenen Hand.

»Außerdem sollten Sie das Erbstück besser dem Heimatmuseum stiften. Wissen Sie« – ich lächelte zutraulich –, »die Leute, mit denen Sie es sehr wahrscheinlich zu tun haben, die spielen nicht Wild West. Die mögen keine Knallereien, durchaus nicht, die kommen ganz still und leise. Sie hören es nicht, und wenn Sie doch etwas hören und nach dem Ding da greifen ...« – meine Hand umschloss die ihre –, »und nach dem Ding da greifen, da haben sie es Ihnen schon weggenommen, so...«

Ich packte die Mauser am Lauf und bog sie hoch, so dass sie losließ.

»Das geht so schnell, das merken Sie gerade so wenig, wie Sie es eben jetzt gemerkt haben.«

Wir sahen uns noch immer in die Augen, aber dann irrte ihr Blick ins Leere.

»Überhaupt fände ich es besser, wenn Sie bis zum Wochenende in ein Hotel gingen oder zu einer guten Bekannten ...«

Sie machte ein Geräusch, das nach unterdrückter Empörung klang. Dann versuchte sie wieder, mich anzusehen, und blickte gleich wieder weg. »Was soll ich?«

»Ich sage jetzt nicht«, fuhr ich fort, »dass das eine reine Vorsichtsmaßnahme wäre, Sie mögen es ja nicht, dass wir die Dinge verharmlosen. Und Sie haben Recht – es wird wirklich nicht sehr lustig, wenn hier das Mobile Einsatzkommando herumturnt. Das sind dann keine Einsätze, bei denen eine Frau dazwischen geraten sollte ...«

»Sie verlangen von mir, dass ich meinen Mann im Stich lasse? Das kann ich nicht ...«

»Ich möchte nur«, sagte ich, »dass die bedauerlichen Belästigungen, denen Sie ausgesetzt sind, soweit als möglich in Grenzen gehalten werden. Haben Sie denn keine gute Freundin ...«

»Ach, Unsinn! Natürlich habe ich das.« Sie zögerte noch. »Was glauben Sie denn, wie viele mich beschwören würden, dass ich nur ja bei ihnen unterkrieche und bei keiner anderen ...«

»Sie könnten ja sagen, die Heizung bei Ihnen sei ausgefallen, und der Installateur könne erst morgen kommen oder übermorgen. Aus polizeitaktischen Gründen wäre uns das sowieso lieber, von der Morddrohung muss nicht jeder wissen.«

Sie warf mir einen raschen Blick zu. »Wissen Sie, dass Sie mich mit Ihren polizeitaktischen Gründen kreuzweise können? Aber ich will erst mit meinem Mann reden.« Offenbar hatte sie ihre Selbstsicherheit zurückgewonnen. Sie ging zu dem Telefon, das auf dem Schreibtisch stand, und nahm den Hörer ab.

Ich schüttelte den Kopf. »Sie werden Ihren Mann jetzt nicht erreichen. Er wird noch in der Verhandlung sein. Und ich glaube nicht, dass er sein Handy eingeschaltet hat. Das würde vor Gericht keinen sehr guten Eindruck machen. Die Richter mögen es nicht, wenn die Angeklagten Wichtigeres zu besprechen haben als das Verfahren ...«

Sie funkelte mich an. »Eine lächerliche Sache ist das! Die Justiz hätte anderes zu tun, wie sich jetzt ja leider gezeigt hat. Aber telefonieren muss ich trotzdem.« Sie wählte eine Nummer, bekam aber keine Verbindung.

»Wie lange soll dieser lächerliche Prozess noch dauern!«, sagte sie ärgerlich und wählte eine zweite Nummer. Diesmal wurde abgehoben.

»Ellinor hier. Entschuldige, Liebes, es ist mir rasend peinlich, aber heute Morgen ist der Brenner unserer Heizung kaputt gegangen und tut nicht mehr, und der Trottel von einem Installateur redet von einem Ersatzteil, das er erst bestellen muss ...«

Eine halbe Stunde später trug ich die beiden Koffer, die Ellinor Morsfeld in der Zwischenzeit gepackt hatte, und ihre Reisetasche zu ihrem Landrover, öffnete das automatische Gartentor und überzeugte mich, dass niemand auf der Straße wartete. Dann winkte ich sie heraus und schloss das Tor wieder. Ich hatte mit ihr vereinbart, dass ich ihren Mann verständigen würde, wenn er heimkam. Bis dahin würde ich das Haus hüten, denn der Gärtner war schon gegangen.

Ich begann damit, dass ich mir das Haus und vor allem die Ausgänge noch einmal genau ansah. Wie ich vermutet hatte, würde Morsfelds Arbeitszimmer der günstigste Platz für mich sein. Das Zimmer besaß eine eigene Tür zum Garten. Von der Tür führte ein Fußweg an Rosenhecken vorbei zu einem nierenförmigen Gartenteich, der jetzt zugefroren war. Dahinter verdeckte eine weitere Hecke den Stahlzaun, der das Grundstück gegen den Nachbargarten abgrenzte. Ich ging zurück und durch die Garage zu dem Werkraum des Gärtners, wo ich mir eine Heckenschere und eine Trittleiter holte. Ich schnitt die Hecke so weit zurück, dass ein Durchlass zum Zaun entstand, und stellte die Trittleiter dort bereit.

Inzwischen war ich hungrig geworden. In der Küche fand ich einen gut sortierten Kühlschrank, ich schnitt mir ein paar Scheiben Brot herunter und nahm etwas französischen Käse und ein paar Tomaten dazu. Ich war etwas besorgt, aß aber mit gutem Appetit. Immerhin wusste ich nicht, mit welcher Begleitung Professor Morsfeld hier erscheinen würde. Dass er eine Eskorte haben würde, war ziemlich sicher, ich glaubte aber nicht, dass es das Mobile Einsatzkommando sein würde, von dessen Besuch ich Ellinor Morsfeld vorgeschwärmt hatte. Schuckart müsste ja zuvor begründen, warum und wozu er die Sturmtruppe jetzt – und erst jetzt – anforderte. So schnell würde ihm dazu keine Erklärung einfallen.

Schließlich kehrte ich in Morsfelds Arbeitszimmer zurück und sah mir noch einmal die von seinem Schwiegervater vererbte Mauser-Pistole an. Ellinor Morsfeld hatte behauptet, sie habe öfter damit geschossen, meistens auf Baumstämme bei ihrem Ferienhaus. Mich wunderte, dass ihr bei diesen Schießübungen noch nichts zugestoßen war. Die Waffe starrte vor eingetrocknetem Schmierfett. Das brachte mich auf einen Gedanken, und aus dem Werkzeugkasten des Gärtners besorgte ich mir einige Stahlstifte – dünne Nägel ohne Kopf, wie sie für die Befestigung von Leisten gebraucht werden –, die mir für meine Zwecke geeignet schienen.

Als ich fertig war, legte ich die Mauser auf den Couchtisch vor dem Lederfauteuil, in dem ich saß, mit Blick zum Fenster. Im Zimmer brannte nur noch die Schreibtischlampe, draußen herrschte graue Dunkelheit, weder Sterne noch der Mond waren zu sehen.

Zeit verging. Wie beschreibt man das? Was sich im Gehirn abspielt, ist bestenfalls ein wildes Gepurzel von Bildern und Wortfetzen, von Erinnerungen an Klänge, Farben, Berührungen, vielleicht auch an Gerüche, sind Bruchstücke von Traumsequenzen und von Antworten, die einem dann nicht eingefallen sind, als man sie gebraucht hätte ... Jedenfalls in meinem Kopf ist das so, und nichts davon ließe sich auch nur annähernd wahrheitsgemäß in den geordneten Ablauf von Subjekt, Objekt, Prädikat bringen. Allenfalls könnte ich sagen, dass ein Teil meiner Assoziationen Marion betraf, ich rief Bilder ab: wie sie von diesem Bahnhof im Taunus auf mich zukam, das Gespräch im Korridor des Justizgebäudes, ihr Blick. Irgendwann beschäftigte mich die Frage, wie stark die Motive von Frauen sein können, oder konkreter: wie tief und unbedingt ihr Hass sein kann, und ob es möglich ist, dass Hass und andere Emotionen mit Ehrgeiz zusammentreffen und mit kalter Berechnung ...

Von draußen hörte ich das leise Surren, mit dem das Zufahrtstor geöffnet wurde. Ich stand auf, zwischen dem Gebüsch im Garten glaubte ich, den dünnen fokussierten Lichtstrahl einer Taschenlampe zu erkennen. Ich ging in die Halle und warf vom Garderobenfenster einen Blick nach draußen. Ein schwarzer Daimler bog in die Auffahrt, dahinter folgte ein blauer BMW mit dem Kennzeichen KS-777. Na also, dachte ich und postierte mich hinter einem Wandvorsprung, der die Garderobe von der Eingangshalle trennte.

Die Haustür öffnete sich. »Ich sage Ihnen noch einmal, ich verstehe dies alles nicht«, sagte die auch im Ärger noch kultivierte Stimme des Professors Morsfeld, »aber wenn Sie sich unbedingt mein Haus ansehen wollen, bitte sehr ... Ellinor! Besuch!« Der Ruf verhallte ungehört. Morsfeld stand noch in der Garderobe. »Wenn Sie hier Ihren Mantel ablegen wollen ...!«

Ein zweiter Mann hatte das Haus betreten. Ich wartete einen Augenblick, dann schwang ich mich um die Trennwand und rammte Schuckart, der mit dem Rücken zu mir stand und noch halb in seinem nachtblauen Wollmantel steckte, mit voller Wucht gegen die Haustür und riss ihm den Mantel über die Schultern herunter, so dass er die Arme nicht mehr rühren konnte und in dem guten nachtblauen Stück gefesselt blieb wie in einer Zwangsjacke. Während Professor Morsfeld mir allerhand sinnvolle Fragen stellte wie jene, wer ich sei, was ich hier tue und wer mich wozu auch immer befugt habe, drehte ich Schuckart um, nahm ihm seine Dienstwaffe aus dem Schulterhalfter und steckte sie mir in den Hosenbund.

»Einen Augenblick«, sagte ich zu Morsfeld, »Sie bekommen gleich jede gewünschte Auskunft.« Ich durchsuchte Schuckart und nahm ihm auch sein Handy ab. Er hatte noch immer nichts gesagt, sondern starrte mich nur an und arbeitete mit den Schultern, um sich aus dem Mantel zu befreien.

»Lass das!«, sagte ich und schlug ihm hart ins Gesicht. Dann wandte ich mich Morsfeld zu, der instinktiv zwei oder drei Schritte zurückgewichen war.

»Ich habe Ihrer Frau empfohlen, zu einer Freundin zu fahren, bis sich die Vorgänge hier geklärt haben.« Ich sagte ihm den Namen und die Adresse. Er verdrehte die Augen. »Außerdem hat Ihre Frau wiederum mich gebeten, ein Auge auf das Haus zu halten. So habe ich mir erlaubt, in Ihrem Arbeitszimmer auf Sie zu warten. Vielleicht könnten wir dort ... ?«

»Glauben Sie diesem Menschen kein Wort«, warf Schuckart ein.

Ich drehte mich um und hob meine Hand, und er schwieg.

»Warum haben Sie diesen Mann angegriffen?«, fragte mich Morsfeld. »Das ist ein Polizeibeamter ...«

»Das weiß ich«, antwortete ich. »Außerdem ist er es, der den geplanten Mordanschlag auf Sie in Auftrag gegeben hat.«

»Kein Wort ...«, brachte Schuckart heraus. Ich schlug noch einmal zu, vielleicht etwas zu hart, denn aus seiner Nase kam Blut.

»Hören Sie«, sagte Morsfeld, »ich kann so etwas in meinem Haus nicht dulden ...«

Ich deutete zu seinem Arbeitszimmer, er zuckte mit den Achseln und ging mir voran. Als er das Deckenlicht einschalten wollte, bat ich ihn, es nicht zu tun. »Ich will nicht, dass Sie hier wie auf dem Präsentierteller sitzen.«

Ich schob Schuckart zu der Sitzgruppe, er hatte den Kopf zurückgelegt, weil ihm noch immer Blut aus der Nase lief. Ich zog ihm den Mantelkragen wieder nach oben und stieß ihn in einen Sessel. Morsfeld deutete auf die Mauser-Pistole auf dem Couchtisch. »Wo haben Sie dieses Ding gefunden?«

»Ihre Frau hat es hervorgeholt. Machen Sie ihr aber bitte keine Vorwürfe deswegen. Sie wollte Sie damit verteidigen.«

»Und Sie ... ?«

»Ich habe es ihr ausgeredet. Seien Sie vorsichtig mit dem Ding. Es ist geladen.«

Schließlich hatten wir Platz genommen. Morsfeld saß sehr aufrecht in einem Sessel mit hoher Lehne, die Hände vor der Brust zusammengelegt, Fingerkuppe an Fingerkuppe, und äugte unter buschigen Augenbrauen fragend in das Halbdunkel, in das ich mich zurückgezogen hatte.

»Würden Sie mir jetzt bitte erklären, was Sie in meinem Haus tun? Und wer Sie sind?«

»Das sagte ich Ihnen bereits«, antwortete ich. »Ich hüte dieses Haus. Und ich bin auch derjenige, der Ihren Anwalt Eisholm von dem geplanten Anschlag in Kenntnis gesetzt hat.«

»Dieser Anschlag ist die lächerlichste Geschichte, die ich je gehört habe«, meinte Morsfeld. »So wahr ich hier sitze – es gibt niemand, der einen triftigen Grund hätte, mir nach dem Leben zu trachten. Nicht einmal diese unglückliche Frau, der übrigens heute in aller Deutlichkeit vom Gericht gesagt worden ist, dass mich keinerlei Schuld trifft ... Eigentlich ist das ein wichtiger Tag für mich. Ich bin voll rehabilitiert, verstehen Sie? Voll und *sine grano salis*. Aber seit diesem Nachmittag rennen die merkwürdigsten Leute hier herum, greifen in meinen Tagesablauf ein, verfügen über meine Frau und verhaften sich gegenseitig, und das alles unter dem Vorwand, mich schützen zu wollen! Bin ich denn in ein Irrenhaus aus Tausendundeinem Albtraum geraten?«

Die Albträume beginnen erst, dachte ich.

»Sie haben Recht«, antwortete ich, »es ist ein polizeiinternes Problem.« Ich deutete auf Schuckart, der noch immer den Kopf in den Nacken gelegt hatte und sich ein Taschentuch vor die Nase hielt. »Dieser Mensch ist ein notorischer Spieler. Seit langer Zeit schon. Vor Jahren hat er sich einen größeren Geldbetrag geben lassen, angeblich, um mit Dealern ins Geschäft zu kommen, die russisches Plutonium anbieten ... Es war alles gelogen, die Dealer, das Plutonium – alles seine Erfindung. Nur das Geld war real, und die Spielschulden, die er damit bezahlen wollte ...«

Wieder blickte ich zu Schuckart. Wir saßen alle außerhalb des Lichtscheins der Schreibtischlampe, und ich sah nicht viel mehr von ihm als den weißen Fleck des Taschentuchs, das er sich vors Gesicht hielt.

»Unten auf dem Kreisel, der zur Westumgehung führt, hat er schließlich einen Auffahrunfall provoziert und danach den Bewusstlosen gespielt, wie bei der Rotkreuz-Übung. Ein unglücklicher Mensch ist darauf hereingefallen und ihm zu Hilfe gekommen. Zwei Tage später wurde der Unglückliche verhaftet, unter dem Vorwand, er habe aus dem Unfallwagen einen Umschlag mit fünfzigtausend Mark an sich genommen, das Geld für den Plutonium-Deal...«

Von Schuckart kam noch immer keine Reaktion.

»Und?«, fragte Morsfeld. »Was hat das mit mir zu tun?«

»Der Unglückliche bekam vier Jahre aufgebrummt«, fuhr ich fort, ohne auf seine Frage zu achten. »Und er hat sie auch abgesessen. Aber danach ist er nie mehr auf die Beine gekommen.«

»Bedauerlich, aber was...?«

»Das hat mit Ihnen deshalb zu tun, weil Schuckart sich damals nur vorübergehend saniert hat. Er ist der heillose Zocker geblieben, der er immer war, und auf diese Weise ausgerechnet von den Leuten abhängig geworden, die er als Leiter eines Dezernats gegen die Organisierte Kriminalität an der kurzen Leine halten soll. Das mag eine Weile gut gehen, aber nicht ewig, irgendwann werden die Kollegen im Polizeipräsidium dann doch misstrauisch... egal. Schuckart braucht einen Erfolg, und weil das Bundeskriminalamt derzeit einen angeblichen Auftragsmörder sucht, hat er sich ausgedacht, dass er – der Hauptkommissar Klemens Schuckart, wie er hier vor Ihnen sitzt – dieses Phantom fängt, er und kein anderer, und dass ihm dann keiner mehr an den Karren fahren kann, weil er dann der berühmteste Detektiv und Mörderfänger der Republik ist.« Ich beugte mich zu Schuckart vor. »So hast du dir das vorgestellt, nicht wahr?«

Schuckart nahm das Taschentuch von der Nase. »Diesen Auftragsmörder«, sagte er mit angestrengter, leiser Stimme zu Morsfeld, »den gibt es wirklich. Er ist es.« Er wies mit dem Kopf zu mir.

»Sehen Sie«, sagte ich. »Er gibt es zu. Schuckart ist tatsächlich hinter diesem Phantom her. Und jetzt sind wir bei Ihnen, sehr geehrter Herr Professor. Sie nämlich sind in diesem Plan der Lockvogel, oder besser: die Ziege, die in der Falle angebunden ist, damit der böse Wolf kommt und sie frisst und der große Jäger Klemens Schuckart den Wolf erlegen kann.« Ich lächelte Morsfeld freundlich an. »Wie fühlt man sich denn so als Ziege, an einen Pfahl gebunden?«

Der Professor betrachtete mich unsicher, die buschigen Augenbrauen zusammengezogen. »Ich glaube nicht, dass ich Ihren Humor – oder wie Sie diese Art von Scherz zu nennen wünschen – angemessen zu würdigen weiß. Ich bin nicht die richtige Adresse dafür, verstehen Sie?« Er stand auf. »Überhaupt glaube ich, dass ich Ihre Aufmerksamkeit schon zu lange in Anspruch genommen habe. Ich schlage vor, wir trinken einen Whisky zusammen, und dann verlassen Sie mein Haus, und zwar Sie beide!« Er ging zu dem wandhohen Bücherregal, von dem ich erst jetzt bemerkte, dass es aus mehreren Elementen bestand, die sich auf Rollen bewegen ließen. Er schob eines davon zur Seite, so dass eine gut bestückte kleine Bar zum Vorschein kam. Morsfeld griff sich eine Flasche und drei Gläser, die er ineinander stellte, und kehrte zu der Sitzgruppe zurück.

»Auf Eis und Soda will ich jetzt verzichten«, sagte er und stellte die Flasche – Chivas Regal, zu zwei Dritteln voll – samt den Gläsern vor uns hin. »Wir sind nicht im Vorabendkrimi. Jeder einen Schluck – und dann gehen Sie.« Er schenkte ein, nicht zu sparsam, und hob sein Glas. »Zum Wohl. Und adieu. Nicht auf Wiedersehen.« Die Gläser für Schuckart und mich blieben unberührt. Umso kräftiger war der Schluck, den Morsfeld tat.

»Das tut gut nach diesem Narrenspiel«, sagte er und setzte das Glas ab. »Etwas Entspannung würde auch Ihnen nicht schaden. Sie sitzen ja da wie Rosendorfers mechanische Zwillinge, durch Hass und unsichtbare Bande aneinander geschmiedet. Der Räuber nimmt den Gendarmen fest, und der eine nennt den anderen einen Mörder. Wie kommen Sie eigentlich darauf, gerade meine Gesellschaft zu suchen?«

»Können Sie sich das nicht denken?«, fragte ich zurück.

Er blickte hoch, fast amüsiert. »Sie denken, ich bin der Dritte in Ihrem Bunde? Das ist eine lustige Vorstellung. Wir Ärzte sind, ich will Ihnen das gerne zugestehen, nicht unfehlbar, leider nicht. Nicht, dass ich mir im Fall dieses bedauerlichen Jungen Vorwürfe zu machen hätte, und das Leben nach einer Morbus-Crohn-Operation ist so lustig auch nicht, auch wenn wir das den Patienten um Gottes willen nicht erzählen ... Wo war ich stehen geblieben?« Er nahm noch einen Schluck und füllte das Glas wieder. »Ach ja, Mord. Wieso deuten Sie an, dass auch ich ... ?«

»Das will ich gerne tun«, antwortete ich. »Aber ich erwarte noch einen Besucher, das heißt, Sie sind der Gastgeber, also erwarten Sie ihn, auch wenn Sie es noch nicht wissen.« Ich stand auf und öffnete die Gartentür. »Kommen Sie!«, rief ich in die Dunkelheit und zog Schuckarts Pistole aus dem Hosenbund. »Professor Morsfeld möchte Sie kennen lernen.« Ich ging zu der Sitzgruppe zurück und blieb hinter meinem Sessel stehen, fast schon im Dunkeln.

Es rührte sich nichts.

Morsfeld betrachtete unschlüssig sein Glas, das schon wieder leer war. »Ich bewundere Ihre Souveränität«, brachte er schließlich heraus, »mit der Sie mein Hausrecht wahrnehmen ... Dürfte ich wissen, wen Sie jetzt gerade und warum hereinbitten?«

»Sie wollten doch wissen, warum Sie ein Mörder sind?«, fragte ich.

Rasche Schritte näherten sich über die Terrasse. Leichtfüßig, huschend. Verharrten an der Tür.

Schuckart richtete sich auf. »Vorsicht!«, schrie er, »er ist bewaffnet ...« Ich nahm die Pistole hoch und wollte sie ihm über den Schädel ziehen. Dann ließ ich es bleiben. Es kam nicht mehr darauf an.

Ein Schatten, schwarz, erschien an der Tür. Hechtete ins Zimmer, rollte sich ab und verschwand hinter Morsfelds altfränkischem Schreibtisch.

»Nett«, sagte Morsfeld.

Zwei Hände erschienen über dem Schreibtisch und richteten einen Pistolenlauf ins Halbdunkel.

Hinter der Pistole wurde ein Kopf sichtbar, eingehüllt in eine Pudelmütze.

»Ich bin Polizeibeamtin«, sagte die Stimme, die zu dem Kopf gehörte. »Nehmen Sie die Hände hoch ...« Ich kannte die Stimme, auch wenn sie anders klang als früher.

Ich sagte Marion, dass sie sich nicht lächerlich machen solle. »Und vor allem: Stecken Sie dieses Ding wieder weg.«

»Ich nehme Sie fest«, antwortete sie. »Sie stehen im Verdacht, mehrere Menschen ...«

»Unsinn«, sagte ich. »Ich bin ein gesetzestreuer Bürger. Den größten Teil des Jahres.« Ich deutete auf Schuckarts Pistole, sicherte sie und steckte sie mir wieder in den Hosenbund. »Wenn es nicht so wäre, wären Sie hier gar nicht lebend hereingekommen.«

»Sehr beeindruckend, Ihr Auftritt«, sagte Morsfeld, offenbar an Marion gewandt. »Wären Sie jetzt so freundlich und würden wieder die Tür schließen? Es zieht.«

Marion stand langsam auf, die Pistole immer noch in der einen Hand. Mit der anderen zog sie die Pudelmütze von ihrem hellen Haar und schüttelte leicht den Kopf.

»Es zieht«, wiederholte Morsfeld.

Sie betrachtete ihn mit einem Blick, den ich nicht deuten konnte. Dann schloss sie die Tür, die Pistole immer noch in der einen Hand.

»Fein«, sagte der Professor, stand auf und ging zum Lichtschalter. »Außerdem wäre jetzt wohl eine etwas weniger schummrige Beleuchtung angebracht. Oder erwarten wir ...« – offenbar war das an mich gerichtet – »noch weitere Besucher?«

»Ich glaube nicht«, antwortete ich.

»Schön«, sagte Morsfeld und drückte auf den Lichtschalter. Lichtbänder holten die Bücherwände aus dem Halbdunkel, eine tief gehängte Lampe warf einen scharf umgrenzten Lichtkreis auf den Couchtisch und auf die Weltkriegspistole von Morsfelds Schwiegervater.

Morsfeld setzte sich wieder in seinen Sessel. »Ich warte noch immer auf eine Erklärung. Auf eine Erklärung, warum Sie sich ausgerechnet mein Haus ausgesucht haben, um sich gegenseitig in den Wahnsinn zu treiben.«

»Ich bitte um Entschuldigung«, sagte Marion und trat auf ihn zu, »aber ich bin Polizeibeamtin...«

»Entschuldigen brauchen Sie sich nicht«, antwortete Morsfeld. »Aber Sie könnten diese Pistole wegstecken. So etwas beeinträchtigt die Unterhaltung, wenn Sie verstehen...«

Marion zögerte, dann steckte sie die Waffe in ihr Schulterhalfter, das sie unter ihrer schwarzen Lederjacke trug.

»Sie sind also Polizistin«, fuhr Morsfeld fort. »Dieser Herr ist es angeblich auch.« Er deutete auf Schuckart. »Aber was ist mit diesem?«

Der lange knochige Zeigefinger richtete sich auf mich.

»Dieser Mann ist festgenommen«, antwortete sie.

»Wie sich die Leute ändern«, sagte ich zu Morsfeld. »Mir hat sich diese Dame als Patentante Ihres verstorbenen Patienten vorgestellt.« Marion und ich standen uns gegenüber. Ihr Gesicht war blass und unbewegt.

»Sie sagte«, fuhr ich fort, »sie sei dabei gewesen, als das Beatmungsgerät abgestellt wurde, und sie wusste, dass die verhängnisvolle Operation unterbrochen worden war, weil Sie mit Ihrem Vermögensberater zu verhandeln hatten...«

»Das ist eine Verleumdung«, antwortete Morsfeld, und plötzlich überzog Zornesröte sein Gesicht. »Ich hatte mit einem Abgeordneten über den Fortbestand unseres Krankenhauses zu sprechen, einem äußerst wichtigen, äußerst einflussreichen Mann, und er hatte nur an diesem Vormittag Zeit.

Wüssten die Menschen hier, was ich hinter den Kulissen für dieses Krankenhaus getan habe ...« Verachtungsvoll ließ er den Satz unvollendet und goss sich ein neues Glas ein.

»Na gut«, sagte ich. »Damit sind wir aber doch beim Thema, nicht wahr? Die erste Operation wurde jedenfalls unterbrochen, entsprechend größer ist die Belastung des Patienten gewesen und damit auch seine Anfälligkeit für eine Infektion. Richtig?«

Morsfeld schüttelte verächtlich den Kopf. »Unsinn«, sagte er dann.

Marion schwieg, und Schuckart hockte vor dem Couchtisch, als ginge ihn nichts von dem, was in dem Zimmer verhandelt wurde, noch etwas an.

»Da aber nicht sein kann, was nicht sein darf«, fuhr ich fort, »war es dem Ihnen unterstellten Personal verboten, die erhöhte Infektionsanfälligkeit des Jungen wahrzunehmen. Es wäre dies von Ihnen, sehr geehrter Herr Professor, als Illoyalität angesehen worden. Die post-operative Bauchfellentzündung wurde deshalb nicht oder zu spät wahrgenommen, mit tödlichen Folgen.« Ich versuchte, Morsfelds Blick mit den Augen festzuhalten. »Sie haben getötet. Aus Wichtigtuerei. Aus Eitelkeit. Aus Rechthaberei.«

Ich wartete. Es kam nichts. Morsfeld gab den Blick zurück, das Gesicht noch immer gerötet, die Augen verschleiert.

»Aber das ist noch nicht alles«, fuhr ich fort. »Wir sprachen von dieser Dame hier. Sie ist Polizistin, das ist richtig. Aber sie wusste von der Unterbrechung der ersten Operation. Das konnte sie aus den Akten nicht wissen, weil es verschwiegen worden ist. Und wenn sie die Patentante des Jungen gewesen wäre, wie sie mir gegenüber behauptet hat, hätte sie es auch nicht wissen können. Von der Unterbrechung ist in der Klage gegen Sie nicht die Rede, kann nicht die Rede sein, weil Sie Ihre Untergebenen und vor allem Ihren mitangeklagten Anästhesisten Dr. Wertlein zum Schweigen gezwungen haben ...«

»Sie haben eine bemerkenswerte Phantasie«, sagte Morsfeld und verzog das Gesicht. »Aber sagen Sie mir doch, wie ich gerade das fertiggebracht haben soll?«

»Dazu gehörte nicht viel«, antwortete ich. »Sie haben Ihren Untergebenen und vor allem Wertlein klar gemacht, dass keiner, der es wagen sollte, den Mund aufzumachen, jemals irgendwo wieder eine Stelle finden würde, in keiner Klinik, in keinem Krankenhaus der Bundesrepublik ...«

»Wirklich?«, fragte Morsfeld. »Ich habe also eine Personalversammlung einberufen und erklärt ...«

»Nein«, unterbrach ich ihn, »das haben Sie gar nicht nötig. Ihr Team wird so eingespielt sein, dass ein kurzes Heben der Augenbrauen genügt hat. Wie? Sie hätten um 8.30 Uhr operiert? Wer sagt das? Sie haben um 11.15 Uhr operiert, das werden Sie selbst doch am besten wissen ... So ungefähr. Alles andere hat sich Dr. Wertlein selbst ausrechnen können. Und ohne dass Sie noch weiter etwas tun oder sagen mussten, hat er sich zu Ihrem Komplizen gemacht und ist dabei zerbrochen, jeder im Gerichtssaal hat gesehen, was aus diesem Menschen geworden ist ...«

Wieder deutete ich auf Marion. »Diese Dame hier ist also nicht die Patentante des Jungen und auch nicht die Schwester seiner Mutter. Sie hat ihre Informationen von anderer Seite.« Ich machte einen Schritt auf sie zu. »Erinnern Sie sich an unser Gespräch im Korridor? Es waren Ihre Augen, die mich misstrauisch gemacht haben. Dieser Blick, mit dem Sie Dr. Wertlein angesehen haben, als er auf uns zukam. Natürlich hätte er das nicht tun dürfen, niemals hätte er im Justizgebäude den Kontakt mit Ihnen suchen dürfen. Aber das werden Sie ihm ohnehin schon in aller Deutlichkeit gesagt haben oder noch sagen, Ihr Blick hat da keinen Zweifel gelassen. Sind Sie verlobt? Leben Sie zusammen?«

Marions Gesicht blieb unbewegt. Nur die Augen wurden ein wenig schmal.

»Ach nee«, sagte Morsfeld, »der kleine Wertlein und die Weiber ...«

Ich schüttelte den Kopf. »Sie sollten nicht so reden, Professor. Sie wissen nicht, mit wem Sie es zu tun haben. Sie haben sich eine Feindin gemacht, und sie steht hier vor Ihnen. Niemals wird sie hinnehmen, was Sie aus Wertlein gemacht haben. Aber wahrscheinlich ahnen Sie noch nicht einmal, wie gefährlich sie ist.«

Morsfeld sah mich an. »Reden Sie weiter, wenn Sie schon nichts trinken, der Unterhaltungswert ist freilich ... aber was will ich sagen? Nun ja, nichts will ich sagen, das tun ja Sie schon, zur Genüge tun Sie das ...«

»Sie haben immer noch nicht begriffen«, sagte ich. »Aber vielleicht hilft Ihnen das auf die Sprünge.« Ich griff in meine Brusttasche und holte den Umschlag mit den fünfzigtausend Euro heraus und legte ihn auf den Couchtisch, neben die Flasche und die Gläser mit dem Whisky. Und neben die Mauser-Pistole. »Dieses Geld hier ist bereitgestellt worden, um den angeblichen Auftragsmörder zu ködern, von dem Schuckart redet. Es war seine Idee, er glaubt ja, ihn identifiziert zu haben ...«

Schuckart saß lethargisch da, den Kopf gesenkt, und reagierte nicht.

»Ich nehme an«, fuhr ich fort, »das Phantom sollte geschnappt werden, wenn es sich an Sie heranmachen würde. Und zwar, so hat Schuckart es sich zurecht gelegt, sollte das im Gerichtssaal passieren oder auf dem Weg dorthin. So dass er den Täter zwar nicht mit der rauchenden Pistole in der Hand erwischen würde, aber mit der Pistole im Anschlag ...«

»Hören Sie«, raffte sich Schuckart auf und sah Morsfeld an, mit einem fast flehenden Blick, »Sie waren zu keinem Zeitpunkt in Gefahr ... Wir hatten alles unter Kontrolle.«

»Das hast du dir nur eingebildet«, sagte ich. »Vor allem aber hast du deinen Plan ohne deine Assistentin hier gemacht. Die hat nämlich mehr Verstand als du. Der war klar, dass der Wolf die Ziege nur dann frisst, wenn nicht zu viele Jäger herumstehen. Deshalb sollte ich es eben nicht im Gerichtssaal versuchen, auf keinen Fall dort, sondern später. Sie hat es mir eingeschärft: erst nach dem Urteil.«

»Hören Sie auf«, sagte Marion mit leiser ruhiger Stimme.

Schuckart saß noch immer leicht nach vorne gebeugt. Dann streckte er die Hand aus, für einen Augenblick erstarrte ich, aber er griff nach dem Glas mit dem Whisky, den der Professor ihm hingestellt hatte, und kippte fast mechanisch einen Schluck.

Ich beugte mich zu Schuckart. »Hat sie dir nach der Gerichtsverhandlung nicht gesagt, dass ich Lunte gerochen habe? Dass mir der Kollege mit dem Bullenbeißergesicht aufgefallen ist und dass ich den Auftrag womöglich gar nicht ausführen werde? Natürlich hat sie dir das gesagt. Und hat sie nicht auch gesagt, sicherheitshalber würde sie die weitere Observation übernehmen? Sicherheitshalber!«

»Hören Sie auf«, wiederholte Marion leise. »Hören Sie auf mit Ihren Lügengeschichten...«

»Ach ja?«, fragte ich zurück. »Und was ist, wenn ich nicht aufhöre?« Für einen kurzen Moment begegneten sich unsere Augen.

»Sie langweilen mich«, sagte Morsfeld und nahm sein Glas. »Könnten Sie sich nicht entschließen, Ihr Geplauder woanders fortzusetzen? Ich werde allmählich müde...«

Er kippte einen Schluck mit der Entschlossenheit des heimlichen Trinkers, der seinen Alkoholismus von der Leine gelassen hat. Wir anderen schwiegen. Noch immer lag die Mauser-Pistole auf dem Couchtisch, von der Lampe angestrahlt wie eine teure Antiquität. Ich schob mich einen Schritt zur Seite, näher zu Marion. Schuckart starrte vor sich hin. Morsfeld setzte das Glas ab. Täuschte ich mich, oder hatte sich sein Gesicht leicht gerötet? Marion schien bemerkt zu haben, dass ich näher gekommen war, sie hob die Hand, als ob sie nach der Waffe im Schulterhalfter greifen wolle, und warf mir einen Blick zu, der mich warnen und auf Abstand halten sollte. Schuckart hatte den Kopf erhoben und sah zu uns her. Die

Mauser-Pistole lag vielleicht einen Meter von ihm entfernt, nicht mehr.

Morsfeld räusperte sich. »Nun«, sagte er, aber was er sagen wollte, hörte ich nicht mehr, denn Marion und Schuckart hatten einen Blick ausgetauscht, der mir nicht gefiel, und Marion packte die Waffe in ihrem Schulterhalfter. Ich warf mich auf sie und erwischte die Pistole an ihrem Lauf, gerade, als Marion sie aus dem Halfter gezogen hatte. Ich drehte sie ihr aus der Hand, Marion versuchte, mir die Finger der anderen Hand in die Augen zu stoßen, ich schlug die Hand weg und stieß die junge Frau gegen den Schreibtisch, so dass sie ins Stolpern geriet und sich an der Tischkante festhalten musste.

»Schluss jetzt!«, befahl eine leise und beherrschte Stimme. Schuckart stand am Couchtisch, breitbeinig, und hielt die Mauser mit beiden Händen auf mich gerichtet.

»Du bist dir immer besonders schlau vorgekommen«, fuhr Schuckart fort. »Hast dich für schlauer gehalten als die anderen. Dabei haben wir unsere Witze darüber gerissen. Aber nicht einmal das hast du mitbekommen.«

»Das ist enervierend ... also, enervierend ist das«, sagte Morsfeld und stand aus seinem Lehnstuhl auf. »Ich habe dieses Gefuchtel satt ... Gehen Sie jetzt alle, aber ein bisschen dalli!« Er machte einen Schritt auf Schuckart zu.

»Bleiben Sie, wo Sie sind!«, sagte Schuckart. Für den Bruchteil einer Sekunde hatte er den Kopf zu Morsfeld gewandt, ich hechtete zur Seite, in die Deckung hinter den Schreibtisch, und riss Marion mit mir.

Mit der Schulter schlug ich auf dem Boden auf und mit dem Kopf gegen etwas, das hart war. Ein krachender Schlag knallte mir betäubend ins Trommelfell. Metallstücke sirrten durch die Luft.

Plötzlich war wieder Stille. Ich lag mit dem Kopf an der Fußleiste eines Bücherregals, Marions Dienstpistole in der rechten Hand, noch immer hielt ich sie am Lauf. Ich warf sie in die Ecke hinter mir. Marion kniete, etwas von mir abgewandt, und hielt sich das Gesicht. Mein Kopf tat mir weh, mit der linken Hand fuhr ich mir über die Stirn, plötzlich war die Hand blutverschmiert. Ich tastete mich ab, spürte aber keine Verletzung.

Schließlich stand ich vorsichtig auf. Irgendetwas war mit dem Zimmer passiert. Von Morsfeld sah ich nichts, auch nichts von Schuckart. Überall war Blut. Ich ging zu Marion. Sie war jetzt vollends aufgestanden. An der Wange hatte sie eine hässlich gezackte Wunde. Sie blutete leicht. Marion ließ es zu, dass ich die Verletzung ansah. Die Wunde war nicht wirklich schlimm, aber sie würde genäht werden müssen.

Schuckart lag vor dem Couchtisch, den Kopf nach hinten gekippt. Der Cashmere-Pullover und das Jackett und die Flanellhosen und der Fußboden waren dunkel von Blut, und die Blutlache auf dem Boden wurde immer größer. Die Mauser, die Schuckart in der Hand explodiert war, hatte ihm den Hals aufgerissen. Er musste fast sofort tot gewesen sein.

Ich drehte mich um. Morsfeld hockte zusammengekrümmt vor seinem Lehnstuhl. Marion stand neben ihm und versuchte, seinen Kopf hochzuhalten. Er hatte nur noch ein Auge, das andere war ein schwarzes Loch.

»So helfen Sie mir doch, um Gottes willen«, sagte sie, mit einer leisen, dünnen, flehenden Stimme.

Ich beugte mich über Morsfeld. Er lebte noch. Aber er hatte nicht nur einen Splitter ins Auge abbekommen. Ein anderer Splitter hatte ihn im Bauch getroffen, und ich war ziemlich sicher, dass da nichts zu machen war. Er würde innerlich verbluten. »Ein paar Minuten hat er noch«, sagte ich, nahm Schuckarts Handy und wählte den Notruf.

»Explosion bei Schießübungen«, sagte ich, als die Leitstelle sich meldete, und gab die Adresse durch. »Zwei Schwerverletzte.« Das ist übertrieben, dachte ich noch, es ist nur noch einer. Die Leitstelle wollte nachfragen, aber ich ließ mich auf nichts ein. »Zwei Schwerverletzte«, wiederholte ich.

Dann ging ich zur Tür und wischte mir am Vorhang das Blut von den Schuhen.

»Sie können jetzt nicht einfach gehen«, sagte Marion in meinem Rücken. »Sie haben dieses – dieses Massaker angerichtet, und jetzt können Sie nicht einfach davonlaufen...«

»Wie war das eigentlich gedacht?«, fragte ich und säuberte auch meine Hände an dem Vorhangstoff, »wenn ich Ihren Auftrag ausgeführt hätte, so, wie Sie es haben wollten – da wäre ich doch keine drei Sekunden allein gewesen mit dem, was von Morsfeld übrig war?« Ich betrachtete meine Hände. Fürs erste mochte es angehen. »Da wären doch plötzlich Sie auf der Bildfläche erschienen und hätten mich abgeknallt. Auf der Stelle hätten Sie das getan, weil es keine Zeugen hätte geben dürfen.«

Ich sah zu ihr hin. Morsfeld öffnete den Mund, es kam ein Schwall von Blut heraus und ergoss sich über seine Brust und die Arme und Hände von Marion, die ihn hielten.

Zwei Tage später bin ich dem Gesicht von Professor Morsfeld ein letztes Mal begegnet. Es war ein Foto in der Zeitung mit den großen Buchstaben, und über dem Foto stand: »War es das Phantom? Pistole explodiert: Berühmter Chirurg verblutet?«

»Da siehst du's mal wieder«, sagte Regulski und schob den Stapel mit meinen Zeitungen über den Tisch. »Da hocken eine Polizistin und ein Polizist bei einem Bauchaufschneider im Haus und passen angeblich auf ihn auf, aber plötzlich gibt es einen Knall, und der Doktor ist tot und der eine Polizist auch, und auf dem Tisch liegen fünfzigtausend Euro, stell dir das mal vor! Und die Polizistin redet etwas von einem Phantom, das ist doch lächerlich, das war die doch selber, oder es war eine Geschichte mit Organhandel und all so was, nur die Bullerei will es nicht merken oder merkt es wirklich nicht, weil, wenn dir eine Frau was vorlügt...«

»Glaub ich nicht, dass der wirklich berühmt war«, sagte ich und zahlte.

»Das darfst du nicht so eng sehen«, meinte Regulski, »das ist nun mal so in der Branche. Wenn du einen Chirurgen hast und der wird abgemurkst, dann erwartet das Publikum ganz einfach, dass es ein berühmter ist.«

»Bei einem Zeitschriftenhändler wär das anders?«

»Mach keine Scherze«, sagte Regulski erschrocken. »Keine solchen.«

»Ich mach nie Scherze«, antwortete ich und ging.

DEUTSCHE KRIMIS

ROBERT HÜLTNER

73169 / € 9,00 [D]

Ein toter Artist und ein ehrenwerter Filmproduzent: Was haben die beiden miteinander zu tun? Als der Münchner Kommissar Türk die Zusammenhänge erkennt, ist es fast schon zu spät ...

72145 / € 9,00 [D]

Eine Prostituierte wird ermordet aufgefunden. Inspektor Paul Kajetan beginnt auf eigene Faust zu ermitteln. Bald wird er in einen gefährlichen Sumpf von Korruption und Waffenschieberei hineingezogen.

ULRICH RITZEL

73010 / € 9,00 [D]

Ein Brief eines Selbstmörders zwingt Kommissar Berndorf sich in äußerst schwierige Ermittlungen zu stürzen. Es wird eine Zeitreise in den heißen RAF-Sommer des Jahres 1972.

72801 / € 10,00 [D]

Kommissar Berndorf und seine Assistentin Tamar Wegenast auf den Spuren eines groß angelegten Komplotts um Gelder, Großaufträge und Gefälligkeiten, in das mehr als nur ein Würdenträger verwickelt ist und das Berndorf fast das Leben kostet.

www.btb-verlag.de